YPERN

DER LAUTLOSE TOD

EIN ROMAN VON
DANIEL NEUFANG

Kontakt:
E-Mail – daniel.neufang@gmail.com
Webseite – www.danielneufang.wordpress.com

Herstellung und Verlag:
BoD – Books on Demand, Norderstedt

Bibliografische Information der Deutschen Nationalbibliothek: Die Deutsche Nationalbibliothek verzeichnet diese Publikation in der Deutschen Nationalbibliografie; detaillierte bibliografische Daten sind im Internet über www.dnb.de abrufbar.

Cover Photo Copyright: Adobe Stock

ISBN: 9783758322549

WINTER, ANFANG 1915.

Seit einem halben Jahr tobt der Erste Weltkrieg. Jeglicher Versuch, Boden zu gewinnen, ist fehlgeschlagen. Angeheizt durch die Stimmung im Land, melden sich die hessischen Freunde Oskar, Reiner, Alexander und Thomas freiwillig zum Dienst an der Waffe. Doch die deutschen Soldaten ahnen nicht, welches Grauen sie im Westen erwartet.

Auf britischer Seite stehen die Offiziersanwärter Ronnie, James und William bereit, ihrem Königreich zu dienen. Auch sie ziehen gemeinsam in die 2. Ypernschlacht, in der zum ersten Mal die teuflische Waffe Gas eingesetzt wird. Schmerz, Verlust, Leid und der Wahnsinn des Krieges gehören fortan zu ihrem Alltag in der Hölle Belgiens.

Doch es ist der lautlose Tod, der sie am stärksten mit Angst erfüllt.

1. Kapitel

Februar 1915. Der Krieg dauerte nun schon sieben Monate an. Niemand wagte es auch nur zu ahnen, mit welch unmenschlicher Grausamkeit die zukünftigen Schlachten geführt werden sollten. Die deutschen Streitkräfte waren an der Marne zurückgeschlagen worden und hatten bereits eine verheerende Schlacht in Belgien hinter sich. Das Ziel bestand darin, die Anhöhen zu nehmen und einen Befestigungsgürtel zu ziehen, welcher bis zu Nordsee reichte. Dadurch wollten die Heeresführer die Landung der Engländer samt Nachschub, insbesondere in Nieuwpoort, zum Erliegen bringen. Während der Winter seine eiskalten Fäuste zeigte, das Land mit einem dicken Eispanzer umschloss, fanden sich zwei Freundeskreise, die schworen durch dick und dünn zu gehen. In Bettenhausen, nicht weit von Kassel entfernt, trafen sich vier alte Schulfreunde, die unterschiedlicher nicht sein konnten, nach ihrer Arbeit in einem kleinen Wirtshaus, welches am Ortsrand gelegen war. Das Gebäude lag in einem Wohngebiet und bot für die arbeitende Bevölkerung eine gemütliche, heimische Ablenkung von dem harten Alltag. Als die jungen Männer ins Gasthaus eintraten, standen sie wie angewurzelt da. Der Geräuschpegel schien ihnen eine Gänsehaut auf den Körper zu treiben. Unzählige gestandene Männer hoben die biergefüllten Krüge in die Höhe, während sie mit dröhnenden Stimmen die alten Kaiserlieder schmetterten. Einer von ihnen kam auf sie zu. Lächelnd verbeugte er sich vor den Jungen und rief lautstark: „Sie sind unsere Zukunft. Diese strammen Burschen werden unserem geliebten Kaiser den Sieg bringen." Er erntete donnernden Applaus für seine heroischen Worte. Die Freunde bahnten sich verlegen den Weg zu einem Ecktisch, welcher fernab von all dem Tumult stand. Eingeschüchtert nahmen sie auf der zum Fenster gelegenen Bank Platz. Da waren der blonde, großgewachsene und kräftige achtzehnjährige Oskar Breitner. Er stammte aus gutem Hause, doch bekam von seinen Eltern schon in jungen Jahren einen starken Nationalstolz eingeimpft, der nun Früchte trug. Er hatte eine überhebliche Art, die von den meisten Mitmenschen als Schwäche gedeutet wurde. Aber im Kreise seiner Kameraden bot er ein völlig anderes Bild. Für sie hätte der Sohn eines Gemischtwarenhändlers sein Leben gegeben. Neben ihm saß Reiner Fröhmer. Der älteste Sohn eines Stahlarbeiters und Bruder vierer jüngerer Schwestern, war verhältnismäßig groß, hatte einen drahtigen Körperbau, was durch das Turnen gefördert wurde sowie braunes, lockiges Haar. Schon seit seiner Kindheit tat Reiner, was Oskar ihm sagte. So schob der Junge sämtliche Entscheidungen seinem Freund zu. Zwar war er, wie all die anderen, loyal der Gruppe gegenüber, aber seine Meinungen gingen meist unter. Neben dem ruhigen Reiner nahm Alexander Freund Platz. Er wuchs in direkter Nachbarschaft zu den beiden auf. Der einzige Sohn eines Schreiners wirkte eher ruhig und überlegt. Konnte allerdings seine Ansichten in der Gruppe kundtun, so dass er selbst Oskar oft überzeugen konnte. Auch Alex hatte kurzgeschnittenes, blondes Haar, jedoch tiefbraune Augen, während er nur über eine mittelmäßige Körpergröße verfügte. Als Letzter gesellte sich Thomas Winkler dazu. Er hatte gerade sein neunzehntes Lebensjahr vollendet.

Thomas wuchs als Sohn eines Fabrikarbeiters auf, war durchschnittlich groß, hatte braunes, kurzes Haar und einen kräftigen Körperbau, da er als Hilfsarbeiter über eine gewisse Stärke verfügen musste. Im Gegensatz zu all seinen Freunden hatte der Bursche Tugenden, von denen seine Kameraden nur träumen konnten. Winklers Uneigennützigkeit, Rechtschaffenheit und kompromisslose Freundschaft machten ihn zu einem ganz besonderen Menschen. Daher trat er auch für diejenigen ein, die sich nicht gegen Lehrer oder Vorgesetzte zu wehren vermochten. Sie hatten kaum an den kleinen Ecktisch Platz genommen, da erschien bereits der Wirt. Ein unscheinbarer Mann, der durch seine ruhige Art bestach und auf diese Weise jeglichen Streit aus seiner Kneipe fernhielt. Mit wohlwollendem Blick trat er an die jungen Männer heran, strich sich über den dichten Vollbart und nahm seine Schreibutensilien zur Hand.

„Was darf ich euch bringen?“, fragte Herr Greiss zuvorkommend, während er die ihm bekannten Burschen anschaute. Die Freunde trugen noch ihre Arbeitskleidung und den Geruch des harten Tages konnten sie nicht leugnen. Oskar sah sich um, ehe er das Wort übernahm.

„Für jeden ein frisches Bier.“

„Wollt ihr noch einen Schnaps dazu?“, murmelte Anton Greiss, der flink die Bestellung aufschrieb. Ohne sich die Meinung der anderen anzuhören, erwiderte Breitner selbstsicher: „Warum nicht? Wahrscheinlich ist es unser letzter Klarer, den wir hier zu uns nehmen können.“

Der Wirt hatte für dieses überhebliche Gehabe nichts übrig und strafte den Jungen, dessen Eltern für ihre Kaisertreue bekannt waren, mit Verachtung. Dennoch zeigte er Respekt für die Entscheidung der Burschen. Nachdem Greiss verschwunden war, schaute sich Reiner um. Wie versteinert sah er in die wütenden Augen eines Mannes, der nicht viel älter sein konnte als sie selbst. Der Fremde schien sie förmlich hypnotisieren zu wollen. Er trug eine aufgescheuerte Uniform und einen ungepflegten, braunen Vollbart.

„Ich freue mich auf dieses Abenteuer. Was meint ihr, wo unser erster Einsatz sein wird?", fragte Oskar mit einem breiten Grinsen, doch er erntete nur ein unsicheres Schulterzucken. Nach kurzem Schweigen erschien der Wirt mit dem kühlen Gerstensaft.

„Kommt schon. Immerhin haben wir uns alle freiwillig gemeldet", versuchte Freund seine Ängste zu überspielen und nahm einen kräftigen Schluck kühles Bier. „Eure Vorgesetzten haben euch alle freigestellt, um diese heroische Schlacht gegen den Rest der Welt zu schlagen. Also lasst uns diesen Tag feiern." Während sie anstießen, galt Reiners Blick dem Veteranen am entgegengesetzten Tisch. Immer euphorischer wurde die Stimmung, das Gelächter der angetrunkenen Jugendlichen lauter, bis es dem Fremden reichte. Diese Freude und die alten Schlachtengesänge der gestandenen Herrn gaben ihm den Rest. Wuchtig schlug er einige Münzen auf den Tisch, nahm seine Krücke und stieß die jubelnden Herrn zur Seite. Ein letztes Mal drehte sich der Soldat zu ihnen um. Mit ernster Stimme rief er lautstark: „Gebt bloß auf euch acht! Dies ist weder ein Spiel noch ein aufregendes Abenteuer. Ihr werdet dem Tod in die hässliche Fratze schauen und ich hoffe, dass ihr dafür Manns genug seid." Unter lauten Buhrufen, gepaart mit Hasstiraden, spuckten ihm die Alten vor die Füße, bis der Veteran eilig die Pforte hinter sich schloss. In diesem Augenblick kamen Reiner und selbst Alexander Bedenken, ob ihre Entscheidung die Richtige war. Aber Breitner wusste ihnen die Furcht zu nehmen. Ohne weiter auf die Ängste seiner Mitstreiter einzugehen, blieb er ruhig, ehe sein Blick Thomas Winkler galt, welcher auch eine poetische Ader hatte.

„Los, Thomas", sprach er ihn lautstark an, so dass seine Stimme den Tumult unterbrechen konnte. „Hast du nicht ein aufbauendes Stück Lyrik für uns? Etwas, das aus deiner Feder stammt." Winkler erhob sich, nahm ein kleines Lederbüchlein aus der Jackentasche und sah sich unsicher um. Plötzlich herrschte Stille. Gespannt schaute ihn die Menge an. Nach einem lauten Räuspern las er sein Gedicht vor.

„Unter den wehenden Fahnen, Schritt für Schritt erbebt die Erde, niemand soll auch nur erahnen, welche Macht ihm draußen droht. Während wir die Schlacht nun tragen, fließen dabei Blut und Tränen. Doch vielleicht will uns der Tod dann holen, mit Kühnheit, Stolz und unsrem Gewehr, auch wenn es einen von uns soll treffen, wir werden schlagen jedes Heer." Auf ein gerührtes Schweigen hin, applaudierten die gestandenen Herrschaften den Versen. Durch diese kurzen Reime brachte Thomas seine Freunde wieder auf Kurs, bis diese alle Sorgen vergaßen und auf den Kampf anstießen.

„Denkt dran", mahnte Oskar. „Morgen in der Früh müssen wir los. Der Zug wartet nicht auf uns. Packt eure Taschen, geht schlafen und bei Büchsenlicht werden wir für unser Land alles geben." Noch einmal prosteten sie sich zu, bevor auch sie sich auf den Heimweg machten und mit pochendem Herzen zwischen den Häuserreihen verschwanden.

An diesem Abend trafen sich ebenfalls drei Kameraden vor den Kasernen im englischen Portsmouth. In der klirrenden Kälte standen sie zusammen, zündeten sich zitternd eine Zigarette an und schauten in Richtung des Städtchens, welches nur wenige Kilometer von ihnen entfernt lag. Der Himmel war durch schwarze Wolken verhüllt. Kein Mondlicht erhellte ihr geliebtes Heimatland und ein frischer Wind schien sie auf die Ereignisse, welche da draußen warteten, vorbereiten zu wollen. Die strammen Burschen, welche nicht älter als neunzehn Jahre waren, entstammten Militärfamilien. Aus diesem Grund und um der Tradition Folge zu leisten, ließen auch diese Freunde sich auf Zeit einschreiben. Doch die jungen Männer wussten, worauf sie sich einließen. Unter ihnen war James Morgan. Der Älteste von fünf Geschwistern wirkte selbstbewusst, zielstrebig und hatte die Eigenschaften eines Anführers. Seine große, stattliche Statur sowie der drahtige Körperbau hatten eine imposante Wirkung und wurde von seiner Ernsthaftigkeit unterstrichen. Im Gegensatz zu den anderen, die ihre Freizeit mit Billard oder Darts verbrachten, um ein wenig Ablenkung zu finden, saß James jede freie Minute über historischen Büchern. Er beschäftigte sich leidenschaftlich gerne mit den Aufzeichnungen großer Feldherren, wie zum Beispiel Julius Caesar. Sein Zimmergenosse hieß William Jones. Auch dieser hatte das neunzehnte Lebensjahr vollendet, war eher von kleinerer Körpergröße, kräftig gebaut und bestach durch seine tiefbraunen Augen. Der zurückhaltende junge Mann hielt sich eher im Hintergrund, doch ein immenses Durchhaltevermögen und seine zielstrebige Verbissenheit machten ihn zu einem guten Soldaten. Zu guter Letzt reihte sich Ronald Wilkinson in den Kreis ein, der von allen nur Ronnie genannt wurde. Als Sohn eines Admirals der Royal Navy lernte der blonde, blauäugige, drahtige Bursche schon früh Gehorsam, Ordentlichkeit und Loyalität gegenüber den

Vorgesetzten. Seine einzige Schwäche bestand darin, dass er meist schwieg und nie etwas hinterfragte, sondern alle ihm gegebenen Befehle gewissenhaft ausführte. Die jungen Männer einte jedoch die Liebe zu ihrem Vaterland und die patriotische Einstellung gegenüber ihrem König. James nahm einen letzten Zug an seiner Zigarette und blies den weißlich grauen Rauch in die Luft. Leichte Schneeflocken fielen auf den Betonboden hinab und die Grimmigkeit dieses Winters wurde ihm erneut bewusst. Er konnte die Finger nicht mehr krümmen. So kalt war es an diesem Abend. Morgans Miene erhellte sich erst, nachdem Ronnie endlich auftauchte. Zuversichtlich gaben sie sich die Hand. Während James und Ronnie erneut eine Zigarette rauchten, stand ihr Anführer mit verbissenem Blick neben ihnen. Regungslos übergab er Wilkinson den Umschlag, welcher ihr Leben grundliegend verändern sollte.

„Der Marschbefehl?", wisperte er leise, öffnete das Couvert und las im dumpfen Licht der Laterne, was das Königreich von ihnen verlangte. Danach übergab er das Schreiben an William und flüsterte. „Das ist unser letzter Abend in der Heimat. Ich würde sagen, wir genießen ihn im nahegelegenen Pub." Die beiden Kameraden nickten zustimmend.

„Ein wenig Ablenkung wird uns nicht schaden, bevor morgen der Ernst des Lebens beginnt. Immerhin werden wir schon um Acht eingeschifft." James und William pflichteten bei.

„Wer weiß, was uns da drüben erwartet. Also machen wir uns auf den Weg." An diesem eisigen Abend schritten die Freunde in Richtung der Innenstadt von Portsmouth. Je näher sie ihrem Ziel kamen, umso kälter wehte der Wind in ihre Gesichter, der sich durch die dichten

Häuserschluchten noch verstärkte. Nach einer gefühlten Ewigkeit standen sie vor dem Lions Pub. Dumpfes Licht drang durch die Fenster heraus sowie die glorreichen Volkslieder.

„Lasst uns eintreten", wisperte Morgan nachdenklich, drückte die Türklinke nach unten und sie betraten das Etablissement. Nachdem die drei in dem gefliesten, mit Tischen bestückten Gastsaal standen, schien ihr Herz plötzlich stillzustehen. Obwohl der Raum bis zum Anschlag gefüllt war, durchflutete ihn ein unbehagliches Schweigen. Jeder der Anwesenden wusste um das Opfer, welches diese jungen Männer für ihr Land erbringen sollten. Auf einmal erhob sich ein graubärtiger, kleiner, stämmiger Mann, reckte seinen Krug in die Höhe und stimmte „Oh, Danny Boy" an. All die Gäste schlossen sich ihm an. Ein Fremder begleitete sie mit seiner Geige. Als die Soldaten in ihrer Uniform zu einem freien Tisch gingen, ernteten sie Schulterklopfen, ein zuversichtliches Lächeln und von den Frauen eine liebevolle Umarmung. Gefesselt von diesen mutmachenden Gesten, nahmen die Kameraden an einem der freien Tische Platz. Binnen weniger Minuten beruhigte sich die Lage wieder, denn jeder der Männer, die selbst schon gedient hatten, ahnte, was den Burschen bevorstand. Ohne ein Wort zu verlieren, brachte der Wirt des „Lions", John Maguire, eine Runde Ale sowie einen Whiskey, den die Alten ihnen aus Respekt spendierten. Zuvorkommend wandten sich die Männer an die Bevölkerung, prosteten ihnen zu und bedankten sich für diese Freundlichkeit. Doch schnell kamen die jungen Soldaten auf den Ernst der Lage zurück. Begleitet durch die Geigenmusik, fragte James, ob sie sich alle im Klaren waren, was ihrer Einheit bevorstand. Er erntete ein stilles Nicken. Nachdem er einen kräftigen Schluck genommen hatte, zog Morgan eine kleine Landkarte aus der Tasche und tippte mit dem Zeigefinger auf eine Stelle.

„Die Deutschen haben sich vor Ypern eingegraben. Wir werden unsere Kameraden des britischen Expeditionskorps unterstützen, so dass die kaiserliche Armee nicht weiter vordringen kann.“

„Wir wissen, dass es kein Spaziergang wird“, antwortete William. „Doch lass uns diese letzten Stunden in der Heimat genießen.“ Natürlich verstand James, worauf sein Freund hinauswollte. So steckte er die Karte zurück. Aber egal welches Gespräch sie begannen, ob über ihre Familien oder Sonstiges, immer wieder kamen sie auf den kommenden Tag zu sprechen. Als die Tür aufsprang und weitere Kameraden eintraten, wandte sich Ronnie Willi zu.

„Lasst uns gehen“, flüsterte er. „Sonst nimmt der Abend kein gutes Ende.“ Jones schaute überrascht, denn er hatte Verständnis für die Burschen, die die verbleibende Zeit in der Heimat voll auskosten wollten. Derweil schaute sich Morgan um und verstand, worauf Wilkinson hinauswollte. Also stand ihr Anführer auf, legte ein paar Pennys auf den Tisch und sprach: „Er hat Recht. Wir werden gehen.“ Nachdem die hellen Straßen hinter ihnen verschwunden waren, schloss William zu Morgan auf, legte die Hand auf seine Schulter und zischte: „Warum musstest du aus heiterem Himmel aufbrechen?“ Plötzlich blieb James stehen.

„Denkst du etwa es wären nüchterne Stunden geworden? Unsere Pflicht ist es, morgenfrüh bei klarem Verstand zu sein, um unserem Land zu dienen. Oder siehst du das anders?“ Für einen Augenblick schwieg der Neunzehnjährige, ehe er den Kopf schüttelte. „Dann lasst uns endlich gehen. Ich friere und kann die Eiseskälte kaum noch aushalten."

In dieser Nacht war an Schlaf kaum zu denken. Einem jeden schwirrten die Gedanken durch den Kopf, was sie erwarten und ob er dieses Wagnis überleben würde. Aber die Freunde verdrängten die Furcht, denn sie hatten eine Verpflichtung gegenüber ihrem Königreich. Endlich brach die Morgensonne durch die dichte Wolkendecke. Ein leichter, kühler Wind wehte, während sich eine dünne Schneeschicht über den Sammelplatz legte.

„Habt ihr beiden fertig gepackt?", erkundigte sich Morgan, als sie zusammen mit dem Rest der Truppe in Reih und Glied standen. Keiner von ihnen wagte es nur ein Wort zu sprechen, da der Kommandeur die Abmarschbereitschaft überprüfte. So erntete er nur ein stummes Nicken. Nachdem Generallieutenant Gregory Singer die Inspektion seines Infanteriebataillons vollzogen hatte, ließ dieser zum Sammeln blasen. In aller Stille nahmen die jungen Männer Aufstellung und auf einen schrillen Pfiff hin, setzten sich die fünfhundert Mann in Bewegung. Ihre Stiefel schlugen im gleichen Takt auf die marode, schneebedeckte Straße. Allmählich wurde selbst den sonst so Großspurigen die Tragweite des Unterfangens bewusst. Dies fiel auch schnell den Kommandeuren auf. Um die Moral aufrecht zu halten, ließen sie alte Lieder anstimmen. Nach fast fünf Kilometern des Marsches erreichten die Soldaten den Hafen von Portsmouth, wo es ihnen den Atem verschlug. Wie gebannt stierten sie auf die sechs riesigen Frachter, welche wie stählerne Ungetüme an den Kaimauern mit armdicken Tauen befestigt waren.

Nacheinander trafen weitere Truppen ein, so dass schließlich ihre Stärke fünftausend Mann betrug. Schnell verschwanden die Einheiten auf den Schiffen. Das Signalhorn ertönte, die Leinen wurden gelöst und aus den mächtigen Schornsteinen stieg der pechschwarze Rauch in den klaren Himmel empor. Unter den jubelnden Menschenmassen verließen sie den Hafen. Ronnie, James und William sahen wehmütig zu, wie ihr geliebtes England langsam am Horizont verschwand. Selbst das Gewicht ihrer Ausrüstung, Tornister und Gewehre, ließ die drei Freunde völlig kalt. Morgan wollte sie gerade auffordern ihm ins Innere zu folgen, da wies Wilkinson plötzlich zitternd zur Backbordseite.

„Was ist denn, Ronnie?", fragte er echauffiert, als auch er für einen Augenblick innehielt. Von rechts und links nahmen gepanzerte Fregatten der Royal Navy die besondere Fracht unter ihre Fittiche.

„Weißt du, warum dies von Nöten ist, James? So wichtig können wir schließlich nicht sein", flüsterte Ronnie in seiner naiven, gutmütigen Art. Doch nicht Morgan, sondern Jones gab ihm die Antwort.

„Es ist der Geleitschutz vor deutschen Ubooten. Ohne ihre wachsamen Augen, wären wir ein leichtes Ziel." Wie versteinert starrten die drei noch eine kurze Weile zu ihren Begleitern, ehe sie in den Rumpf des Schiffes gingen.

An diesem fraglichen Morgen war auch Oskar Breitner schon früh auf den Beinen. Voller Euphorie verabschiedete er sich von seiner Familie. Im Gegensatz zu seinem Vater, fiel es Frau Breitner sichtlich schwer, ihren Sohn in den Krieg zu schicken.

„Hast du alles?", wisperte sie voller Sorge und strich ihrem Burschen liebevoll über die Wange.

„Ja, Mama. Ich habe mein Bündel gepackt und bin bereit."

„Mach mich stolz, mein Sohn“, sprach der alte Breitner. Während seine Mutter ihn umarmte, reichte der Vater ihm nur die Hand. Allerdings bedeutete diese Geste Oskar alles. Mit einem Lächeln schulterte er sein Gepäck, bevor er nach hundert Metern an der Straßenecke verschwand. Noch immer herrschte der grimmige Winter. Ein starker Wind wehte dem Burschen den gefrierenden Regen ins Gesicht. Binnen kurzer Zeit hatte er schon Schmerzen beim Atmen. Je näher Oskar dem Ortsrand kam, umso schwerer wurde es, aufgrund der Schneeverwehungen, einen Fuß vor den anderen zu setzen.

„Da kommt er“, rief Reiner aus einiger Entfernung.

„Sind wir vollzählig?“, erkundigte sich Breitner neugierig, als er sich erschöpft umschaute.

„Natürlich, Oskar. Einer für alle, alle für einen.“

„Das freut mich. Aber wir müssen los. Es ist noch ein beschwerlicher Marsch bis nach Kassel.“ Zusammen machten sich die vier Freunde auf den beschwerlichen Marsch. Nach zwei Stunden blieb Alexander plötzlich stehen. Seine Lippen waren blau und er bekam kaum noch Luft.

„Ich kann nicht mehr“, wisperte der Achtzehnjährige, vor Kälte am ganzen Körper zitternd. „Meine Kleider sind völlig durchnässt.“ Ohne ein Wort zu verlieren, nahmen ihn Thomas und Reiner an den Armen und stützten ihren Freund, obwohl die beiden ebenso mit der Witterung zu kämpfen hatten. Oskar schenkte diesem Kameradschaftsdienst keinerlei Beachtung. Für ihn gab es nur eine Richtung. Nämlich vorwärts.

Gegen elf Uhr an diesem frostigen Wintermorgen erreichten die Burschen den Stadtrand von Kassel. Die Anstrengung stand einem jeden von ihnen ins Gesicht geschrieben.

„Es ist nicht mehr weit", bibberte Alexander erschöpft, worauf Thomas nur leise antwortete: „Ja. Hoffentlich begeben wir uns nicht doch in die Vorhölle."

„Halt die Klappe", raunte ihn Breitner an, während er entschlossen an ihm vorbeischritt. „Für Feiglinge und Versager gibt es keinen Platz in der kaiserlichen Armee. Also überleg dir gut, ob du mit uns an einem Strang ziehst. Es wäre peinlich, wenn du uns plötzlich im Stich lässt." Bedrückt verharrte der Gedichteschreiber einen Moment an dem Ortsschild. Er war sich nicht sicher dieses Wagnis einzugehen. „Was ist jetzt, Winkler?", raunte Breitner in seine Richtung. Wie von einer fremden Macht gesteuert, folgte Thomas seinen Freunden, obwohl die Verunsicherung immer stärker wurde. Mit Blasen an den Fersen gingen sie forsch an den Bahngleisen entlang, bis endlich das Musterungsbüro, nahe dem Bahnsteig, in Sicht kam. Vor dem schlichten Gebäude warteten bereits über hundert Freiwillige, die sich für den Dienst an der Waffe einschreiben lassen wollten. Fröhmer kratzte sich nachdenklich an der Stirn.

„Verdammt. Ich hätte nicht gedacht, dass so viele denselben Entschluss gefasst haben."

„Hoffentlich geht es schnell voran", murmelte Oskar nervös. „Diese Kälte macht mich wahnsinnig." Zusehends lichtete sich der Tross der Freiwilligen und als sie endlich die warmen Räumlichkeiten betraten, stand ihnen die Erleichterung in die Gesichter geschrieben. Breitner sah sich um. Er bemerkte schnell, dass bereits vier Reihen gebildet wurden. Das bedeutete, jeder Rekrutierungsoffizier war für ein Bataillon verantwortlich. „Bleibt hintereinander", flüsterte er in ernstem Ton. „Sonst werden wir getrennt. Hier lang." Schweigend nahmen die Burschen Aufstellung in der zweiten Reihe. Es verstrichen nur wenige Minuten, bevor Oskar zuerst vor den breiten Schreibtisch trat. Ein schneidiger Offizier mittleren Alters musterte ihn genau. Mit ernster Miene sah er über den Rand seiner Nickelbrille und streifte kurz über den dichten, gepflegten Vollbart. In militärisch zackigem, rauen Tonfall fuhr er den Achtzehnjährigen an.

„Haltung annehmen, Rekrut. Sie sind hier nicht mehr zuhause." Eingeschüchtert zuckte Breitner zusammen. Sein Herz schien auf einmal stillzustehen. Schweißperlen bildeten sich auf seiner Stirn. Während er, wie auch der Rest der Freunde, dem Befehl Folge leistete, stierte der Offizier grantig auf die Wanduhr. Schnell griff er zum Federkiel, versenkte die Spitze in dem gravierten Tintenfässchen und raunte: „Name?" Es herrschte für einen Augenblick Totenstille, bis die Stimme des Offiziers zynisch lospolterte. „Sie sprechen Deutsch, oder?"

„Jawohl, Herr Leutnant."

„Das freut mich. Wenigstens erkennen Sie meinen Dienstgrad, wenn Ihnen schon nicht einmal Ihr eigener Name einfällt."

„Oskar Breitner."

„Alter?"

„Achtzehn, Herr Leutnant." Nachdem ihm weitere, wichtige Fragen gestellt wurden, nahm der gestandene Militär seinen Kiel, setzte seine Signatur unter die Aufzeichnungen der Stammrolle und fuhr der Offizier in harschem Ton fort.

„Rechts weg, zur ärztlichen Untersuchung." Oskar salutierte standesgemäß und bewegte sich flinken Schrittes zum Ärztezimmer. Ehe sich der Bursche versah, standen bereits die anderen in einer Reihe hinter ihm.

Gebannt stierten die vier auf eine dicke, eichene Holztür. Als diese endlich aufsprang, traten zehn gleichaltrige

Männer heraus. Ihre Mienen spiegelten Verunsicherung wider. Keiner von den künftigen Soldaten bemerkte, wie sich weitere sechs Fremde in ihrem Rücken versammelten.

„Die nächsten Zehn", donnerte die Stimme des Arztes über den Flur. Nervös betraten die unerfahrenen Rekruten den Raum. Winkler schluckte, denn einen solch kalten Ort hatte er noch nie im Leben gesehen. Boden, wie Wände waren mit eisigen, weißen Kacheln gefliest. Ein karger Schreibtisch befand sich in der Ecke zum Fenster. „In Reihe Aufstellung nehmen." Die Anwärter gehorchten seinen Anweisungen und stellten sich nebeneinander auf. Während der Mediziner, ein großgewachsener, älterer Herr ihre Stammrollen entgegennahm, warf er einen düsteren Blick über seinen Brillenrand. „Ausziehen!" In Windeseile hatten sich die Freiwilligen ihrer Kleidung entledigt. Peinlich berührt standen alle zehn nun vor dem Arzt, so wie Gott sie schuf. Ohne eine Sekunde zu verlieren, ging der Alte die Reihe ab. Er prüfte mit dem klirrend kalten Stethoskop den Herzschlag, maß den Puls, schaute nach den Zähnen, dem Haarwuchs und versicherte sich durch leichte Schläge auf die Gelenke der Reflexe. Vor Alex blieb er jedoch fragend, gar erbost stehen. Samt beiden Händen verdeckte dieser seinen Genitalbereich. „Scham ist hier fehl am Platz, Junge", raunte der Arzt. „Wenn Sie Geheimnisse vor Ihrer Herzallerliebesten haben, soll es mir gleich sein. Aber hier geht es um Ihr Heimatland. Also Hände auf den Rücken." Alexander wäre am liebsten im Boden versunken, also schloss er die Augen und gehorchte dem Mediziner. „Na? Es geht doch. Im Schützengraben werden Sie sich vor Ihren Kameraden erleichtern müssen. Stellen Sie sich nicht so an." Nachdem er die Untersuchungen beendet hatte, ließ er die Rekruten auf Bewegungstauglichkeit und Ausdauer testen.

Zehn Minuten Dauerlauf auf der Stelle, dreißig Kniebeugen und zwanzig Liegestütze mussten sie über sich ergehen lassen, bevor der Alte seinen Stempel unter die Dokumente setzte. „Wegtreten. Befähigung erteilt. Viel Glück, Männer." Die Freunde atmeten erleichtert durch, als sie diese Nachricht hörten. Nur Thomas schien nicht überzeugt von dem momentanen Erfolg. Schweigend streifte er die Kleidung über und schlich hinter den anderen her, die sich das zufriedene Lächeln nicht verkneifen konnten. Zu guter Letzt führte ihr Weg den langen, kargen Flur entlang, bis hin zur Kleiderkammer, wo sie die heißersehnten Uniformen erhielten. Unter den ernsten Blicken eines weiteren Offiziers, erhielten sie ihre zukünftige Kleidung. Zwei Hosen, zwei Hemden, einen Mantel und ein paar Stiefel in Einheitsgröße wurden den Burschen ausgehändigt.

„Ankleide ist im Nachbarraum, den Flur entlang. Wenn die Sachen nicht passen, ist das euer Problem", raunte der Vierzigjährige. „Verstanden?"

„Jawohl", hallte es, wie aus einer Kehle. Sie nahmen ihre Bündel und schlichen in die große Halle. Dort streiften dutzende junger Männer lachend und siegesgewiss die Uniformen über. Dieser unsägliche Mut hatte eine ansteckende Wirkung auf die Freunde. Oskar schritt voran. Gutgelaunt zogen sie sich um. Neugierig wandte sich Reiner einem anderen Hessen zu und fragte: „Entschuldige, Kamerad. Geht es nun an endlich an die Front?" Ein schallendes Gelächter brach unter den Rekruten aus.

„Ihr müsst, wie alle hier, erst einmal die Grundausbildung hinter euch bringen. Ohne diese, könnt ihr schon heute euer Grab ausheben lassen."

Thomas streifte sich den Mantel über und schaute verwundert drein.

„Da ist ein Loch an meiner Schulter“, flüsterte er leise. Während die Kameraden diesen Fehler in Augenschein nahmen, mischte sich ein Fremder ein.

Unbeeindruckt zischte er abwertend: „Es wird nicht das letzte Loch sein, welches deine Kutte abkriegt.“ Schweigend starrten sie den jungen Mann an. Sein Name war Felix Gruber, fünfundzwanzig Jahre alt, aus der Nähe von Frankfurt. Er beendete sein Medizinstudium auf die Weisung seines Vaters hin, der es als Ehre empfand in diesen schweren Zeiten dem Land zu dienen. Nicht nur die Kenntnisse der Anatomie, sondern auch der Körperchemie zeichneten ihn aus. Seine dunklen Augen musterten die jungen Männer, die sich unbedarft in diese Gefahr begaben. Das rote Kreuz, welches auf seinem Oberarm prangte, brachte dem großgewachsenen, drahtigen Sanitäter den nötigen Respekt ein. Plötzlich öffnete sich das schwere Schiebetor am Ende des Saales und ein Leutnant nahm seinen zukünftigen Truppenteil in Augenschein.

„Achtung“, dröhnte die markante Stimme, schallend durch den Raum und ließ die Burschen strammstehen. „Sachen packen. Dann Aufstellung nehmen.“ Felix stellte sich neben Winkler.

„Du bist anscheinend der Einzige, der sich fürchtet“, flüsterte der Fünfundzwanzigjährige, während er dem verunsicherten Poeten zuversichtlich auf die Schulter klopfte. „Die Angst ist unser bester Freund. Sie macht dich aufmerksam. Bleib an meiner Seite, dann steigen deine Überlebenschancen.“ Als sie im Gleichschritt ins Freie traten, folgte der nächste Schwung der Freiwilligen in die Umkleide und scheppernd schloss sich die Pforte.

Kurz angebunden erteilte der Kommandeur den Befehl schneller zu gehen. Thomas, den die Worte des Sanitäters beruhigten, wandte sich diesem erneut zu.

„Ich danke dir. Aber was wird aus meinen Freunden?“

„Mit dieser Einstellung und Überheblichkeit, werden deine Kameraden schnell wieder zuhause sein. Schwer verwundet oder in einer Eichenkiste.“ Diese harten, mahnenden Worte hinterließen ihre Spuren bei dem jungen Mann.

Ein weiterer Monat ging ins Land. Es war bereits Anfang April. Schnee und Eis wichen dem Frühling. Während sich die kargen, aufgewühlten Wiesen Belgiens stellenweise wieder grün färbten, versanken die Wege jedoch im zähen Schlamm. Angespannt saßen James, Ronnie und William mit ihren Kameraden in einem Unterstand, der sich fernab der Frontline befand. Immer wieder waren kurze Schusssalven zu hören, die sich mit dem Grollen einzelner Granatexplosionen abwechselten. Hin und wieder stürmten britische Soldaten an der geöffneten Holztür vorbei. In ihren Händen hielten sie Spaten, Eimer und Drainagen, um die Schützengräben nahe des Frontabschnitts trocken zu legen.

„Diese schlammige Brühe stinkt zum Himmel“, zischte Morgan angewidert und nahm einen weiteren Löffel Suppe zu sich. Abermals ertönte ein lautes, ohrenbetäubendes Krachen. Der Schmutz rieselte durch die poröse Holzdecke.

„So ein Mist“, raunte Jones, dem der feuchte Sand in die Blechschüssel fiel. Ronnie Wilkinson beobachtete seine Freunde. Nachdenklich schrieb er in sein Tagebuch. Der Blick schweifte wieder aus der offenen Tür, auf die zwei Meter hohe, mit dicken Planken befestigte

Wand des Schützengrabens. In einem schmalen Streifen sah er den blauen Himmel, welcher oberhalb der aufgeschichteten Sandsäcke endete.

„Ronnie? Hast du keinen Hunger?", erkundigte sich James besorgt, doch er erhielt nur ein abwesendes Kopfschütteln. „Ronald?"

„Lass ihn, James", forderte Willi ihn auf und versuchte einen Themenwechsel herbeizuführen. „Kennst du die genaue Truppenstärke?" Morgan nickte, aß einen weiteren Löffel, ehe er antwortete: „Wir gehen mit einer kanadischen Division, drei französischen und fünf der unseren ins Feld. Allerdings ziehen auch die Deutschen vermehrt Truppen zusammen. Unser Kommandeur rechnet mit sieben Divisionen. Aber frag mich nicht, wann es so weit sein wird. Das weiß nämlich nur der Allmächtige." Schon wieder drang das Beben einer Explosion durch den Unterstand, was William endgültig den Appetit verdarb.

„Verdammter Mist. Ich könnte schon jetzt Dreck fressen. Willst du meine Portion? Suppe mit erdigen Stücken?"

„Ich habe in einem Gespräch gehört, dass es dem zweiten bayrischen Armeekorps gelungen sei die Höhenstellung von St. Eloi zu erobern. Nicht mehr lange, dann nehmen ihre Truppen auch den Kemmelberg ein. Von dort aus sind wir ein gutes Ziel", flüsterte Ronnie nachdenklich und steckte sein Tagebuch in die Tasche. Die Freunde bemerkten die bedrückte Miene.

„Mach dir keine Sorgen. Wir sind so gut eingegraben… Uns wird schon nichts geschehen."

Jones wusste nicht, ob er seinen eigenen Worten Glauben schenken sollte. Aber es beruhigte Wilkinson und dies wollte er immerhin erreichen. Gerade hatten sie ihre

Mahlzeit beendet, da stürmte der Lieutenant an dem Verschlag vorbei. Seine Trillerpfeife donnerte durch den schmalen Graben, gefolgt von der markanten Stimme, welche zum Sammeln rief. Hastig sprangen die Offiziersanwärter auf, richteten ihre Uniform, schulterten das Gewehr und stapften raschen Schrittes durch den klebrigen Schlamm. Als alle Männer des fünften Korps, welches General Herbert Plumer unterstand, versammelt waren, ergriffen die Kommandeure das Wort.

„Wir haben den Befehl erhalten östlich der Stadt Ypern in Stellung zu gehen. Geben Sie auf sich acht. In den nächsten Tagen rechnen wir mit einem deutschen Vorstoß. Viel Glück, Gentlemen, und seien Sie bereit loszuschlagen." Die Männer nahmen ihre Karabiner sowie Tornister und gingen los. Gefolgt von denjenigen, die die schweren Maschinengewehre auf den Schultern trugen. Hinter ihnen liefen die Munitionsträger, welche unter dem Gewicht fast den Anschluss verloren. Im Gegensatz zu James und William hatte Ronnie ein schlechtes Gefühl, während sie sich hintereinander dem Frontabschnitt näherten.

Nur wenige Stunden, nach denen die britischen Korps ihre Stellung bezogen hatten, traf der deutsche Truppenzug nahe Moorslede ein. Schnaubend stieß die schwarze Lok ihre tiefgrauen Rauchwolken in die Höhe und kam allmählich zum Stillstand. Mit einem scheppernden Ruck öffnete sich die Seitentüren der schweren Anhänger und von ernst dreinschauenden Offizieren wurden die unerfahrenen Soldaten in Empfang genommen. Als Erster sprang Oskar hinaus.

Binnen Sekunden nahmen die Truppen Aufstellung, bevor sie, hinter einer Kolonne von Lastern eingereiht,

Richtung Ypern marschierten. Während ihr Weg an den vielen Wagons, welche mit Nachschub an Waffen, Munition und Granaten beladen waren, vorbeiführte, warf Thomas einen Blick zur Seite. Aus den Augenwinkeln bemerkte er, wie riesige, metallene Behälter die Innenräume verließen. Keiner der jungen Männer war sich im Klaren darüber, dass die Oberste Heeresleitung bereit war, die Büchse der Pandora zu öffnen. Die Soldaten schritten weiter voran, bis sie das Ziel, nämlich die Lager vor Poelkapelle, kurz vor Sonnenuntergang erreichten.

2. Kapitel

„Was siehst du?“, fragte James leise, während er sich eine Zigarette anzündete. Willi, der am Morgen des 21. April die Wache übernommen hatte, schwieg. Sein Blick schweifte vorsichtig zwischen den dicht gepressten Sandsäcken von links nach rechts. Außer den dichten Stacheldrahtverschlägen, zerklüfteten Kraterrändern und den Leichen, deren verwesender Geruch zu ihnen herüberwehte, war nichts zu sehen.

„Es scheint, als wäre niemand da draußen“, wisperte der Offiziersanwärter besorgt. „Die Stille ist furchterregend. Sie treibt mir eine dicke Gänsehaut über den Rücken.“ Morgans Aufmerksamkeit galt plötzlich wieder seinem Freund Ronnie, welcher minutiös zum vierten Mal seinen Karabiner reinigte und auf Funktion prüfte.

„Mensch, Ronnie“, zischte er. „Nimm einen Zug. Das beruhigt die Nerven, denn du bist im Begriff mir den letzten zu rauben.“

„Halt die Klappe“, antwortete Wilkinson, bevor seine Konzentration wieder Kimme und Korn galt. „Wenn es losgeht, will ich nicht mit einem defekten Karabiner dastehen.“

„Deine Einstellung ist löblich“, gab Jones ihm Recht, legte sein Periskop an, ehe er weiter die zerpflügte Ebene beobachtete. „Es ist unvorstellbar, dass hier vor nicht einmal einem Jahr alles in grün und voller Blüte stand. Heute erscheint dieser Abschnitt nur noch tot.“ Betretene Stille machte sich breit.

„Ich sag euch", ertönte eine Stimme aus der Reihe der angespannten Soldaten. „Es ist die Ruhe vor dem Sturm. Wir werden genau an dieser kargen Stelle die härteste Schlacht unseres Lebens schlagen." James sah sich um und schaute in die tiefblauen Augen eines neunundzwanzig Jahre alten, großen, schlanken Mannes, der mit seinen langen, angewinkelten Beinen im Dreck saß. Angetan von dessen Erscheinung, fragte Morgan weiter.

„Darf ich deinen Namen erfahren?"

„Henry Collins." Die beiden reichten sich die Hand.

„Ich habe dich noch nie zuvor gesehen", flüsterte James neugierig. „Das heißt, du bist nicht von der Militärakademie." Henry nickte, griff in seine Jackentasche und nahm einen kräftigen Bissen von einem roten Apfel.

„Letztes Jahr im Mai habe ich mein Chemiestudium abgeschlossen. Die Suche nach einer geeigneten Anstellung war jedoch viel zu kurz. Als die Deutschen Großbritannien den Krieg erklärten, gab es für mich keine andere Möglichkeit. Ich werde dem König dienen und notfalls für ihn sterben." Diese Worte imponierten den jungen Männern, die allesamt nur zustimmend nicken konnten. Während William weiterhin die Front im Auge behielt, bot Morgan Henry eine Zigarette an. „Vielen Dank." Eine Minute herrschte Stille, bis der Chemiker seine Neugier befriedigte. „Wie heißt ihr drei?"

„Mein Name ist James Morgan. Das ist Ronald Wilkinson, doch alle nennen ihn Ronnie." Ronald hob leicht die Hand und wandte sich wieder seinem Gewehr zu. „Das ist unser Kamerad William Jones." Ein abwesendes Lächeln stahl sich auf die Lippen des Chemikers.

„Freut mich euch kennenzulernen."

„Ich gehe davon aus, dass es nicht dein erster Einsatz ist, oder?", erkundigte sich Willi.

„Nein. Schon bei der ersten Schlacht in diesem Gebiet war ich hier. Damals schafften wir es die Stellung zu halten. Aber es war mit Blut und vielen toten Kameraden schmerzvoll erkämpft. Undenkbar, dass hier anfangs Mohnblumen wuchsen." Wiederum herrschte Stille unter den Soldaten. Alle sahen ihn sorgevoll an, aber Collins lächelte zuversichtlich. „Nun harren wir den Dingen, die da noch auf uns zukommen."

Zur gleichen Zeit machten sich die hessischen Freunde, zusammen mit ihrem Korps, auf, um die Truppen zwischen Steenstrate und Poelkapelle zu verstärken. Angespannt und mit steigender Nervosität liefen sie hintereinander her. Bei jedem Schritt versanken ihre Stiefel bis über die Knöchel im hartnäckigen Schlamm. An diesem verhangenen, windigen Mittwochmittag erreichte die Truppe endlich die rückgezogenen Schützengräben. Oskar atmete tief durch, zog seine lederne Pickelhaube ab und wischte sich den Schweiß von der Stirn. Alexander beobachtete dies mit einem Kopfschütteln.

„Wie kann man bei diesen Temperaturen nur ins Schwitzen geraten?" Breitner wollte ihm gerade antworten, als der Leutnant plötzlich hinter ihnen stand und umgehend losbrüllte.

„Sie scheinen keine anderen Sorgen zu haben, Soldat Freund? Spaten schnappen und den Schützengraben befestigen. Mal sehen, wie Sie nach ein paar Stunden körperlicher Arbeit aussehen. Ich werde Ihnen den Ernst der Lage schon begreiflich machen."

„Jawohl, Herr Leutnant."

So nahmen die Freunde ihr Werkzeug und besserten den aufgeweichten Durchgang aus. Immer wieder starrten die Freunde ihn an.

„Hättest du bloß die Klappe gehalten, Alex. Dann wären wir jetzt schon an der Front."

„Ja, ja", zischte der Neunzehnjährige. Als die Abenddämmerung hereinbrach, war ihr Atem schwer und blutige Schwielen bedeckten die Hände. Thomas Winkler nahm dies schweigend hin. Schweren Schrittes schlichen sie zu den Frontbaracken, die ein wenig Schutz vor der nächtlichen Witterung boten. Während Reiner und Oskar sich von Felix die Blasen aufstechen und verbinden ließen, sahen die beiden anderen zu, wie in gewissen Abständen die schweren Stahlflaschen, ein Stück weit vom Rand der Gräben entfernt, aufgestellt wurden.

„Was glaubt ihr, wann es losgeht?", fragte der Dichter verunsichert und erntete von seinen Kameraden nur ein beiläufiges Schulterzucken. Einzig der Sanitäter meldete sich zu Wort.

„Unser General Falkenhayn hat den Angriff befohlen." Mit weit geöffneten, funkelnden Augen schaute Breitner ihn an, bevor dieser fortfuhr. „Ich habe heute Morgen ein Gespräch der Kommandierenden belauscht. Wir werden bleiben und abwarten."

„Aber warum?", erwiderte Reiner voller Unverständnis.

„Ich habe keine Ahnung. Doch wir sollen erst einmal die Stellung halten, bis weitere Befehle folgen." Immer mehr Metallbehälter wurden an der geöffneten Holztür vorbeigeschleppt.

„Das bedeutet nichts Gutes", wisperte Winkler kopfschüttelnd. Seine Ahnung sollte sich im Verlauf der Schlacht bewahrheiten.

„Also warten wir", zischte Fröhmer und zündete sich eine Zigarette an. In dieser stillen Nacht fand niemand den nötigen Schlaf.

Angespannt saßen sie da. Immer wieder streiften Leuchtraketen den rabenschwarzen Himmel, welche Teile des Feldes erhellten, und vereinzelt war das donnernde Tacken der Maschinengewehre zu hören.

„Verflucht. Ich halte das bald nicht mehr aus."

Schließlich brach der Morgen des 22. April 1915 an. Es war ein düsterer Donnerstag. Kein Sonnenstrahl traf den kühlen Boden und dennoch bildeten sich vereinzelt Nebelschwaden, die langsam über die Ebene krochen. Die kargen, verkohlten Bäume, welche noch auf dem Feld standen, machten die Lage bedrohlicher. Nichtsdestotrotz widmeten sich die britischen Freunde ihrer Bestimmung. Jede Faser des Körpers schien unter Strom zu stehen.

„Wie spät ist es?", wisperte William, der erschöpft von den Spähdiensten, sich eine Mütze Schlaf gegönnt hatte. Robbie nahm seine alte Taschenuhr heraus. Er hielt sie gegen das aufkommende Tageslicht und versuchte krampfhaft seinem Freund eine Antwort zu geben.

„Kurz nach acht", sprach er teilnahmslos. „So sieht es jedenfalls aus. Ich kann noch nicht viel erkennen." Plötzlich erschien der Kommandeur. Er erkundigte sich nach dem Wohlbefinden seiner Männer.

„Wir halten durch, Lieutenant", sprach Morgan entschlossen, während die anderen die Karabiner luden und abermals auf Funktionstüchtigkeit überprüften.

„Gott möge bei euch sein." Er wollte sich gerade umdrehen, um nach dem Rest seiner Männer zu schauen, als auf einmal ein dumpfes Grollen den, in der Nacht gefrorenen, Boden erschütterte. Wie in Schockstarre verfallen, kauerten sich die jungen Burschen an die kalten Holzwände. Sie begannen leise zu beten. „In Deckung", brüllte ihr Kommandeur und versuchte den ohrenbetäubenden Lärm zu übertrumpfen. „Jeder bleibt, wo er ist." Nachdem die ersten Granaten nicht in weiter Entfernung explodierten und der angefrorene Schlamm ihnen über die Köpfe hinwegflog, schrie William los.

„Wie gerne wäre ich jetzt in einem Pub. Darts spielen und den hübschen Damen nachschauen. Verdammt, ich vermisse es." Seine Freunde hielten derweil die Luft an. Ihre Körper zogen sich schützend immer weiter zusammen. Stets versuchte einer von ihnen die Lage zu sondieren, doch es war unmöglich nur einen kurzen Moment über den Grabenrand zu blicken. Schwer durchatmend schrie der Lieutenant los: „Ich muss zum Kommandoposten." Er drehte sich um, packte Ronnie am Kragen und riss ihn hinter sich her. „Ich brauche Sie, Wilkinson. Sie werden mich begleiten und notfalls die Befehle weitergeben." Abermals schrillten die lauten Pfiffe durch die Luft. Wenn sie aufhörten, dauerte es weniger als zwei Sekunden, bis erneut der Dreck über sie hinweggeschleudert wurde. Das Feuer der Detonationen erhellte selbst den düsteren Himmel. Während Jones, Morgan und Collins regungslos dasaßen, sich die Hand schützend über den Kopf hielten und auf eine Feuerpause warteten, verschwand Ronnie mit dem Kommandeur hinter einer Kurve des nicht enden wollenden Laufgrabens. Eine Stunde später kam er zurück. In geduckter Haltung nahm Wilkinson neben James Platz und rang um Luft. Das Gewehr fest an den Körper gepresst, sah er seinen Waffenbruder ernst an.

„Wie lauten nun unsere Befehle?", schrie Morgan, als erneut eine Granate, nicht weit von ihrem Standpunkt entfernt, explodierte. Alle suchten Deckung, nur Ronnie kniete, wie hypnotisiert, auf dem antauenden Boden.

„Stellung halten. Selbst die Kommandozentrale ist irritiert."

„Inwiefern?", brüllte der Chemiker, als schon wieder der Schmutz über den Stellungsrand hinwegflog.

„Sie gehen davon aus, dass die Deutschen auf breiter Front einen Vorstoß wagen. Also sollen wir unsere Linie verteidigen." Sie nahmen die Order so hin. Nur Henry schüttelte den Kopf.

„Die führen irgendetwas im Schilde." In diesem Augenblick dachte Robbie nach. Ihr Freund hatte Recht.

„Ja", antwortete der Offiziersanwärter.

„Ich habe den Eindruck, dass es heftiger wird." In diesem Moment schlugen vier Granaten auf der Ebene vor ihrem Schutzwall ein.

„In Deckung", schrie Morgan, während er den Kopf zwischen den Beinen versteckte. Alle anderen taten erschrocken dasselbe. Die Nerven lagen nun blank. Jegliche Reaktion, von schreien, weinen, wie auch stillem Zittern, war zu sehen. Einige beteten leise und küssten hastig ihr Kreuz, welches an den dünnen Ketten um den Hals baumelte. Schnellen, geduckten Schrittes eilte der Lieutenant durch den schmalen Gang. Er versuchte, immer wieder, den Lärm der Geschütze zu übertönen.

„Haltet die Köpfe unten. Bewahrt Ruhe. Bleibt, wo Ihr seid", schrie er kurz angebunden und stürmte an den Freunden vorbei. Morgan erkannte keinen Sinn in dieser Anweisung. So drehte er sich zu den anderen um. Doch als er sah, wie Wilkinson, Jones und Collins, mit eingezogenen Köpfen, am Rand kauerten, wagte er es nicht seinem Vorgesetzten zu widersprechen. Stunden vergingen, in denen eine Detonation auf die nächste folgte. Immer wieder wurde aufgeschüttete Muttererde, durch die Wucht der Explosionen, über sie hinweggeschleudert. Es schien der Tag des Jüngsten Gerichts zu sein. Plötzlich, ohne dass einer der Kameraden etwas unternehmen konnte, sprang ein Bursche auf. Mit weit geöffneten Augen, die die blanke Todesangst widerspiegelten, schreiend und unter Tränen umgriffen seine dürren, zittrigen Hände die schmalen Sprossen der Leiter.

„Ich will, dass es aufhört", donnerte seine aufgeregte Stimme, lauter als der Krach der Einschläge, durch den Schützengraben. Morgan versuchte nur noch seine Beine zu fassen, um ihn aus der Schusslinie zu bringen. Aber es war schon zu spät. Der Junge hatte die Stufe erreicht, von der aus ein Scharfschütze leichtes Spiel hatte. Unter den Lärm mischte sich ein dumpfer Laut und der Bursche stürzte regungslos die Leiter hinunter. Mit weit aufgerissenen Augen starrte er die jungen Offiziersanwärter an. Blut quoll aus seiner Stirn. Auf ihr prangte ein glattes Einschussloch. James Lippen bebten, als er den leblosen Körper seines Kameraden auf dem Schoss stützte. Zitternd hob er seine Hand empor, welche den Kopf des Fremden bis dahin festhielt. Er drehte ihn leicht zur Seite und schien zur Salzsäule zu erstarren.

„Was ist mit ihm?", rief James laut, während Henry seine kleine Sanitätstasche vornahm. Collins versuchte den Puls zu tasten. Aber der Junge hatte sein Leben ausgehaucht.

„Er ist tot", flüsterte der Chemiker und gab zwei weiteren Burschen die Anweisung den Soldaten aus dem Graben zu bringen. Angespannt starrte Morgan auf den Leichnam. Er atmete tief durch und schrie die Männer an, am Stellungsrand Position zu beziehen.

„Feuer", lautete die Anweisung ihres Offiziers. Ohne einen Augenblick zu überlegen, erwehrten sich die britischen Truppen des deutschen Angriffs.

Henry versorgte unterdessen mit aller Kraft die Verwundeten. Wie eine Maschine stürzte er von einem zum anderen, legte Verbände an, stillte Blutungen, bevor die Infanteristen ihre Karabiner griffen und sich größte Mühe gaben, den Gegner zurückzuhalten. Doch vom gegenüberliegenden Frontabschnitt kam keine Reaktion, was Robbie misstrauisch machte. Also wandte er sich unter dem tosenden Lärm der einschlagenden Granaten an seinen Lieutenant.

„Seit drei Stunden liegen wir nun schon unter Artilleriefeuer, Lieutenant. Wann starten sie endlich ihren Angriff?" Der Vorgesetzte zuckte mit den Schultern und antwortete nachdenklich: „Ich habe keine Ahnung. Wir dürfen uns jedoch nicht zurückdrängen lassen. Das hat Priorität." Er wollte sich gerade umdrehen, um mit den restlichen Bataillonen Verbindung aufzunehmen, da gab es einen wuchtigen Knall, zehn Meter zur rechten Seite. Schlamm und Splitter der zerborstenen Randeinfassungen flogen wie Geschosse umher. Einige der britischen Soldaten fielen zu Boden. In ihren Körpern steckten überall die Holzstücke. Die Männer, welche zu diesem Zeitpunkt am Rand lagen, waren, wie vom Erdboden verschluckt. Nur Stofffetzen ihrer Uniformen waren noch zu erkennen. Sandsäcke barsten und ein breiter Krater klaffte am Aufgang. Nachdem sich der Offizier gesammelt hatte, forderte er zwanzig seiner Soldaten auf, die Stellung wieder zu befestigen. Während einige von ihnen hastig den nun flachen Anstieg mit Schaufeln befestigten, füllten andere neue Sandsäcke. „Das muss schneller gehen", donnerte die laute Stimme des Kommandeurs panisch durch die Reihen. Weitere fünf Kameraden stellten sich freiwillig zur Verfügung, um die Anlage auszubauen. Im Feuerschutz der Einheit stiegen sie, die Säcke auf den Schultern liegend, die schmale Leiter hinauf. Der erste legte seinen ab, als plötzlich ein Kopfschuss ihn niederstreckte. Ohne ihn eines Blickes zu würdigen, stieg der nächste die Stufen hinauf und auch ihn erwischte eine Kugel.

So erging es weiteren acht der jungen Männer, bis die Lücke endlich geschlossen war. An ein Durchatmen war keinesfalls zu denken. Noch immer schlugen die Granaten im Sekundentakt vor, neben und hinter ihnen ein. Ronald begann zu beten, während er durch den dichten Rauch eine Salve nach der anderen abgab. Inzwischen waren geschlagene fünf Stunden vergangen. Das Geschützfeuer hielt an. Auf einmal, kurz vor sechs Uhr abends, nahm das Grollen von Norden her ab. James und Will hofften einmal durchatmen zu können. Dem war nicht so. Weiterhin spien die deutschen Kanonen ihren glühenden Stahl auf ihre Gräben nieder.

„Wie lange soll das so weitergehen?", fragte Morgan einen anderen Soldaten und stetig mischten sich Maschinengewehrsalven unter den ohrenbetäubenden Lärm.

„Wir müssen einfach durchhalten. Ihr leistet gute Arbeit. Nicht aufgeben, Männer." Mit diesen Worten, die die Truppe beruhigen sollten, verschwand auch er im dichten, schwarzen Rauch."

„Gott möge bei uns sein", flüsterte James seinen Kameraden zu und gab sich alle Mühe Zuversicht auszustrahlen.

Unterdessen saß Oskar samt seiner Kameraden, nahe dem Frontabschnitt, den französischen Truppen gegenüber. Er fragte sich, wann endlich der Befehl zum Angriff durch die Reihen gehen würde. Jedoch wurde seine Geduld auf eine harte Probe gestellt.

Plötzlich nahm das Geschützfeuer auf die Stellungen ab und nur noch das Getöse aus Richtung Ypern war zu vernehmen. Vorsichtig wandte sich Reiner seinem Freund zu. Leise fragte er, wann es endlich so weit sei. Dieser hielt den Zeigefinger vor den Mund, bevor er den Karabiner durchlud. In Windeseile taten es ihm Fröhmer, Freund und Winkler gleich. Der Einzige, der diesen Blutrausch der Kameraden nicht teilen konnte, war Felix Gruber. Er hatte schon zu viel gesehen, zu viel Leid erleben müssen. Daher hielt sich Felix im Hintergrund. Vereinzelt waren noch die Pfiffe und Explosionen der Granaten zu hören, als der Befehlshabende durch die Reihen der enggepresst dasitzenden Männer schritt.

„Bleibt an eurer Position", zischte er, während sein Blick immer wieder leicht über den Grabenrand schweifte. Dunkelheit umfasste zusehends den Abschnitt. Nur noch vereinzelt drang das Licht der untergehenden Sonne durch die dichten Wolken- und Rauchschwaden. Auf einmal ertönten schrille Pfiffe, die sich über die gesamte Breite von sechs Kilometern, zogen. Oskar und Thomas packte die Neugier. Mit den Gewehren im Anschlag riskierten sie einen schnellen Blick über den Stellungsrand. Ein Unteroffizier des Pionierregiments 35 sowie ein einfacher Soldat standen neben den stählernen Flaschen. Im nächsten Augenblick ertönte der Befehl.

„Anblasen." Kräftig drehten die ausgewählten Soldaten an einer Seitenschraube und einen Wimpernschlag später spien die großen Behältnisse eine gelbliche Wolke aus. Wie eine undurchsichtige Wand zog sie aufgrund des starken Ostwindes nach Westen, in Richtung der feindlichen, französischen Stellungen. Niemand ahnte welche Gefahr diese neue Waffe mit sich brachte. So wollte Breitner gerade schon den schützenden Wall verlassen, als der Kommandierende in zu Boden riss.

„Sie sind wohl von allen guten Geistern verlassen, Breitner", raunte er den Burschen an. „Ihr werdet genau an dieser Stelle hocken bleiben, bis ich andere Anweisungen gebe. Habt Ihr das verstanden?"

„Jawohl, Herr Leutnant."

Als dieser zwischen den Männern verschwunden war, fragte Thomas leise, was dort vor ihnen geschah. Darauf hatte Felix eine klare Antwort. Leise flüsterte er ihm zu: „General Falkenhayn hat also Ernst gemacht." Die Kameraden wandten sich ihm fragend zu. „Ich hielt es nur für ein Gerücht. Das ist Chlorgas. Damit wollen sie den Feind zurückdrängen. Gott möge uns beistehen." Schnell bewegte sich das Giftgas gegen die westlich gelegenen Streitkräfte. Nicht ahnend, was sich dort kriechend näherte, eröffneten die Solodaten das Feuer. Ihrer Meinung nach war es ein Schutzwall, der den Deutschen das Vordringen erleichtern sollte. Ein fataler Irrtum. Langsam sank das totbringende Gemisch in die Gräben und wurde von den Soldaten eingeatmet. Binnen Sekunden krochen die Ersten orientierungslos auf dem schlammigen Boden umher. Ein starker Husten und schnell einsetzende Atemnot waren nur die Vorboten. Oskar sah aus der Ferne zu, wie sich die Schwaden allmählich auflösten. Plötzlich kam die langersehnte Anweisung zum Vorstoß. Blitzschnell bewegten sich die Soldaten des hessischen Bataillons vorwärts. Das Gewehr im Anschlag, mit aufgepflanzten Bajonetten schritt die Truppe über das öde, unebene Feld. Noch einige wenige Schüsse fielen, doch diese bewiesen lediglich, dass der Gegner auf dem Rückzug war. Mit pochendem Herzen verschwanden die ersten Männer in der Frontstellung. Angespannt folgten ihnen Reiner, Thomas, Oskar, Alexander und Felix. Wie versteinert starrten sie in die leblosen, weit geöffneten Augen der Franzosen, die im Dreck lagen. Blut quoll aus ihren Mündern, die Hände waren verkrampft und Todesangst spiegelte sich in den Blicken wider. Vorsichtig stiegen sie über die leblosen Körper. Dem Sanitäter liefen die Tränen über das schmale Gesicht, während die anderen mit versteinerten Mienen voranschritten. Oskar blieb plötzlich stehen. Ein vom Gas geschädigter Franzose kauerte gegen eine Wand gelehnt. Panisch rang er um ein wenig Luft. Sein Blut lief in einem dünnen Rinnsal den Mundwinkel hinab. Flehend versuchte der Infanterist ein Wort herauszubringen und griff nach Breitners Arm, als sich der Leutnant durch die Männer presste. Mitleidsvoll reichte Oskar dem jungen Soldaten die Hand, welcher in ihrem Alter war. In diesem Moment kamen Gefühle in dem sonst so harten Burschen hoch, die er seit einer Ewigkeit unterdrückt hatte. Der Leutnant blieb stehen, schaute ihm in das blasse Gesicht und zischte: „Machen sie dem Leiden ein Ende, Soldat. Er hat es eh fast hinter sich. Also warum das Elend noch herauszögern." Eine kurze Zeit blieb der Offizier neben Oskar stehen. „Wollen Sie meinen Befehl missachten, Breitner?"

„Nein, Herr Leutnant."

„Dann geben Sie ihm endlich den Gnadenschuss." Danach lief er weiter und der Hesse schloss unter Tränen die Augen.

„Verzeih mir", wisperte er, setzte die Mündung seines Karabiners auf die Stirn des Franzosen und drückte zitternd ab. Beim lauten Knall zuckten alle zusammen.

„Lass uns weitergehen", flüsterte Alex, legte ihm tröstend die Hand auf die Schulter, ehe er sich an Breitner vorbeidrängte.

Auch Reiner schritt behutsam über die Leichen an ihm vorbei.

„Gott hat diesem Ort und uns den Rücken zugewandt", wisperte Winkler mit erstickter Stimme und machte das Kreuzzeichen vor dem fremden Leidensgenossen.

„Du sagst es", erwiderte Gruber. Er wischte sich hastig die Tränen von der Wange. „Wir sollten angesichts unserer Taten qualvoll im Fegefeuer schmoren." Plötzlich donnerten über zwanzig vereinzelte Schüsse durch den Abendhimmel, gefolgt von einer entsetzlichen Totenstille. So drängten sie, bedingt durch die Anwendung einer der grausamsten Waffen, an dieser Stelle den Gegner über vier Kilometer zurück.

Zur selben Zeit warf der Chemiker Henry Collins einen schnellen Blick über den Stellungsrand, der noch immer unter anhaltendem Beschuss lag. Wie versteinert stierte er auf die gelbe Wolke, die sich krauchend ihren Weg bahnte. Binnen Sekunden zogen zwischen den Abschnitten die Schwaden in die Gräben.

„Jesus Christus." Collins rannte los. Er wusste, was dies zu bedeuten hatte. „Gas. Es ist Gas", brüllte er donnernd durch die Stellung. Erschrocken stoppte ihr Gegenfeuer, bis Henry die Anweisung gab, auf die Halstücher zu urinieren. „Bindet sie euch vor Mund und Nase." Auch James, Willi und Ronnie taten, was ihnen gesagt wurde. Der Gestank war ekelhaft und niemand wusste, ob diese Maßnahme Wirkung zeigen würde. Wieder begannen sie das Feuer zu erwidern. Ihr Blick galt aus den Augenwinkeln ständig der gelben Wand. So waren die Offiziersanwärter gezwungen, noch acht quälend lange Stunden zu überstehen, ehe die ersehnte Ablösung kam. Mittlerweile war es vier Uhr morgens. Keiner von ihnen wagte es zurückzuschauen. Nur Ronnie, der auf einmal, wie versteinert, stehen blieb und sich das uringetränkte Tuch herunterzog. Der Anblick wirkte unwirklich. Westlich bewegten sie sich auf die Dunkelheit zu, während im Osten der rabenschwarze Himmel von dem gleißenden Licht der Explosionen taghell wirkte.

„Komm, Ronnie", wisperte Jones ausgelaugt. „Wir müssen zurück. Etwas Warmes zu Essen und eine Mütze Schlaf warten auf uns." Sachte schob Collins ihn, mit blutverkrusteter, leerer Miene, weiter den schmaler werdenden Graben entlang, bis sie die, im Hinterland gelegenen, Lager erreichten. Vor den Zelten saßen die frischen Soldaten, die noch einen Grund zum Lachen finden konnten. Dieses bunte Treiben war Morgan zuwider, was er durch seine Verachtung einen jeden spüren ließ. Einer der Neuen kam auf James zu, griff nach seinem Arm und fragte ihn, wie es war.

„Du hast ja keine Ahnung", zischte der Offiziersanwärter mürrisch. Mit einem beherzten Schlag löste er die Hand von seinem Arm. „Infanterie?" Der Fremde Bursche nickte eingeschüchtert.

„Dann möge Gott euch beistehen. Ihr seid die Nächsten, die sich dort raus wagen müssen."

„Was habt ihr gesehen?" Morgan kniff die Augen zusammen, schüttelte den Kopf und zischte: „Du wirst es am eigenen Leib miterleben. Jetzt lass mich in Ruhe." In einer Reihe schlichen sie samt ihrer Emaille-Becher zur Essensausgabe. Jeder von ihnen zuckte zusammen, als die nächsten, sich nähernden Detonationen zu hören waren. Wortlos schöpfte der Truppenkoch ihnen heiße Suppe ein, ehe er sie weiterschickte. Willi schaute sich auf einmal um, doch von Henry gab es keine Spur.

„Wo ist der Kerl?“, fragte er verunsichert.

„Ich habe keine Ahnung“, antwortete James, dem bereits auf dem Weg zu den Unterkünften die Lider schwer wurden. „Er hat es immerhin aus dieser Hölle herausgeschafft. Henry wird schon irgendwo auf dem Gelände sein.“ Nachdenklich nahmen sie an einem Lagerfeuer Platz, aßen und atmeten tief durch, als langsam die Sonne am Horizont durch die dichten Wolken trat. Ronnie legte seinen Löffel in die blecherne Schüssel. Angst kam in ihm auf. Immer wieder stierte er auf das feurige Firmament.

„Henry sprach von Gas. Weiß einer von euch, was das zu bedeuten hat?“

„Die Franzosen arbeiten schon seit langem mit Gasen, die die Augen zum Tränen bringen und einen starken Hustenreiz verursachen. Aber warum Collins so energisch reagierte, ist mir schleierhaft“, flüsterte James, während der Löffel scheppernd den letzten Rest der Suppe aufnahm. Gerade wollten sie aufstehen, um zur langersehnten Ruhe zu kommen, da erschien der Chemiker. Er nahm am Lagerfeuer Platz. Die schmutzigen, blutverkrusteten Hände wanderten über sein nachdenkliches Gesicht.

„Was gibt es Neues?“, erkundigte sich Ronnie, ohne ihm zu nahe treten zu wollen. Collins nahm tief Luft und wisperte: „Ich hatte Recht. Der Kommandostab wollte mich sprechen. Sie fragten, woher ich von der Gefahr wusste.“

„Was hast du gesagt?“ Henry starrte Will an.

„Sie wirkten geschockt, als ich ihnen sagte, dass es sich aller Wahrscheinlichkeit nach um Chlorgas handelt. Sie wollten plötzlich mehr über die Symptome erfahren und warum ich euch auf die Halstücher pinkeln ließ.“

Niedergeschlagen zündete er sich eine Zigarette an, blies den Rauch in die Höhe.

„Chlorgas? Was sind denn nun die Symptome und Auswirkungen?", fragte Morgan neugierig nach. Aber die Antwort wollte niemand wirklich hören.

„Es zeigt sich erst ein starker Husten. Die Augen tränen und ihr seid gezwungen tiefer einzuatmen. Binnen Sekunden wandelt sich das Gas aufgrund der Feuchtigkeit zwischen den Lungenbläschen in Salzsäure. Diese zerfrisst die Flügel bis in die Tiefe. Ödeme, also Wassergeschwüre, sind die grausame Folge, welche platzen und euch von innen heraus ersticken lassen. Blut läuft aus den Mündern. Ihr ertrinkt praktisch qualvoll von innen heraus." Geschockt saßen die drei am Feuer und stierten in die lodernden Flammen.

„Das hat nichts mehr mit bodenständiger Kriegsführung zu tun", zischte Morgan und warf seinen Becher scheppernd auf den Boden. Zornesröte stieg in ihm auf. „Es ist eine Sauerei. Niemand der einen Funken Anstand in sich trägt, würde seinem Gegner solche Pein zufügen."

„Dies ist ein anderer, ein neuer Krieg", flüsterte Collins, griff zum ersten Mal in seine Manteltasche, um eine blecherne Pulle Schnaps hervorzuholen. Drei kräftige Züge nahm er, bevor sich seine Miene verzog und er den flachen, silbrig glänzenden Behälter weiterreichte. „Nun ist es an unseren Anführern weitere Schritte zum Schutz der Männer einzuleiten. Ich habe nur meine Meinung gesagt. Was sie daraus machen, steht in den verfluchten Sternen."

„Wir sollten uns glücklich schätzen, dass dieser tödliche Kelch an uns vorüberging. Aber lasst uns um die Seelen unserer französischer Freunde beten, die den grausamen Tag nicht überlebt haben." Die vier verharrten in

Stille, mit gesenkten Häuptern. Schließlich standen sie auf, warfen noch einen Blick nach Osten und hofften, dass sie alle den kommenden Angriff unbeschadet überstehen würden. Ihre letzten Gedanken galten den Familien, Freunden und ihrem Land, für welches sie alles geben wollten.

Unterdessen hatten die deutschen Truppen den Großteil der Stellungen, einige Kilometer im Hinterland von Poelkapelle, eingenommen. Oskar, Reiner, Thomas, Felix und Alexander bezogen ihr Quartier in einer der spartanischen Frontunterkünfte der französischen Einheiten. Noch immer gab es vereinzelte Schüsse, die die Freunde aufschrecken ließen. Nachdem Winkler in einer Ecke Platz nahm, die Knie anwinkelte und wippend zur Tür hinausschaute, kümmerte sich Gruber um den unter Schock stehenden Breitner. Er nahm ihn an seine Brust und ließ ihn einfach nur weinen.

„Es ist keine Schande, den Gefühlen freien Lauf zu lassen", versuchte Felix ihn zu beruhigen.

„Aber ich habe in seine panischen Augen geschaut. Dieser Anblick hat sich in mein Gedächtnis gebrannt und ich werde ihn nie vergessen. Ich hätte nicht gedacht, dass es so grässlich wird."

„Du gingst davon aus, wir ständen Mann gegen Mann", sprach Felix tröstend. „Doch das ist ein utopischer Gedanke. Die Ehre ist mit diesem Krieg da draußen gestorben. Wir kämpfen mit allen Mitteln, auch mit diesen. Findet euch damit ab, sonst werdet ihr mir noch verrückt." Oskar wischte sich die Tränen von den Wangen und stierte durch die schmale Tür nach draußen. Nacheinander schleiften andere Soldaten ihrer Einheit die leblosen Körper an den Stiefeln hinter sich her. Die Gesichter ihrer Gegner unwürdig im Schlamm verdeckt. Nur anhand der dunkelblauen Uniformen war ihre Nationalität zu erkennen.

„Auch wir könnten so vom Feld geschleppt werden. Namenslos, irgendwo in der Nähe verscharrt und mit einem zusammengezimmerten Holzkreuz versehen. Ich hätte es mir nicht so vorgestellt", flüsterte Thomas kopfschüttelnd und umfasste seine angezogenen Knie. „Wenn dies unsere Vorgehensweise ist, hätte ich mich nie im Leben freiwillig gemeldet."

„Jammer nicht rum", raunte Freund. Er hatte die Befürchtung, dass Winklers Meinung Schule machen würde und sie auf diese Weise alle in Lebensgefahr geraten könnten. „Bleib und sei still oder geh nach draußen." Im selben Moment stand Thomas auf, nahm seine Tasche, das Gewehr und machte sich auf.

„Thomas? Wo gehst du hin?", sprach Gruber, der noch immer versuchte Oskar zu trösten.

„Keine Ahnung. Ich muss hier bloß raus. Nachdenken und frische Luft schnappen. Davon haben wir unseren Gegnern nichts gelassen." Langsam näherte er sich einer Holzleiter, welche zum Feld führte. Beherzt nahm er Sprosse für Sprosse. Als der Poet oben angekommen war, schweifte sein Blick und ein eiskalter Schauer fuhr ihm über den Rücken. Erst im Schein der aufgehenden Sonne wurden ihm die Gräueltaten bewusst, mit deren Hilfe sie diesen Sieg erringen konnten. Überall lagen leblose Körper. Aufgespießt von stacheldrahtumwickelten Zäunen, durchdrungen von Kugeln, insbesondere dem verheerenden Gas. Er sah zu, wie eine Leiche nach der anderen über den Rand hinausbefördert und durch die wenigen Freiwilligen aufgestapelt wurde. Thomas konnte diese Unmenschlichkeit nicht fassen. Der junge Infanterist ließ sich auf den Boden sinken, welcher sich aufgrund der wärmenden Sonne in eine lehmige Pfütze wandelte. Zitternd wischte sich Winkler die Tränen des Bedauerns ab, nahm sein ledernes Büchlein hervor und begann mit einem Bleistift seine Gedanken in ein Gedicht zu fassen.

Es ist schlimmer als gedacht,
der Lärm, der Schmerz und all der Tod,
Ein Sarg der für jeden maßgefertigt,
Wartet in diesem feuerrot.

Ob wir liegen, dort bequem,
schert niemanden der alten Garde,
Beten, hoffen, ein hysterisches Lachen,
Der Himmel färbt sich gleißend grell,
der Schnitter geht leise gelblich kriechend,
rein in jede Körperzell.

Bis keiner von uns mehr aufrecht steht,
Schreiend zu dem Herrgott fleht,
Ihn endlich von der Qual erlöset
und unsre weinenden Mütter tröstet.

3. Kapitel

Schon am nächsten Tag fielen Steenstrate sowie Lizerne an die kaiserlichen Truppen. Obwohl die französischen Einheiten von der Unterstützung der 153. Division profitieren sollten, gelang es nicht die Ortschaften und die Umgebung zu halten. Auch dieses schnelle Vorankommen war dem Gas geschuldet. Während die hessischen Freunde sich mit der Wache an ihrem Posten gewissenhaft abwechselten, hatten sie immer noch die Erlebnisse des Vortages im Kopf. Oskar ließen die Bilder des sterbenden Franzosen nicht mehr los. Als er endlich für einige Sekunden eingeschlafen war, zuckte Breitner angespannt in die Höhe. Unter schwerem Atem saß er da. Doch keiner der Kameraden wagte es, ihn auf das Geschehene anzusprechen. Nur Felix erkundigte sich nach seinem Wohlbefinden.

„Kommst du zurecht?", fragte Felix, der neben ihm kauerte.

„Ja", antwortete der junge Mann. „Ich muss." Aus der Ferne drang der dröhnende Lärm der Artillerie und die donnernden Explosionen der Granaten an sie heran. Wenn das Feuer nachließ, folgten Maschinengewehrsalven.

Während Thomas nachdenklich über den Schaft seines Karabiners fuhr, beobachtete Alex nervös das Geschehen am weiter nordwestlich gelegenen Frontabschnitt, wo erneut eine gelbe Wand in den Laufgräben verschwand.

Ein eisiger Schauer lief ihm über den Rücken. Schnell senkte der Bursche den Kopf und stieg die schmale Leiter hinab.

„Du sollst nicht deinen Posten verlassen", raunte Reiner. Doch sein Freund nahm keine Notiz davon.

„Aus welcher Richtung kommt der Wind?", fragte er und starrte die anderen aufgeregt an. Ohne jegliche Regung, benetzte Gruber seinen Zeigefinger und hielt ihn in die Höhe.

„Immer noch aus Osten, Alex", murmelte der Sanitäter und behielt weiterhin Oskar im Auge. Felix befürchtete, dass dieser mit seiner Tat nicht klarkommen würde. Im selben Augenblick ahnte Fröhmer, was Alexander beunruhigte. Auch er sah die dichten Schwaden, die sich den Weg in die feindlichen Stellungen bahnten.

„Hoffentlich bleibt es so und dieser Dreck zieht nicht noch zu uns herüber."

„Es hängt noch genügend davon im Holz", erwiderte Winkler, der sofort Grubers zustimmendes Nicken erntete.

„Selbst auf euren Uniformen befindet sich so viel, dass es hin und wieder zu Hustenanfällen führen kann." Wiederum wandte sich Reiner dem nördlichen Schlachtfeld zu und flüsterte: „Gott möge ihnen beistehen. Wenn dies unser Krieg sein wird, dann stehen die Chancen mit heiler Haut nach Hause zu kommen besser als gedacht." Daraufhin konnte sich Felix ein sarkastisches Lächeln nicht verkneifen.

„Du bist ein Narr", antwortete er in zynischem Ton, ehe Gruber fortfuhr. „Was glaubst du, wie lange es dauert, bis die Alliierten selbst diese grausame Waffe einsetzen? Wenn die herausbekommen, was wir da loslassen, dauert es höchstens zwei Wochen und uns ist das gleiche

Schicksal angedacht. Denk an meine Worte." Plötzlich ertönte eine Pfiffkombination, welche das Zeichen zum Sammeln war. Mit blankliegenden Nerven wollte Thomas gerade fragen, was nun schon wieder sei, da stürmten die Kameraden eines Reservebataillons in ihre Stellung. Ein junger Soldat blieb vor ihnen stehen. Er hatte sich für mindestens ein Jahr verpflichtet, was an der landesfarbenen Wollschnur an den Schulterklappen zu erkennen war. Ihm folgte ein Feldwebel, welcher voller Stolz vor den Burschen stehen blieb.

„Ihr müsst los", raunte er kurz angebunden und wies in Richtung der hinten gelegenen Lagerplätze. „Wir sind eure Ablösung. Für euch geht es nun in die Nähe von St. Julien. Viel Glück." Wie gelähmt standen die Freunde auf, schulterten ihre Gewehre, setzten ihre ledernen, mit grünem Stoff bespannten Pickelhauben auf und ver- schwanden nach kurzem Salutieren hinter einer Kurve des Grabens. Je weiter sie von diesem grausamen Ort wegkamen, umso heller wurden ihre Mienen. Der Schlachtenlärm rückte zusehends in die Ferne. Nur Winkler ahnte Schlimmes. Bereits eine viertel Stunde später trafen sie auf den Rest ihres Bataillons. Anspan- nung lag in der Luft. Niemand wagte es eine Silbe von sich zu geben. Ein Blick in die versteinerten Gesichter der Kameraden genügte Gruber, um zu wissen, dass es ab jetzt ums Ganze ging. Plötzlich erschien der Komman- deur, in Begleitung ihres Leutnants sowie des Feldwe- bels. Auf ein Kopfnicken hin, standen die Männer stramm. Der Oberstleutnant übergab das Wort an seinen treuen Offizier, der die Männer im Feld weiterhin befeh- ligen sollte.

„Soldaten. Wir brechen umgehend Richtung Gravens- tafel auf. Die Briten sammeln dort weitere Divisionen, um uns das Vordringen gen Westen unmöglich zu machen. Seit elf Uhr tobt die Schlacht. Ich verlange vollen Einsatz von Ihnen allen. Denken Sie daran, dass unser größtes Gut ein unermessliches Durchhaltevermögen ist. Mit Ihrer Tapferkeit und unzerstörbarem Mut, werden wir siegreich sein. Auf, Männer." Auch der Kommandeur salutierte vor den Soldaten und wünschte ihnen viel Glück, bevor er zwischen den Zeltplanen verschwand. Oskar atmete tief durch, während sein Blick dem grau verhangenen Himmel galt.

„Du musst nun über deinen Schatten springen, mein Freund", flüsterte der Sanitäter, der sich leicht zu ihm rüber beugte. „Vergiss, was war. Es wird schlimmer, ehe es besser wird. Also beiß auf die Zähne und kämpf um dein Leben." So setzte sich ihre Truppe in Bewegung. Als sie endlich das zwei Meter hohe, befestigte Grabenlabyrinth bei Gravenstafel erreichten, stockte Oskar der Atem. Das britische Angriffsfeuer steigerte sich. Beim Blick nach oben sah er, wie schwarze Rauchsäulen aufstiegen und durch den Wind niedergedrückt wurden. Je näher sie der letzten, schützenden Stellung kamen, umso aufgeregter rannten die Soldaten umher. Plötzlich ertönten einige markerschütternde Explosionen. Eine Druckwelle schoss durch den engen Gang, welche die Freunde fast zu Boden riss. Felix stieß Breitner von hinten an und schrie: „Beweg dich." Der Bursche schluckte, während seine Kameraden an ihm vorbeidrängten. Doch auch diese blieben auf einmal, wie angewurzelt stehen, nachdem sie die nächste Kurve genommen hatten. Von der Befestigung war kaum noch etwas übrig. Riesige Löcher klafften in der Linie. Selbst Reiner und Alex, die die Führung übernommen hatten, konnten die immense Zerstörung kaum fassen. Fast ein Dutzend Leiber deutscher

Soldaten lag umher. Ihre Rücken, Bäuche, Köpfe und Gliedmaßen waren mit Schrapnellen gespickt. Überall lagen abgerissene Körperteile. Es war ein Bild des Grauens. Für Oskar, der sonst so furchtlos erschien, war dies alles zu viel. Sprachlos, die Augen weit geöffnet, zitternd, ließ er sich in die Hocke sinken.

„Oskar", brüllte Reiner ihm zu, während er und die anderen versuchten den Feindesansturm zurückzudrängen. „Mann, rede mit mir." Aber Breitner befand sich in einer anderen Welt. Gruber eilte zu ihm.

„Oskar?", donnerte seine verzweifelte Stimme, während er dem Burschen heftig auf die Wange schlug. Er sah ihm in die starren Augen und schrie Fröhmer zu: „Er kann nicht. Er hat einen Schock." Unbeeindruckt vom Leiden ihres Freundes, feuerten dir Burschen weiter auf ein Ziel, welches sich im dichten, schwarzen Rauch vor ihnen versteckte. Blitzschnell wandte sich Alex Thomas zu und brüllte ihn an: „Geh. Hol Verstärkung. Wir können die Stellung nicht mehr lange halten." Winkler nickte und rannte an Oskar vorbei, ehe er im hinteren Bereich der Anlage verschwand. Inzwischen ließ der Sanitäter von Breitner ab und versuchte, sich um die Verwundeten zu kümmern, welche weinend im Schmutz lagen. Doch schnell bemerkte Felix, dass ihm die Hände gebunden waren. Er konnte unter diesen Umständen nichts anderes für sie tun, als tröstende Worte zu finden und ihnen in der schlimmsten Stunde beizustehen. Einer nach dem anderen, der vorher noch nach seiner Mutter, den Geschwistern oder zu Gott schrie, atmete ein letztes Mal tief durch, bevor die Stimme verstummte und der Körper sich entspannte. Gruber litt in diesen Momenten mit jedem Einzelnen. Er bekreuzigte sich wehmütig, sprach ein kurzes Gebet und schloss ihnen für immer die Augen. Auf der gesamten Linie stiegen die Soldaten auf die Leitern, von wo sie erneut ihre Salven abgaben. Alex und Reiner feuerten weiterhin in den dunklen Rauch, während das Grauen an diesem Tag seinen bedingungslosen Lauf nahm.

Neben der fünften britischen Division machte sich auch das Bataillon von James, Will und Ronnie auf den Weg nach Gravenstafel, so dass der entlastende Gegenangriff zum Ziel führen konnte. Während ihre Stiefel lautstark über den schlammigen Grund stampften, sahen sich die angehenden Offiziere, ebenso wie ihr Freund Henry Collins, nervös um.

„Wer übernimmt für uns?", fragte William.

„Wenn der Rest unserer Einheit den Verteidigungsgürtel bei Ypern verlassen hat, übernimmt die 1. Kanadische Division", antwortete Morgan. Je stärker die Detonationen und das damit verbundene Beben der Erde wurde, umso heftiger schien das Adrenalin durch ihre Körper zu schießen. Obwohl die Ausbilder ihnen beigebracht hatten die Ängste zu unterdrücken, bildeten sich Schweißperlen auf ihren Stirnen. Ronnie regte sich innerlich dermaßen auf, dass das rechte Augenlid in wildem Takt zuckte. Schließlich erreichte die Truppe einen schmalen Aufgang, welcher zu den Grabenanlagen führte, die wie ein Spinnennetz die Gegend durchzogen. Hin und wieder schritten sie an einem Unterstand vorbei, wo die Melder ihren Frontbericht abgaben, Instruktionen für die Vorgesetzten erhielten und die Nachrichten an die umliegenden Stellungen verteilt wurden. Zusehends verdunkelte sich der Himmel. Pechschwarze Rauchsäulen stiegen empor, während die lodernden Feuer aus der Ferne schon erkennbar waren. Schrill sausten die eigenen

Granaten im Sekundentakt über ihre Köpfe hinweg, bevor sie die deutsche Verteidigungsanlage in Schutt und Asche legten. Als die letzte Biegung nach rechts näherkam, wurden die Befehle lauter. Unterstützt durch ihre Trillerpfeifen, schickten die Offiziere ihre Männer über schmale Leitern hinaus. Die Herzen rasten und ein erneuter Schwung Soldaten verschwand an der Kante. Mehrmals schallten Schüsse zu ihnen und im selben Moment fielen fünf Kameraden leblos in die Stellung zurück. Es blieb den drei nur die Zeit, ihren Gefallenen einen kurzen Blick des Bedauerns zu schenken. Mit weit aufgerissenen Augen und ohne einen weiteren Gedanken zu verschwenden, erklommen sie die Sprossen, hinauf zum Frontabschnitt. Nachdem James, dicht gefolgt von Ronnie und Will, die ersten Meter geschafft hatte, wurde sich der Offiziersanwärter der Tragweite bewusst. Angst durchfuhr seinen Körper. Schritt für Schritt merkte er, wie ein fürchterliches Zittern Arme und Hände befiel. Aber Morgan rannte weiter vorwärts. Er schaute nach links und rechts, wo zahlreiche, tapfere Briten es ihm gleichtaten. Von allen Seiten flog der aufgewühlte Dreck über ihre Köpfe hinweg. Sowie einer stürzte, wurde er umgehend durch die Kameraden aufgerichtet. Auch James und seine Mitstreiter feuerten schreiend in den undurchsichtigen, schwarzen Wall. Stets in der Hoffnung einen der Gegner zu treffen, ehe es sie selbst erwischte. Vor ihnen befanden sich vier Pioniere, die für das reibungslose Vorankommen verantwortlich waren.

Morgan blinzelte kurz, als er plötzlich einen Schmerzensschrei unter seinen Stiefeln vernahm. Ohne nachzudenken, stoppte er und hielt auch seine Freunde für einen Moment zurück. Der Offiziersanwärter konnte nicht erkennen, dass die Pioniere damit beschäftigt waren, eilig den Stacheldrahtverschlag zu beseitigen, welcher das Vordringen der Infanterie aufhielt.

„Auf den Boden, verdammt", brüllte ihn einer der Männer an, während er schnell mit einer scharfen Zange den todbringenden Draht kappte. Eilig warf sich James auf den Bauch. In diesem Augenblick machte er sich nur Sorgen um seine besten Freunde.

„Ronnie? William?", rief er lautstark, um sich des Wohlergehens seiner Kameraden zu vergewissern. Aber das Geräusch der Maschinengewehre, in Verbindung mit den Granateinschlägen, welche sich näherten, ließen es nicht zu auch nur einen Laut zu vernehmen. Auf einmal spürte er eine Hand auf seinem Rücken. Es war Will, der sich durch die schmalen Trichter zu ihm vorgebahnt hatte. Im selben Augenblick sah er Wilkinson, der durch einen beherzten Sprung zu ihnen aufschloss. Ein Stein schien James vom Herz zu fallen, als er sich vergewissern konnte, dass es ihnen gut ging. „Bleibt dicht hinter mir."

„Verdammt. Ich musste durch acht Gräben kriechen, um Anschluss halten zu können." Erneut explodierte eine Granate, nicht weit von ihnen entfernt. Die aufgeweichte Erde sauste in dicken Brocken über sie hinweg. Geistesgegenwärtig pressten sie ihre Gesichter in den Schmutz. Es kam Jones, wie eine Ewigkeit vor, bis der erste der Pioniere lautstark losschrie.

„Weiter, weiter, der Weg ist frei."

Als sie schnell hintereinander durch den schmalen Spalt krochen, verschlug es Morgan die Sprache. Zu beiden Seiten lichtete sich allmählich der dichte Rauch und ihm wurde das Ausmaß des Angriffs bewusst.

Überall hingen die Leichen britischer Soldaten, von Einschüssen übersät, in den verstrickten Stacheldrähten. Gerne hätte er den Rückzug angetreten. Doch es gab nur eine Richtung. Nämlich immer weiter vorwärts, bis ihnen der Feind gegenüberstand.

„Wo ist Henry?", donnerte seine aufgeregte Stimme über das Schlachtfeld. Es dauerte einen Moment, bis Collins sich meldete.

„Ich bin genau hinter euch. Keine Sorge. Immer weiter." Nachdem das Hindernis überwunden war, trennten sie sich erneut, so dass der Gegner kein festes Ziel hatte. Schnell näherte sich die Truppe dem deutschen Frontgrabensystem.

„Feuert weiter", forderte der Leutnant seine Männer zum Durchhalten auf. Ihre Schusssalven sausten in die dichte, schwarze Wand. Während Winkler erschien, erwehrten sich die jungen Hessen dem Einbruch ihrer Stellung. Beiläufig sah er zu Oskar hinüber, der weiterhin in seiner eigenen Welt gefangen schien. „Wann kommt die Verstärkung? Wir brauchen Artillerieunterstützung und Munition." Der Dichter schüttelte den Kopf und antwortete seinem Vorgesetzen: „Der Befehl lautet, die Stellung halten, solange es möglich ist." Entsetzt starrte der Offizier ihn an.

„In Ordnung. Wo bleibt denn der Nachschub?" Verlegen konnte Thomas nur den Kopf schütteln.

„Es gibt keinen, Herr Leutnant. Falls der Feind durchbrechen sollte, ist sofortiger Rückzug angeordnet."

„Ich glaube es nicht", brüllte ihn der Kommandeur an und warf wütend seine Pickelhaube auf die Erde. Er drehte sich um. Plötzlich erschienen die ersten Silhouetten der Gegner im nach Schießpulver riechenden Rauch. In geduckter Haltung näherten sie sich schnell der Verteidigungslinie. Nur die Mündungsfeuer ihrer Gewehre blitzten furchterregend auf. Eine schnelle Entscheidung musste getroffen werden. Da der Leutnant nicht unnötig Männer opfern wollte, forderte er seine Truppe kurzerhand zum Rückzug auf. Letztendlich fielen noch einige Schüsse, bis die Deutschen die Gänge Richtung Hinterland betraten. Unter ihnen befanden sich auch Winkler, Gruber, Fröhmer und Breitner. Der Sanitäter packte den abwesend wirkenden Oskar am Mantel. Er schleifte ihn in Sicherheit. Nervös sahen sich die Freunde um.

„Wo ist Alex?", rief Reiner in Todesangst umher. Aber niemand konnte ihm eine Antwort geben. Zu groß war der Wunsch, endlich die rettenden Befestigungen im Osten zu erreichen. Wie angewurzelt blieb Fröhmer stehen. Einzelne Schüsse drangen zu ihnen. Da wusste er, dass Freund die Stellung nicht verlassen hatte. Nun konnte keiner mehr dem Burschen zur Hilfe eilen.

„Ich werde meine Position nicht verlassen", brüllte Alex aufgeregt und gab erneut eine Salve auf die heranstürmende, britische Infanterie ab. Schon im nächsten Augenblick standen die ersten, gegnerischen Soldaten am Rand und deckten die flüchtenden Deutschen mit unzähligen Schüssen ein. Wie welke Blätter fielen sie übereinander und taten ihren letzten Atemzug. Jones machte einen weiten Satz in die Stellung hinab. Für kurze Zeit starrten sich Jones und Freund an. Oskars Kamerad wollte gerade ein letztes Mal durchladen, doch dazu war keine Zeit mehr. Geistesgegenwärtig drehte er seinen Karabiner, um mit dem Schaft zuschlagen zu können. Dies tat auch der Brite.

Schreiend gingen die beiden aufeinander los. Panisch sausten Alex Hiebe auf den Gegner ein, welcher sich mit aller Kraft zur Wehr setzte. Insgesamt zehn konnte William abwehren, ehe er durch einen weiteren rückwärts zu Boden stürzte. Freund sah nun eine Chance mit heiler

Haut davonzukommen. Zittrig versuchte er nachzuladen, wobei ihm eine Großzahl der Patronen aus den Händen fiel. Ein beherzter Satz nach vorne reichte aus, um den Hessen ruckartig umzustoßen. Mit dem Mut der Verzweiflung und um sein Leben kämpfend, warf sich Will auf ihn, presste sein Gesicht in den Dreck. Alex wehrte sich weiter. Da der Offiziersanwärter jedoch auf dessen Armen kniete, blieb dem jungen deutschen Soldaten nur die Möglichkeit um sich zu treten. Stets tiefer drückte Jones das Gesicht des Burschen in den Schlamm.

„Ich krieg keine Luft. Hilfe", brachte Freund noch kaum verständlich heraus. Der heftige Artilleriebeschuss hörte langsam auf. In diesem Augenblick erschienen Ronnie und Henry. Da es ein Kampf Mann gegen Mann war, mischten sie sich nicht ein. Bis James plötzlich auftauchte.

„Dein Stiefelmesser, Will", rief er seinem Kamerad regungslos zu. Dieser zog die Klinge aus dem Stiefelschaft, setzte es vorsichtig in Herzhöhe auf den Oberkörper des Feindes und schob es ihm seelenruhig zwischen die Rippen. Freunds Atmung beschleunigte sich, als William das Messer umdrehte und herauszog. Bei jedem Pochen schoss das Blut aus der breiten Stichwunde. Er blieb so lange sitzen, bis Alex das Bewusstsein verlor. Schweigend sahen sich die jungen Briten an. Ihre Gesichter waren bedeckt von einer Mischung aus getrocknetem Blut, verkrustetem Schlamm sowie dem Schweiß, der sich seinen Weg über die Wangen bahnte.

Endlich erreichten Oskar, Reiner, Thomas und Felix die rettenden Wälle im Hinterland der Front. Erschöpft, schweigend, fassungslos nahmen sie auf den gefällten Bäumen Platz, die am Rand des Lagers gestapelt wurden.

Jeder von ihnen war froh diesen Wahnsinn überlebt zu haben.

Zusehends mehr Verwundete schlichen an den Burschen vorbei oder lagen auf den Sanitätstragen. In einiger Entfernung standen die Kommandierenden zusammen, die für Teile des Bataillons verantwortlich waren. Nach kurzer Besprechung schritten sie auf das Zelt des Oberstleutnants zu. Ihre Mienen verhießen nichts Gutes und waren von einer nie dagewesenen Ernsthaftigkeit geprägt. Nervös sah sich Reiner um. Er fragte, wo Alexander sei. Aber Gruber, wie auch Winkler wussten es nicht.

„Mach dir keine Sorgen, Fröhmer. Er wird kommen. Ganz sicher", sprach der Sanitäter ihm beruhigend zu, bevor er sich Breitner zuwandte, der immer noch unter Schock zu stehen schien. Felix testete vorsichtig die Pupillenreaktion seines Mitstreiters. Doch Oskar zeigte keinerlei Regung. „Ich muss mit ihm ins Feldlazarett. Komm mit mir Oskar." Ohne Orientierungssinn stand er langsam auf, stützte sich auf Grubers Schulter und sie verschwanden zwischen den Zeltreihen. Reiner zündete sich derweil eine Zigarette an. Sein Augenmerk galt weiterhin dem schmalen Pfad, über welchen immer mehr Verwundete das sichere Lager erreichten.

„Verflucht", flüsterte Fröhmer kopfschüttelnd. „Wie konnte uns das nur passieren?" Sein Freund wollte ihm gerade antworten, da winkte Reiner schon ab. „Ja, ja. Ich weiß. Der Nachschub." Schnell bemerkte Thomas, dass seine Meinung fehl am Platz war. So zog er sein Büchlein aus der Tasche und begann seine Gefühle in ein erneutes Gedicht zu fassen.

Dort, wo einst war alles grün,
bunte Blumen warn am blühn,

sieht heute alles anders aus.

Kein Stein sitzt mehr auf dem andern,
Wir abermals, wie Tote wandern.
Soll dies sein unser Lebenssinn?
Beten schlicht um Friedenszeiten,
damit ein Ende nimmt das Leiden.
Werde ich es noch erleben?
So schreib ich die Gedanken auf,
das Schicksal nimmt sicher seinen Lauf.
Auf dass eines Tages wieder Sonne scheint.

Doch solange der Schnitter die Sense schwingt,
und der Soldat ums Leben ringt,
werde ich nicht finden meinen Frieden.

Nachdem er seinen Stift in die Tasche gesteckt hatte, galt auch sein Blick wieder den Soldaten, die von der Front zurückkehrten. Noch immer gab es keine Spur von Alex Freund. Unterdessen kamen Felix und Oskar am Feldlazarett an. Die entsetzlichen Schreie der schwerverletzten Kameraden drangen beiden durch Mark und Bein. Breitners Lage verschlechterte sich zusehends, angesichts der grausamen Laute. Beherzt öffnete der Sanitäter das Zeltsegel und geleitete den jungen Hessen hinein. In jedem der Feldbetten lag ein Soldat. Manche rangen um ihr Leben. In der hintersten Ecke, verborgen hinter weißen, aufgespannten Laken, versuchten die Chirurgen zwei von ihnen zu retten. Schlag auf Schlag öffnete sich das Segel und weitere Versehrte, denen Arme und Beine abgerissen oder deren Körper von Schrapnellen zerfetzt waren, erreichten den Ersthelferbereich. Ein junger Arzt, nicht älter als Dreißig, stürmte auf sie zu. Die letzten

Tage hatten ihre Spuren auf seiner Miene hinterlassen. Mit eingefallenen Wangen, tiefen Gräben unter den Augen und einem blutverschmierten Kittel, kam er auf sie zu. Kurz angebunden schaute er immer wieder auf den Operationsbereich, aus dem gellende Schreie zu ihnen drangen. Respektvoll salutierte Gruber vor dem Militärarzt.

„Doktor Meier“, stellte er sich dennoch höflich vor. „Was fehlt Ihrem Freund?“

„Ich denke es ist ein Schock. Auf Bewegungen oder Licht reagiert er nicht. Er starrt wort- und regungslos vor sich hin.“ Der Chirurg ging vor Breitner in die Hocke, der inzwischen auf einer freien Pritsche Platz genommen hatte.

„Wie ist Ihr Name, Soldat?“ Aber Oskar reagierte nicht einmal mit einem leichten Blinzeln. „Ihre Einheit?“ Nichts geschah. Doktor Meier prüfte seine Reflexe, wie auch die Pupillenreaktion und stand auf. „Die letzten Schlachten scheinen nicht spurlos an ihm vorübergegangen zu sein.“

„Können Sie etwas für ihn tun?“ Kopfschüttelnd, mit verschränkten Armen, schaute der Arzt den jungen Mann an.

„Ich habe hier nicht die Möglichkeiten, mich um psychische Belange zu kümmern. Sie sehen ja, was hier los ist. Und es wird schlimmer. Es tut mir leid, aber er muss wieder da raus.“

„Haben Sie vielen Dank, Herr Doktor Meier.“

„Ich wünsch Ihnen beiden viel Glück.“ So rannte er wieder zurück in den OP-Bereich und gab sich größte Mühe Leben zu retten. In Felix Augen, gab es nur noch eine Chance Breitner wieder zu klarem Verstand zu bringen.

„Verzeih mir, mein Freund", murmelte er leise, holte schwungvoll aus und schlug Oskar dermaßen heftig auf die Wange, dass dieser plötzlich zusammenzuckte. Selbst seine Lider und Gliedmaßen bewegten sich wieder.

„Autsch", zischte er den Sanitäter entsetzt an.

„Bist du wieder klar bei Verstand?", erkundigte sich Gruber, der niemals gedacht hätte, dass es funktionieren würde. Auf ein leichtes Nicken hin beschrieb Felix, was ihm widerfahren war. Oskar standen die Tränen in den Augen, als er von seinem Verhalten erfuhr.

„Entschuldige. Es geht wieder." Er griff nach seinem Karabiner, erhob sich von der Pritsche und atmete tief durch. „Danke, Felix. Ohne deine Hilfe wäre ich wahrscheinlich in einer Klappsmühle gelandet." Ehe sie das Zelt verließen, brachte Gruber ihn auf den neusten Stand der Dinge. „Das heißt, wir müssen los. Ich kann meine Freunde nicht länger allein lassen."

„Es freut mich, dich wieder so enthusiastisch zu sehen. Lass uns gehen." Mit jedem Fuß, den er Richtung der Explosionen voreinander setzte, schien es dem Hessen den Magen umzudrehen. Bei jeglicher Detonation schrak er auf. Aber das Beisein seines Freundes Felix half ihm auch dies zu überstehen. Zusammen gingen sie zurück zum Sammelplatz und nahmen an dem Holzpolter, neben ihren Freunden Platz. Der Rest der Truppe schaute überrascht, als Oskar, anscheinend unversehrt, auf sie zukam. Daraufhin erhoben sich Reiner und Thomas. Ungläubig schauten sie drein.

„Oskar? Bist du in Ordnung?"

„Ja. Das wird nicht mehr vorkommen. Das verspreche ich dir."

„Du bist wieder an unserer Seite. Das ist das Einzige, was zählt", flüsterte Thomas und legte die Hand auf seine

Schulter. Anders reagierte Reiner. Er nahm von diesem Ereignis kaum Notiz und konnte den Blick nicht von dem schmalen Weg lösen. Allmählich brach die Dunkelheit herein. Der eiskalte Ostwind wehte durch das gesamte Lager. Es waren schon einige Stunden vergangen, als der letzte Verwundete, in Begleitung der Sanitäter, sicher ankam. Fassungslos sprach Fröhmer: „Wo zur Hölle bleibt Alex?“

Mitleidsvoll sah Thomas zu ihm rüber und flüsterte: „Ich befürchte, er hat es nicht geschafft.“ Die blanke Wut stand ihm ins Gesicht geschrieben. Voller Wucht stieß er seinen Kameraden gegen die aufgeschichteten Holzstämme, an dem sie schon stundenlang auf ihren Freund warteten. Breitner warf sich dazwischen.

„Regt euch ab“, forderte er seine Kameraden auf. Aber niemand nahm ihn mehr ernst. Weinend vor Zorn trat Fröhmer an seinen Freund heran und zischte: „Du solltest nicht dein Maul aufmachen. Wir haben gekämpft, während du wie ein Häufchen Elend in der Ecke saßt. Also tue nicht so, als wäre nichts passiert. Du hast immerhin nicht das Kommando.“ Zum ersten Mal, seit sich die beiden kennengelernt hatten, bemerkte Oskar, dass Reiner sich verändert hatte. Obwohl es ihm missfiel, konnte Breitner seinen besten Freund verstehen. Schließlich machte er einen Schritt zur Seite und nahm neben Thomas schweigend Platz.

„Wie soll es denn nun weitergehen?“, fragte Winkler betrübt und warf einen Blick nach Westen. Das grelle Feuer der Granaten mischte sich mit dem sternenklaren Abendhimmel. Niemand gab einen Mucks von sich, bis Gruber zum Firmament aufschaute.

„Der Feind kommt näher. Wir haben heute wertvollen Boden und Männer verloren. Auch wenn es nur wenige

Meter waren, die die Briten momentan gewonnen haben. Es geht weiter." Er war kaum mit seinen Worten am Ende, da erschien der Truppenkommandeur. Energisch ließ er zum Sammeln blasen. Binnen Sekunden stand nur noch fast die Hälfte des Bataillons stramm, was dem gestanden Leutnant die Sprache verschlug. In den Mienen der Soldaten war die Erschöpfung zu erkennen, wie auch die Schmach, sich kampflos zurückgezogen zu haben.

„Ruht euch aus, Männer. Schon morgen geht es weiter." Er salutierte vor dem Rest seiner Mannschaft und verschwand. Ihm waren die Bedenken an seinem Gang anzumerken.

„Was glaubt ihr, was uns morgen erwartet?", fragte Winkler verunsichert, angesichts der Lage.

„Wenn es nicht bald Nachschub an Munition, Granaten, Nahrung und Waffen gibt, steht uns Böses bevor", erwiderte Gruber. Stunde um Stunde verging, doch so sehr sie auch darauf warteten, es gab keine Spur von Alexander Freund. Allmählich brach die Dunkelheit herein und die Kameraden gönnten sich ein Stück Speck mit trockenen Kartoffeln. Fröhmer hatte keinen Appetit. Leise flüsterte er, während sein Blick über den erleuchteten Horizont schweifte, der sich immer wieder in ein feuriges, gleißendes Gelb färbte: „Wo zur Hölle bleibt Alex." Felix hingegen ahnte, was ihm widerfahren war. Er nahm neben dem jungen Hessen auf dem Holzpolter Platz.

„Ich denke, wir müssen uns damit abfinden, dass Alex nicht mehr am Leben ist."

„Wie kannst du so etwas sagen?", fauchte ihn der Bursche entsetzt an, obwohl er wusste, dass sein Freund Recht hatte. In diesem Augenblick rannte ein Bote an ihnen vorbei. Er atmete schwer und stürzte vor ihnen zu Boden.

Blitzschnell eilte ihm Thomas zur Hilfe und richtete den Melder auf.

„Was ist passiert?"

„General Foche steht mit seiner französischen Armee kurz vor dem Durchbruch am rechten Flügel. Wir haben erhebliche Verluste erlitten und halten nicht mehr lange durch." Diese Meldung traf sie, wie ein Donnerschlag. Alles, was die Freunde bisher geleistet hatten, mit Blut, Schweiß und Tränen erkämpften, schien nun umsonst gewesen zu sein. Ein Kartenhaus, welches zu hoch gebaut wurde und dadurch in sich zusammenfiel. „Wo finde ich das Stabszelt?" Felix wies auf die hintere Reihe. Dankbar nickte der Bursche, wischte sich die Tränen ab und rannte weiter.

„Wir scheinen die Kontrolle zu verlieren. Das macht mir Sorgen", wisperte Gruber und zündete sich eine Zigarette an.

Zur selben Zeit hatte das britische Bataillon sich in die Unterstände der Deutschen einquartiert. Jeder erhielt eine warme Mahlzeit und die Möglichkeit, sich zu waschen. Als Will zu seinen Freunden zurückkehrte, schauten sie ihn nachdenklich an. Ronnie, James und Henry ahnten, dass die Ereignisse dieses Nachmittags ihre Spuren hinterlassen hatten. Ohne ein Wort zu verlieren, gab Wilkinson ihm eine Schüssel Bohnen mit einer Scheibe trockenen Toasts.

„Danke, Ronnie", flüsterte er, schlich an seinen Kameraden vorbei und nahm auf einer schmalen Bank im hinteren Bereich des Verschlags Platz.

„Ist alles in Ordnung?", wollte Henry erfahren, doch Will schüttelte den Kopf. Der Infanterist kämpfte mit seinen Dämonen.

„Ich habe das Gefühl meine menschliche Seite verloren zu haben." Morgan sah die anderen verständnislos an, legte die Hand auf seine Schulter und antwortete: „Keine Ahnung, was du meinst. Du hast dich heute großartig geschlagen. Wir haben unser Ziel fürs Erste erreicht." Wiederrum schüttelte Jones bedrückt den Kopf.

„Darum geht es nicht. Dieser Deutsche. Ich habe reagiert wie ein Tier, das blutrünstig seine Beute erlegt."

„Dann sind wir alle Tiere, William. Mach dir keine Vorwürfe. Wenn du es nicht getan hättest, wärst du jetzt nicht mehr bei uns. Der Bursche hätte dasselbe getan."

„Vielleicht stimmt es. Trotzdem habe ich ein schlechtes Gewissen. In der Grundausbildung wirkte alles so leicht, aber hier im Nahkampf, Mann gegen Mann. Ich will nicht mehr darüber reden." Also schwiegen sie, bis das spärliche Abendessen verspeist war. Während sich der Rest von dem harten Tag erholte, saß Ronnie an der geöffneten Tür. Die Dunkelheit ließ die Umgebung furchterregend wirken. Aus der Ferne drangen vereinzelt die Geräusche der Schüsse und Explosionen an sie heran, welche den grob gedielten Fußboden beben ließen.

„Wenigstens haben sie heute kein Gas eingesetzt", wisperte Wilkinson nachdenklich.

„Ja", fuhr Collins fort. „Ich würde lieber im Kampf sterben, als dadurch grausam zu verrecken."

„Gibt es eigentlich neue Schutzmaßnahmen?", fragte James und zündete sich noch eine Zigarette an. Der Chemiker zuckte mit den Schultern und antwortete leise: „Nach dem Gespräch habe ich nichts mehr gehört. Hoffentlich finden unsere Stabsoffiziere eine rasche Lösung."

Sie hatten gerade zur Ruhe gefunden, da stürmten einige Männer der Pioniereinheit den Verschlag. Niemand erklärte den aufgeschreckten Soldaten, was nun geschah. Verwundert, schlaftrunken, schaute Ronnie zu, wie sie zwei der Männer Eimer Wasser neben den Eingang stellten und den Türrahmen mit einem bis zum Boden reichenden Laken versahen. Ehe die Pioniere sich in Bewegung setzten, um den nächsten Unterstand zu verkleiden, gab der Unteroffizier die erwartete Erklärung dieser Maßnahme.

„Hört mir zu", forderte er die Burschen auf. „Falls unser Gegner erneut Chlorgas einsetzt, verschanzt ihr euch hier. Nehmt so viele Kameraden, wie möglich mit in den Unterstand. Dann schließt ihr mit dem Tuch den Raum ab und bewässert es. Das kann euer Leben retten. Viel Glück." So brachen sie auf, den nächsten Verschlag zu sichern. Zufrieden lächelnd drehte sich Henry um und starrte zur Decke.

„Also waren meine Bemühungen nicht sinnlos", flüsterte der Chemiker.

„Ist das etwa die Lösung?", raunte Morgan skeptisch.

„Chlorgas wandelt sich unter Nässe zu Salzsäure. Sie zerfrisst zwar das Tuch, aber hindert das Gas am Eindringen."

„Ich bete, dass du Recht behältst." In den frühen Morgenstunden des 27. April wurden die Freunde unsanft aus der verdienten Ruhe gerissen. Wie vom Blitz getroffen, sprangen sie in die Höhe, als ein tosendes Donnergrollen ertönte. Umgehend verließen die Offiziersanwärter ihre schützende Baracke. Sprachlos schweifte ihr Blick über den Feldbereich, woher sie tags zuvor die Stellungen gestürmt hatten. Dutzende Einschläge verwandelten die Strecke in ein unüberwindbares, brennendes Hindernis. Mit weit geöffneten Augen und am ganzen Leib zitternd beobachtete Wilkinson dieses grauenhafte Schauspiel.

„Nun gibt es kein Zurück mehr", schrie Ronnie, der vor Angst keines seiner Gliedmaßen mehr rühren konnte.

„Was jetzt?", brüllte William James mit weit aufgerissenen Augen an. Ein Melder rannte an ihnen vorbei, der versuchte, den ohrenbetäubenden Lärm zu übertönen.

„Sammeln. Sofort sammeln. Das ist ein Befehl." Nicht wissend, was nun geschehen sollte, folgten die Kameraden dem Boten bis hin zu einem freien Platz, der sich ein Stück westlich befand. Angespannt sahen die Soldaten des Infanteriebataillons die kommandierenden Lieutenants an.

„Im Verlaufe der Nacht wurden die gegnerischen Truppen von unseren Alliierten weiter zurückgedrängt. Unser Verbund ist den frühen Morgenstunden bis Lizerne am Westufer des Yser-Kanals vorgedrungen. Wir sind nach Het Sas abkommandiert." Er wandte sich an seinen Sargent. „Lassen Sie Abmarschbereitschaft herstellen." Der Unteroffizier erwiderte: „Verzeihung, Lieutenant. Wer wird hier die Stellung halten?"

„Eines unserer Reservebataillone ist schon auf dem Weg. Sie übernehmen diese Stellungen." Ungläubig stierten die Männer die Kommandierenden an. „Ich weiß, was Ihnen auf der Seele brennt. Wir haben den Befehl erhalten, die Deutschen weiter ins Hinterland zu drängen und verstärken unsere Einheiten bei der Ortschaft Het Sas. Also los. In einer Stunde machen wir uns auf den Weg." Ein lauter Knall erschütterte den nicht weit entfernten Abschnitt. Dreckbrocken schleuderten durch die Luft, welche mit ihrer Wucht einige der Briten niederstreckten. Unter ihnen auch Henry Collins, der auf der kalten Erde lag und um Luft rang.

4. Kapitel

„Sanitäter", donnerte Jones Stimme über die Pläne. Binnen Sekunden kamen zwei von ihnen angerannt. „Halt durch, mein Freund." Wie versteinert standen die anderen Soldaten da.

„Was fehlt Ihnen, Soldat?", erkundigte sich einer der Sanis, während erneute Detonationen das gestrige Schlachtfeld umpflügten.

„Mein Rücken", hauchte der Chemiker. „Ich bekomme kaum noch Luft." Rasch drehten ihn die beiden zur Seite und tasteten vorsichtig den Bereich der Wirbelsäule ab. In Höhe der Brustwirbel fing Henry an zu wimmern. Tränen tränken den trockenen Boden. Einer der Ersthelfer blickte neben sich und sah das Übel. Nämlich ein breiter, schwerer Stein, der ein Stück weit aus der Erde ragte.

„Können Sie Arme und Beine heben?" Collins nickte. Er hob unter Schmerzen seine Gliedmaßen. „Entwarnung. Es ist lediglich eine Prellung." Erleichterung machte sich unter den Freunden breit. Ronnie eilte hinzu und half, wie auch William, ihrem Kameraden auf die Beine. James übergab ihm sein Gewehr.

Die kommende Stunde war eine der längsten. Die Granateneinschläge schienen niemanden mehr zu stören. Jeder schaute sich mit Argusaugen um, ob die Einschläge näherkamen. Endlich ertönte der Marschbefehl. Im eiligen Stechschritt bewegte sich die Truppe in Richtung Het Sas. An diesem Tag schien zum ersten Mal die Sonne.

Doch ihre wärmenden Strahlen vermochten es nur stellenweise den dichten, zähen Rauch zu durchdringen, der wie ein böser Dämon gegen sie zu kämpfen schien.

Auch im deutschen Lager herrschte Aufbruchsstimmung. Nachdem die Infanteristen Aufstellung genommen hatten, wurden die Namenslisten verglichen. Den Einheitskommandeur befiel eine starke Übelkeit, angesichts der erlittenen Verluste. Statt den geschundenen Körpern der Männer eine Pause zu gönnen, war er gezwungen den nächsten Befehl zu geben. Doch bevor der Leutnant auch nur Luft holen konnte, erschein eine Kolonne von Lastern. Einige der Fahrer stiegen aus und entluden mit Hilfe einiger Soldaten die Pritschen. Kistenweise Munition, Nahrungsmittel, Waffen und circa einhundert Geschützgranaten fanden ihren Weg in das Lager. Dies schien aber nicht das Entscheidende für die Burschen zu sein. Als die Laster nach kurzer Zeit den Platz verließen, war das Marschieren der Reservetruppe zu vernehmen. Ein Lächeln stahl sich auf Thomas Lippen.

„Verstärkung. Gott Lob", flüsterte er leise. Nur Reiner hatte eine andere Meinung.

„Granaten- und Maschinengewehrfutter", raunte er verkniffen. „Seht sie euch an. Werden nun auch schon Sechzehnjährige in Dienst gestellt?" Abwertend schaute ihn Gruber an und zischte zynisch: „Du bist natürlich ein erfahrener Soldat. Ich würde mich zurückhalten."

„Ruhe", schallte die Stimme des kommandierenden Offiziers und auf einmal herrschte Totenstille. „Jeder, der noch Munition oder Sanitätsmaterial benötigt, geht nun zur Ausgabe. Los jetzt." Mit nur noch einem Päckchen Patronen stellten sich auch die Freunde in der nicht enden wollenden Reihe an. Immer wieder war aus der Ferne das Geschützfeuer zu vernehmen, welches stärker wurde. Schließlich, nach einer halben Stunde, warteten sie in nervös auf den Abmarsch. Wohin wusste keiner von ihnen. Plötzlich tauchte der Kommandierende auf. Seine Mimik verhieß nichts Gutes. Oskar wirkte äußerst angespannt, aber das versuchte er zu verbergen. Auf keinen Fall wollte der junge Hesse noch einmal seinen Kameraden so zur Last fallen.

„Wir werden die hinteren Stellungen sichern."

„Das heißt, wir ziehen nicht weiter nach Drie Grachten oder Het Sas?", ertönte eine Stimme aus den hinteren Reihen. Es missfiel dem Leutnant, dass sich einer der einfachen Soldaten unaufgefordert zu Wort meldete. Doch anstatt denjenigen zu bestrafen, beantwortete er die Frage.

„Die Briten sollen hier nicht weiter vordringen. Verstärkt die hinteren Reihen der Laufgräben und sichert euch ab. Also nach vorne." So setzte sich die Truppe in Marsch, um die neuen Anweisungen auszuführen und das Grabensystem gegen die Briten zu sichern. Ein mulmiges Gefühl machte sich breit, während sie durch die letzten Anlagen schritten. An diesem Abend hatten die Alliierten die deutschen Soldaten bis zur Kanalfront zurückgedrängt. Als die Nacht anbrach erstarrte die Front am Ostufer der Yser entlang einer Linie zwischen Pilkem und Bixschoote. Beide Seiten zogen sich in die Stellungen zurück und warteten ab.

Auch der britische Truppenverband verharrte bei sternenklarem Himmel in den Frontgräben nahe des Ortes Het Sas. Die Ruhe sorgte für Unbehagen. An Schlaf war nicht zu denken. Die Furcht vor einem erneuten, heftigen

Angriff schärfte ihre Sinne. Während Ronnie zum strahlenden Firmament hinaufschaute, welches ab und an von Leuchtgranaten noch heller erleuchtet wurde, hielt James die erste Wache. Gezeichnet von diesem verlustreichen Tag, hockte Collins hinter ihnen gegen eine Holzwand gelehnt. Seine Augen starrten ohne ein Blinzeln auf die im Mondlicht schwarz schimmernde Erde. Nur Will konnte all dem noch etwas Positives abringen.

„Wenigstens kein Gas", murmelte er leise und nahm einen Schluck aus seiner Feldflasche, ehe er sie Henry reichte.

„Beten wir um eine Pause von all dem Leid", flüsterte der Chemiker bedrückt und benetzte seine Lippen. Diesem frommen Wunsch stimmten die Freunde nickend zu. Plötzlich schallten drei aufeinanderfolgende Schüsse durch die Dunkelheit. Aufgeschreckt sprang Morgan von der Leiter in die schützende Stellung. Sein Puls raste.

„Verdammt, war das knapp."

„Scharfschützen?", wisperte Wilkinson, bevor er den Feldstecher und somit die Wache übernahm.

„Gib acht, Ronnie. Sie sind nur hundertfünfzig Meter entfernt." Flinken Schrittes huschten die Pioniere an ihnen vorbei. Wie an den anderen Frontabschnitten versahen sie die Eingänge der Verschläge mit Laken und den Wassereimern. Einer von ihnen lächelte William zuversichtlich an. Wortlos klopfte er ihm auf die Schulter, ehe der Fremde mit dem Rest seiner Einheit hinter der kommenden Kurve verschwand.

„Ich fürchte mich", sprach Wilkinson. „Ich will nicht elendig in der Fremde abkratzen." Danach überprüfte er die Funktionstüchtigkeit des Karabiners.

„Halt durch, Ronnie. Wir stehen das zusammen durch. Keiner lässt den anderen im Stich", antwortete Will, was selbst James imponierte. Er erkannte, dass Jones das Zeug zum Anführer hatte. So vergingen bange Stunden, in denen sie jeden Augenblick mit einem Beschuss rechnen mussten. Ob Gas oder dem üblichen Granatfeuer. Letztendlich verstummte das Dröhnen, das Getöse und die Explosionen. Obwohl es nur zu ihrem Besten war, bereitete ihnen diese nun anherrschende Stille eine Gänsehaut.

„Wenn ich draußen auf dem Feld bin, denke ich nicht nach. Ich handle, wie es mir beigebracht wurde. Doch in dieser nervenaufreibenden Ruhe kreisen meine Gedanken nur darum, was die Deutschen im Schilde führen. Das ist schlimmer als alles andere." Jeder von ihnen wusste, was in Ronnies Kopf vorging. So nahm Henry ihn in den Arm und schenkte ihm dadurch ein Stück Sicherheit, welches er in diesem Augenblick vermisste.

Es war ein Morgen wie jeder andere Ende April 1915. Collins, der nun den Wachdienst übernommen hatte, hielt die feindlichen Stellungen im Auge. Nichts rührte sich, bis auf einmal das schrille Pfeifen, die Einschläge und das grauenhafte Beben erneut zu ihnen drang. Aus Yperns westlicher Richtung stand der langsam hell werdende Himmel binnen Sekunden lichterloh in Flammen. Schon bei der ersten Detonation zuckten die Freunde zusammen, legten ihre Gewehre an und schauten leicht über den Rand ihrer Stellung. Doch die feindliche Seite verhielt sich ruhig.

„Was haben die bloß vor", raunte Jones. Aufgeregt reckte er seine Waffe zwischen den Sandsäcken hindurch. Der Lärm wurde aus dem Areal, welches von der 1. kanadischen sowie der 27. und 28. britischen Division verteidigt wurde, immer lauter. Ronnie stierte weiter angespannt durch das Periskop und sah plötzlich im Schein der Sonne eine Pickelhaube aufblitzen. Vorsichtig legte er die Hand auf Jones Schulter.

„Will“, zischte er ihm zu. „Rechte Seite, zwischen den Verschlägen.“ Das Adrenalin schoss durch Jones Körper, während er anlegte und das Ziel ins Visier nahm.

„Ich sehe ihn. Sagt mir, ob ich getroffen habe.“ Schwer atmend standen die Burschen geduckt auf den Leitern. Sie konnten es kaum erwarten, dass endlich etwas geschah. „Noch einen Moment.“ Plötzlich hielt Will für einen Moment inne. Sein Zeigefinger krümmte sich und ein lauter Knall donnerte durch die Stille. Er sah noch aus der Ferne, wie die glänzende, schützende Kopfbedeckung schlagartig verschwand. „Ich habe ihn erwischt“, flüsterte der Offiziersanwärter und ein Gefühl der Erleichterung machte sich bei ihm breit. Von der gegnerischen Flanke aus, drangen laute Schreie an sie heran.

„Gut gemacht“, wisperte Morgan, klopfte seinem Kamerad auf die Schulter und lächelte ihn an. „Wieder einer weniger.“ In den folgenden Stunden fielen ihnen noch zwei der deutschen Scharfschützen zum Opfer. So hielten die Briten ihre Stellung über Tage hinweg.

Als die wohltuende Sonne langsam aufging, stieg auch Oskar von der Leiter, die ihm einen freien Blick auf die von der britischen Armee eingenommenen Gräben ermöglichte. Angespannt nahm er einen Schluck Wasser zu sich.

„Gibt es etwas Neues?“, fragte der Leutnant, der sich auf einem Rundgang befand. Die Freunde salutierten und Oskar schüttelte den Kopf.

„Nichts zu vermelden, Herr Leutnant. Der Feind hat sich, genau wie wir, fest eingegraben.“ Zufrieden, dass in dieser Nacht nichts Gravierenderes passiert war, klopfte

er seinem Späher auf die Schulter und sprach: „Nur Mut,
Männer. Wir dürfen auf keinen Fall die Zuversicht verlieren. Voller Stolz wird diese Schlacht zu unseren Gunsten enden. Weitermachen." Es vergingen vier lange Stunden, in denen sich nichts rührte. Bis auf einmal in der
Ferne das tosende Geschützfeuer von deutscher Seite erneut aufflammte. Mit voller Härte nahmen sie die 1. kanadische sowie die beiden britischen Divisionen im Westen Yperns aus drei Richtungen unter Beschuss. Die hessischen Freunde ahnten, dass dies weitreichende Konsequenzen haben würde. Thomas betete, griff nach seinem
kleinen Büchlein und schrieb seine Gedanken nieder.

Was waren das für friedvoll Zeiten,
die niemand hätte in Frag gestellt.
Nun, da die Familien leiden,
der Tod sich unter uns gesellt.

Kämen wieder diese Tage,
wo Kinder spielend umhergerannt.
Statt zu singen Kriegeslieder,
verblendet nun sterbend fürs Vaterland.

Ich flehe Gott fürs rasche Ende,
dieser barbarisch Grausamkeit.
Dass wir werden sitzen mit dem Feinde,
am Tische der friedlich Geselligkeit.

Doch vor uns liegen schlimme Jahre,
geprägt von Verlust, wie auch Schmerz und Leid.
Gas, Kugeln sowie Granaten,
machen dem Schnitter mehr Arbeit.

„Bist du endlich fertig mit deiner Poesie?“, raunte Reiner zynisch, griff nach dem Buch und schlug es zu. Oskar konnte nicht ertragen, wie herablassend sich Fröhmer gegenüber dem Kameraden verhielt. Beherzt griff er nach seine Hand.

„Lass ihn in Ruhe“, zischte er entschlossen.

„Du willst mir Befehle erteilen?“, sprach sein Freund mit einem verachtungsvollen Lächeln auf den Lippen. „Jemand, der schon beim ersten Angriff die Nerven verliert, hat mir rein gar nichts zu sagen.“ Wütend über diese harschen Worte, sprang Breitner auf und schlug auf Reiner ein, der sich heftig zur Wehr setzte. Felix konnte nicht mehr zuschauen. Blitzschnell packte er die beiden Streithähne an ihrem Uniformkragen.

„Auseinander, verflucht“, brüllte der Sanitäter, bevor er seine Kameraden zurückstieß. „Seid ihr von allen guten Geistern verlassen?“ Die Explosionen, welche aus den Stellungen vor Ypern zu ihnen drangen, mehrten sich, während Feuer und Rauch sich in den Mittagshimmel mischten. „Wir haben eine Aufgabe zu erledigen. Stattdessen streitet ihr wie kleine Mädchen. Wenn ich so etwas noch einmal miterleben muss, werde ich Meldung machen. Also reißt euch zusammen.“ Reiner wischte sich das Blut von der aufgeplatzten Lippe, ehe er Oskar vor die Stiefel spuckte.

„Du bist ein mieser Schauspieler“, warf er seinem Freund an den Kopf. „Zuhause hast du den großen Anführer gemimt, doch dann kam schließlich dein wahres Gesicht zum Vorschein. Halt dich von mir fern. Ich will nicht deinetwegen mein Leben verlieren.“

Mit weit aufgerissenen Augen, seine Wut unterdrückend, griff Oskar nach seinem Gewehr und übernahm die nächste Wache. Beharrliches Schweigen beherrschte den Abschnitt, welchen die Burschen zu überschauen hatten, als sich plötzlich ein Bote durch den engen Graben drängte.

„Alle bleiben auf Position", zischte er leise. Die vier sahen sich überrascht an. Bereits einen Wimpernschlag später wurden sie von Pionieren Beiseite gedrängt. In ihren Händen befanden sich die Griffe der Chlorgasflaschen.

„Zieht euch zurück. Wenn es losgeht, werdet ihr schon Informationen erhalten", knurrte einer von ihnen und hievte, zusammen mit weiteren Soldaten die schwere Stahlpulle auf den Rand empor. Zusammen zogen sie sich in die dahintergelegene Grabenanlage zurück. Nervös galt ihr Blick dem schmalen Gang, der durch die Stellungen führte.

„Herr, du bist mein Hirte. Führe uns durch diesen Tag und halt deine schützende Hand über uns", betete Thomas leise, als auf einmal die schrillen Pfiffe das Getöse der Artillerie zu übertönen schienen.

„Es geht los. Haltet euch bereit", zischte Reiner seinen Kameraden zu. Jeder von ihnen lud den Karabiner durch. Ein erfahrener Soldat kam mit einer hölzernen Kiste angestürmt, warf diese vor ihre Füße und sprach teilnahmslos: „Hier, die werdet ihr brauchen." So schnell wie er gekommen war, verschwand der Mann auch wieder in den weitreichenden Befestigungen.

„Was ist das?", erkundigte sich Fröhmer verunsichert, während Oskar unerschrocken die Holztruhe öffnete.

Darin befanden sich ein Dutzend Stabgranaten, die ihnen den Sturm auf die feindlich gehaltenen Bereiche erleichtern sollten. Vorsichtig nahm Breitner eine der todbringenden Waffen heraus und sah seine Mitstreiter fragend an. Leise murmelte er: „Hat jemand von euch eine Ahnung, wie dieses Teufelszeug funktioniert?“ Nur Gruber schien von der Handhabung Ahnung zu haben. Langsam erklärte er seinen Mitstreitern den Umgang und jeder von ihnen steckte sich drei in die Umhängetasche.

„Wir sind gerüstet. Viel Glück. Dieser Einsatz macht euch zu wahren Männern.“ Mit den Nerven am Ende, kauerten sie in der Stellung. Sie warteten auf den Befehl zum Sturm. Im nächsten Augenblick rannten ihre Kameraden der Einheit panisch vor Angst an ihnen vorbei. Ihre Schreie gellten durch die Gräben. Manche stürzten in Panik übereinander. Da ertönten die lauten Rufe eines Boten.

„Rückzug. Rückzug. Das Gas dreht.“ In Schockstarre hockten die Freunde am Rand. Gelähmt vor Angst vermochten sie nicht sich zu bewegen. Doch Felix erkannte das Unglück und rief ihnen zu.

„Lauft, verflucht. Lauft.“ Der anfänglich herrschende Ostwind drehte auf West und trieb das Chlorgas zu den eigenen Truppen hin. Aber zu spät bemerkten die Offiziere, dass die Böen den abscheulichen Stoff zurück in die eigenen Gräben wehten. Schon einen Wimpernschlag später, krochen die ersten gelblichen Wolken in die Gräben und zogen auf die Hessen zu.

„Wir bleiben und kämpfen weiter“, schrie Reiner, voller Zuversicht. Zur Salzsäule erstarrt sahen die Freunde den Schnitter auf sich zukommen. Wenige Meter trennten sie von dem monströsen Grauen, das sich allmählich näherte.

„Weg hier“, brüllte Gruber und stieß seine Kameraden weiter voran. Schließlich packte er Reiner am Kragen. Schwungvoll riss er den jungen Mann hinter sich her. Der gelbliche Tod folgte ihnen unentwegt. „Haltet die Luft an und rennt um euer verfluchtes Leben.“

Voller Furcht gehorchten sie dem Sani. Letztendlich kamen sie an der Böschung an, welche dem Zugang diente. In Todesangst stürmten die Freunde weiter, bis zum rettenden Lager. Erst dort fühlten sie sich sicher.

„Seht mich nur an", stotterte Oskar zitternd, während er seine Hand bebend vor sich hielt. „Ich will noch nicht sterben." Gruber versuchte die erhitzten Gemüter zu beruhigen. So sprach er auf die Männer ein, bevor er sich energisch, gar zornerfüllt, Fröhmer zuwandte. Blitzschnell griff er nach der Uniform des großspurigen Burschen und riss ihn mit einem heftigen Schwung in die Höhe.

„Wenn du hier draufgehen möchtest, nur zu", donnerte seine ernste Stimme lautstark, so dass es bis in den letzten Winkel des Lagers zu hören war. „Aber, falls du uns alle umbringen willst, werde ich dir höchstpersönlich eine reinhauen. Hast du mich verstanden? Das ist kein Alleingang von dir. Es geht um Menschenleben… Das Leben deiner Freunde." Mit voller Wucht schlug ihm der Sanitäter auf die Wange. „Ist das bei dir angekommen oder soll ich dich richtig verdreschen?" In solcher Wut hatte Fröhmer ihn noch nie zuvor erlebt. Eingeschüchtert durch Felix Blick und dessen Gesten, hielt Reiner lieber den Mund. Thomas war außer sich vor Furcht. Zusammengekauert hockte der Dichter in einer Ecke. Tränen liefen über seine Wangen, während die Arme fest die angewinkelten Knie umfassten.

„Ich will hier nicht verrecken", brüllte er aufgelöst. Nun war es an Gruber den Burschen zu beruhigen und auf den Boden der Realität zurückzuholen. So nahm er ihn bei den Schultern.

„Du wirst nicht sterben, solange du auf mich hörst. Hast du mich verstanden, Winkler?" Abwesend nickte der junge Infanterist. Er konnte sein Augenmerk nicht von der Anhöhe ablassen, die das Lager mit dem Stellungssystem verband. Thomas stand benommen auf und wisperte: „Ich brauche etwas Zeit. Das ist alles zu viel für mich." Daraufhin verschwand er zwischen den Holzpoltern.

„Na? Bist du zufrieden? Mistkerl", zischte Gruber Reiner zu, der neben dem Stapel saß. „Du hältst dich wohl für den geborenen Anführer. Aber du bist nicht mehr wert als der Dreck unter deinen Stiefeln. Ich habe dich im Auge, Fröhmer. Führst du noch einmal deine Freunde ins Verderben, kriegst du es mit mir und der Heeresleitung zu tun. Verstanden?" Voller Respekt wagte Fröhmer es nicht, dem Sanitäter zu widersprechen. Nach kurzer Stille ließ Gruber von ihm ab und half die restlichen Männer, welche den giftigen Stoff leicht eingeatmet hatten, ins Lazarett zu bringen.

Auch in den britischen Gräben vor Het Sas machte sich hektisches Treiben breit, als das Granatenfeuer aus Richtung der Stadt Ypern an sie herandrang. Den Offiziersanwärtern stand angesichts des vergangenen Vormarsches die Erschöpfung in die Gesichter geschrieben. Krampfhaft versuchten sie sich wachzuhalten und den Tumult auszublenden. Doch dies gelang ihnen nicht. Ronnie rieb sich aufgebracht die Augen und sprach das aus, was ihnen allen auf der Seele brannte.

„Was tun wir hier? Lasst uns endlich den Ort nehmen. Das Rumsitzen und dem Grollen zuzuhören, während unsere Kameraden elendig verrecken, macht mich fertig." Krampfhaft versuchte er das Zucken seines Augenlids unter Kontrolle zu bekommen. Auch die anderen waren nach dieser langen Zeit ohne vernünftigen Schlaf mit den

Nerven am Ende. Selbst Morgan, der so gern die Führung übernommen hätte, saß schweigend in einer Ecke. Nur Will konnte sämtliche Bedenken, Übermüdung und Hunger beiseitedrängen. Er zündete sich eine Zigarette an und nahm neben seinen Kameraden Platz. In kunstvollen Ringen blies Jones den Rauch in die Höhe.

„Gib dem Feind auch noch ein Zeichen, wo wir uns aufhalten", knurrte James ihn an. Doch sein alter Freund hatte nur ein abwertendes Schulterzucken für diese Aussage übrig.

„Auf der Gegenseite rührt sich niemand. Also gönn mir wenigstens dieses bisschen Glück. Es sei denn du vermittelst mir eine Woche Fronturlaub. Dann könnte ich mich wenigstens wieder in eine schöne Wanne heißes Wasser sinken lassen, mich vernünftig rasieren, einfach dem ganzen Elend hier entfliehen."

„Ich werde deine Wünsche weiterleiten", zischte Morgan zynisch, kletterte die Leiter hinauf und warf noch einen Blick in Richtung des Ortes. Hektisch sprang er von der obersten Stufe. „Los. Wir müssen zurück in den Verschlag", sprach er mit stotternder, aufgeregter Stimme. Niemand verstand, worauf er hinauswollte. Sie gingen davon aus, dass Morgan abermals übervorsichtig handelte. Als Ronnie jedoch die Leiter hinaufstieg, um sich der Anweisung zu vergewissern, stockte ihm der Atem.

„Wir müssen hier weg", rief er aufgeregt, sprang von den Sprossen in den Schlamm, schnappte seinen Karabiner und rannte los. „Das war kein Spaß. Bringt euch in Sicherheit." Erst jetzt bemerkte Henry in welcher Gefahr sie sich befanden.

„Gas?", schrie er den Rest seiner Kameraden hysterisch an, die im ersten Augenblick, wie versteinert, dastanden.

„Ja", antwortete Wilkinson, der im Begriff war, die Stellung mit oder ohne seine Freunde zu verlassen.

„Was habe ich euch gesagt?", fragte Collins entrüstet, als plötzlich das Donnern der deutschen Geschütze wieder in der Nähe ertönte. „Uriniert auf eure Halstücher und bindet sie um eure Atemwege. Lasst uns so schnell wie möglich von hier verschwinden."

„Es kommt nichts", schrie Morgan aufgeregt, während die gelben Wolken auf sie zuzogen.

„Mist", knurrte Jones, nahm das Tuch seines Freundes und pinkelte darauf. Ohne darüber nachzudenken, schlang James es über Mund und Nase. Zusammen rannten sie los. Panisch schrien sie jeden an, der sich auf ihrem Weg befand. Immer länger wurde die Schlange der Männer, die hinter den Kameraden herlief, um einen sicheren Unterschlupf zu finden.

„Hier rein", rief der Chemiker lautstark, riss die Holztür auf und wartete, bis selbst der Letzte den schützenden Verschlag erreicht hatte. Angsterfüllt kauerten die Männer auf dem kalten, unebenen Fußboden. Jones und Wilkinson hielten schon die Wassereimer im Anschlag, um das Schlimmste zu verhindern. Aber nichts geschah. Gebannt starrten die Männer auf den flachen Schlitz, der sich zwischen Türrahmen und dem Laken befand. Sie zuckten zusammen, als plötzlich eine erregte, helle Stimme zu ihnen drang.

„Der Wind hat sich gedreht. Er hat gedreht", brüllte der Melder. „Alle Mann in Angriffsstellung." Nacheinander traten die Briten aus ihren Unterständen hervor, bestiegen die Leitern und warteten auf den Befehl den Ort endgültig einzunehmen. Jones beobachtete, wie der dichte, gelbliche Nebel in den deutschen Stellungen verschwand. Ein erleichtertes Aufatmen machte sich breit.

Dennoch lud ein jeder sein Gewehr durch und wartete auf die folgenden Befehle. Es dauerte nicht lange, bis ihr Lieutenant den Abschnitt aufsuchte und sich Ronnies Periskop lieh. Binnen Sekunden ließ das Artillerie- wie auch das Maschinengewehrfeuer der anderen Seite nach. Der Kommandeur sah die Chance nun den Durchbruch zu wagen.

„Wir müssen los", rief der Lieutenant durch die Reihen. „Das ist unsere beste Möglichkeit." Auf das Schrillen seiner Trillerpfeife hin, begaben sich die Männer auf das kurze Schlachtfeld, um die Ruinen von Het Sas endgültig einzunehmen. Nachdem sie im Eilschritt den Vorstoß gewagt hatten, nahmen die Briten die vorgelegenen Gräben ein. Keinerlei Regung war mehr zu erkennen. Dennoch gingen die Soldaten mit äußerster Behutsamkeit voran, um nicht in einen Hinterhalt zu geraten. Die Gewehre im Anschlag versuchten sie sich ungehört anzuschleichen. Sämtliche Spanische-Reiter, welche mit Stacheldraht umwickelt waren, wurden von den Pionieren beseitigt und ermöglichten den nachrückenden Infanteristen das Vorankommen. Was sie dort, am Rande des Spinnennetzes sahen, verschlug ihnen die Sprache. Das Gas hatte sich verzogen. Dutzende deutscher Soldaten bedeckten den Boden. Aus ihren Mündern quoll das Blut, welches zum Teil schon angetrocknet war. Mit weit aufgerissenen, panischen Augen stierten sie die Truppen an.

„Mein Gott", wisperte er erschrocken. „Wenn ihr Plan aufgegangen wäre, würden wir jetzt in unseren Gräben liegen und qualvoll dahinsiechen." Nun lag es an William weitere Instruktionen zu erteilen, da James kein Wort mehr herausbrachte. Behände sprang er nach unten und prüfte bei dreien den Puls. Kein Zeichen von Leben war mehr zu ertasten.

„Schaut euch um. Wir räumen die Anlage. Legt die Leichen zusammen, so dass wir sie angemessen bestatten können. Jeder, der noch einen Hauch von sich geben kann, wird von Sanitätern nach hinten gebracht und ärztlich versorgt. An die Arbeit." Alle gehorchten seinen Anweisungen und selbst die, welche durch das Einatmen des Chlorgases um ihr Leben kämpften, wurden in das anliegende, britische Feldlazarett transportiert. Dunkle Wolken zogen auf, verbargen den Sonnenschein und es begann in Strömen zu regnen. Schon nach kurzer Zeit bildeten sich schlammige Pfützen überall in den Gängen. Auch für diese Situation hatte Will die passende Antwort, bevor James sich auch nur rühren konnte. Er wandte sich an die Männer und sprach: „Ihr werdet Drainagen legen, damit das Wasser abläuft. Verkleidet den Boden mit zusätzlichen Holzplanken. Niemand soll beim nächsten Gefecht im Schlamm versinken." Die Truppe machte sich ans Werk. Kurze Zeit später erschien der kommandierende Offizier. Mit zufriedener Miene sah er, wie seine Soldaten die Anlage befestigten.

„Wer ist dafür verantwortlich?" William salutierte.

„Das geschieht auf meine Anweisung, Lieutenant, Sir."

„Sie scheinen alles im Griff zu haben, Jones. Ihr Einsatz ist vorbildlich. Daher werde ich Sie zum Second-Lieutenant ernennen." Voller Stolz stand Will da. Während Ronnie sich für ihn freute, schien Morgan zutiefst enttäuscht. Ein gewisser Neid stieg in ihm auf, denn diese Ernennung hätte seine sein sollen. Zähneknirschend trat James an ihn heran und reichte ihm die Hand.

„Glückwunsch, William. Mach uns keine Schande." Weitere Tage vergingen, in denen es weder vor noch zurück ging. Briten, wie Deutsche hatten sich eingegraben und lieferten sich einige nicht nennenswerte Scharmützel. Schließlich kam der 1. Mai 1915. Der Frühling hielt Einzug in die grausame Ödnis des Krieges. Obwohl James nun befördert war, blieb er aus Verbundenheit bei seinen Mitstreitern. An diesem Morgen saß er zusammen mit James, Ronnie und Henry in ihrer Stellung. Während die anderen endlich wieder ein Frühstück genossen, blickte er, eine Zigarette rauchend, über die Grabenkante auf den blauen Himmel. Nur vereinzelt zogen kleine, weiße Quellwolken vorüber. Doch selbst dieser wunderschöne, friedliche Anblick vermochte es nicht dem jungen Offizier seine Sorgen zu nehmen.

„Warum schaust du so betrübt drein?", fragte Wilkinson und aß mit Heißhunger weiter. William zuckte mit den Schultern, ehe er noch einen kräftigen Zug nahm.

„Inzwischen ist die Stille unheimlich. Wer weiß, wann es wieder weitergeht oder was uns erwartet. Das bereitet mir Kopfzerbrechen." Collins wusste, was in ihm vorging. Immerhin hatte er an der ersten Schlacht nahe Ypern teilgenommen. Er stellte seine Schüssel ab und nahm neben dem Second-Lieutenant Platz.

„Du hast jetzt eine Verantwortung. Nicht nur gegenüber deiner Truppe, sondern auch gegenüber dir selbst. Zweifel nicht an deinen Fähigkeiten, dann werden wir alle zusammen diesen Wahnsinn überleben." Ein Lächeln stahl sich auf Jones Lippen.

„Danke, Henry. Das bedeutet mir sehr viel." Morgan, der versuchte mit der Beförderung seines Freundes klarzukommen, sprang auf und verließ den schützenden Unterstand.

„Wohin gehst du, James?", fragte Wilkinson verwundert. Er äußerte sich nicht, sondern verschwand hinter einer Kurve des Hauptganges.

Ohne darüber nachzudenken, schnappte Ronnie sein Gewehr und flüsterte: „Ich muss ihm nach. Keinesfalls soll ihm etwas geschehen." Nachdem auch er weg war, wandte sich Will wieder dem Chemiker zu.

„In der Hierarchie schnell voranzukommen, stand ganz oben auf meiner Liste. Aber nun bin ich mir nicht mehr sicher, ob ich wirklich in der Lage bin, den Männern Befehle zu erteilen. Ich habe Angst davor einen Fehler zu machen und für den Tod vieler tapferer Soldaten verantwortlich zu sein."

„Das ist mir schon klar. Doch du wolltest es so. Jetzt musst du da durch. Egal, was es dich kostet. Aber sei dir immer meiner Unterstützung gewiss. Du schaffst auch diese Hürde." Plötzlich donnerte die Stimme des Kommandierenden durch die engen Gänge, was Jones zusammenzucken ließ. Als er an der Baracke vorbeikam, sprang William mit pochendem Herzen auf und salutierte. Schweißperlen bildeten sich auf seiner Stirn.

„Morgen", raunte der Lieutenant im ernsten Tonfall und starrte seinen Stellvertreter fragend an. „Haben Sie nicht das Kommando über die Männer, Second-Lieutenant Jones?"

„Doch, Sir."

„Warum vertreiben sich Ihre Soldaten die Zeit mit Karten spielen? Ich will die Truppe ackern sehen. Ausruhen können sie sich, wenn die Schlacht endgültig gewonnen ist. Haben Sie mich verstanden? Die Moral ist wichtig. Ihre Leute sollen fokussiert ans Werk gehen." Diese Standpauke saß.

„Jawohl, Sir." Entrüstet starrte Jones zur Seite, wo die ermahnten Soldaten wie getretene Hunde aus dem Unterschlupf kamen. William schwieg, während Collins hinter ihm stand. Der Lieutenant war jedoch noch nicht fertig.

Mit verschränkten Armen wandte er sich dem eingenommenen Schlachtfeld zu. Plötzlich begann erneut das Donnergrollen aus Richtung Ypern. „Wir haben einen neuen General."

„Was ist mit General Smith-Dorrien?", erkundigte sich Second-Lieutenant Jones überrascht, ohne den Blick von der Feuerwand vor der südlich gelegenen Stadt abzuwenden.

„Unser Oberbefehlshaber John French empfand die Entscheidung, den Frontbogen bei Ypern zu verkleinern, als fatalen Fehler. Er hat ihn des Kommandos enthoben. General Plummer ist nun für uns und die 2. Armee verantwortlich. Hoffen wir, dass er bessere Entscheidungen trifft."

„Ich habe großes Vertrauen in General Plummer. Immerhin hat er uns durch die ersten Tage geführt. Mit Erfolg." Der Lieutenant zündete sich eine Zigarette an und stierte ohne Unterlass auf die grauen Rauchwolken, die sich furchterregend vor Ypern in die Höhe reckten. „Steht schon fest, wer unser ranghöchster Offizier sein wird?"

„Ja. Die Verteidigung des Frontbogens unterliegt nun den Weisungen von General Edmund Allenby." Beiläufig übergab der Vorgesetzte ihm die erwarteten Patches, die ihn schließlich offiziell zum Second-Lieutenant erhoben. „Hier, Jones. Nähen Sie diese an ihre Uniform. Doch ein solches Verhalten, wie ich es heute Morgen mitbekommen musste, kann ich auf keinen Fall dulden." Er machte eine kurze Pause, ehe er murrend fortfuhr. „Weiterhin viel Glück, Gentlemen. Sie werden es brauchen." Als der Offizier mit seinem Adjutanten außer Sicht war, ging Jones zurück in den grob errichteten Gefechtsunterstand.

Im Schein des einfallenden Lichts starrte er auf seine Aufnäher, die er nun an seiner Uniform anbringen musste. Henry blickte derweil vorsichtig über den Grabenrand empor und bewunderte samt einer Gänsehaut, wie die Rauchwolken am Himmel zu tanzen schienen.

„Nun ist es also offiziell. Eine Feldbeförderung ist eine große Sache. Glückwunsch." Will lächelte, schüttelte den Kopf, während er Nadel und Faden vornahm.

„Danke, Henry. Doch was habe ich zu feiern? Es wäre mir lieber gewesen James hätte diese Auszeichnung bekommen. Er ist der geborene Anführer. Ich wollte schlichtweg nur überleben."

„Hoffentlich hat Ronnie Erfolg gehabt. Morgan zu beruhigen ist keine leichte Aufgabe." An diesem Abend, nachdem James sich wieder gefangen hatte, betraten die Freunde den Verschlag. Sofort ging Morgan auf seinen Kameraden zu und reichte ihm freundschaftlich die Hand.

„Entschuldige, Will. Meine Eifersucht und Neid waren stärker als ich selbst." Mit einem freudigen Lächeln nahm er diese Geste an und während die beiden sich setzten, berichtete Jones von den Neuigkeiten. Nachdenklich hockte Morgan in einer Ecke. Ronnie zündete sich eine Zigarette an.

„Es ist wahrscheinlich besser so", antwortete Wilkinson. „Die Front zu verkleinern, macht keinen Sinn. Die Einheiten wären ein leichtes Ziel. Schließlich sind wir in der Offensive. Uns schlagen die Deutschen höchstens mit ihrem Gas zurück. Wollen wir beten, dass uns dies erspart bleibt." Er erntete ein zustimmendes Nicken. In den frühen Morgenstunden des 2. Mai 1915 wurden die Kameraden unsanft geweckt. Jones ahnte, was nun auf sie zukommen würde. Zitternd stand er vor seinen Freunden.

Den Karabiner fest in Händen. Vor ihren Augen tat sich die Hölle auf. Ein grelles Flammenmeer erhellte das halbdunkle Firmament. Die Erde bebte unter ihren Stiefeln.

„Jesus Christus, steh uns bei", wisperte Will angesichts dieser noch nie dagewesenen Zerstörungswut. Ein Bote kam auf sie zu, während die anderen überprüften, ob sie alles am Mann hatten. „Los. Auf zum Sammelplatz." So setzte sich die Hälfte des Bataillons in Bewegung. Die Lieutenants warteten angespannt auf ihre Männer.

„Die Flanke bei Ypern muss um jeden Preis gesichert werden. Es bleibt wenig Zeit. Wir umgehen die Front, so dass unsere Truppe dort zeitig und unbeschadet eintrifft. Unterwegs stoßen Sie zur 4. Division, deren Befehlshaber die Leitung innehat. Haben Sie mich verstanden?"

„Jawohl, Lieutenant", schallte es entschlossen, als würde eine Stimme sprechen. Die Befürchtungen beiseitedrängend machten sich die britischen Soldaten auf, ihre Freunde mit aller Kraft zu unterstützen.

Das hessische Bataillon war mittlerweile schon am Ort des Geschehens angekommen. Oskar und seine Freunde hofften, dass ihre Truppe ohne Hilfe die britischen Stellungen vor Ypern nehmen konnte. Ehe sie sich versahen, änderte sich die Lage. Der Beschuss wurde heftiger. Ohne weitere Befehle abzuwarten, warfen sich die Männer hinter den Endwall und erwiderten vehement das Feuer. Beißender Rauch wehte zu ihnen und raubte ihnen den Atem. Dennoch gaben sie nicht auf. Dies war keinerlei Option für die tapferen Kasseler. Zusammen nahmen sie den Frontabschnitt ins Sperrfeuer. Unerwartet kam die Anweisung zum sofortigen Rückzug. Thomas wusste genau, was nun drohte, nahm seinen Karabiner und starrte, wie die anderen auf die vorderste Linie. Das Herz schlug schwer in ihrer Brust, als sie beobachteten, wie die schweren Gasflaschen über den Rand gehievt wurden.

„Das kann nicht in Gottes Wille sein", zischte Gruber und überprüfte abermals seine Sanitätstasche. Alle stimmten ihm zu, bis auf Reiner, der aufgeregt, nervös und blutrünstig dahockte. Oskar, wie auch Felix und Thomas warteten ab, während ihr Augenmerk nur Fröhmer galt. „Wir werden hier nicht gewinnen können." Fröhmer, der schon auf der Leiter stand, spuckte Gruber abwertend vor die Stiefel.

„Du bist feige, Felix. Mensch, sei ein Mann." Unterdessen wurde das dröhnende Getöse immer lauter. Die Abstände, in denen sie in Deckung gehen mussten, wurden allmählich kürzer. Plötzlich glitt ihr vermeintlicher Anführer die Sprossen hinab, da war das laute Zischen schon zu hören. Schnell ging Reiner wieder in die Hocke.

„Bereitmachen", brüllte ihr Kommandeur durch die Reihen und stieß die ängstlichen Rekruten an die maroden Leitern heran. „Achtung. Wenn die Schwaden in die Gräben gezogen sind, stürmt los." Zittrig vor Aufregung hielt Winkler sein Gewehr fest in Händen. Das Warten wurde zur Qual. Erleichterung machte sich erst breit, als der erste Schwall des Gases sich in die gegnerischen Gräben senkte. „Wartet", zischte der Offizier angespannt, hob die Hand und ließ sie nach fünf Minuten auf einmal fallen. „Angriff", donnerte die Stimme des erfahrenen Offiziers durch die hohen Gänge.

Jeder gab noch ein kurzes Stoßgebet ab, manche küssten das Kreuz, welches sie um den Hals trugen und begaben sich unter dem Lärm der Schlacht nach draußen. Immer mehr Männer schickte der Kommandeur in die Hölle und vernahm die Schmerzensschreie der schwer verletzten Soldaten. Oskar und seine Freunde dachten nicht weiter nach. Es war ihre Pflicht, sich in den blutigen Kampf zu stürzen.

Inzwischen war es Viertel nach neun in der Früh. Die wärmende Sonne erhob sich aus ihrem Schlaf, von dem die britischen Einheiten nur träumen konnten. Je näher die Einschläge kamen, die schon seit fast vierundzwanzig Stunden anhielten, festigte sich die Entschlossenheit auf beiden Seiten endlich den entscheidenden Durchbruch zu erringen. Wie eine undurchsichtige Wand zogen plötzlich die ätzenden Gasschwaden auf die Briten zu. Ehe Will auch nur einen seiner Männer opfern würde, befahl er die Stellung zu halten und sich in letzter Minute in den Verschlägen zu verschanzen. Wie ein dichter Teppich näherte sich der gelblich, bedrohliche Nebel den Gräben, während das gegnerische Artilleriefeuer stetig zunahm. Als der schleichende Tod auf wenige Meter herangekrochen kam, sah sich Jones in der Pflicht. Umgehend ordnete er an, die Unterstände aufzusuchen und die Vorhänge herunterzulassen. Panisch schreiend schlossen die Männer die grobeingepassten Türen hinter sich. Sie verhingen jegliche Öffnung mit den zugeschnittenen Laken, die ein Durchdringen des Chlorgases verhindern sollten. Aufgeregt befeuchteten Ronnie und Henry die Tücher und versperrten den Eingang. Die, die es nicht schafften rechtzeitig die Unterstände zu betreten, hämmerten verzweifelt gegen die schweren Türen.

„Wir müssen ihnen helfen“, sprach James seinen Freund an. Doch der Second-Lieutenant schüttelte betroffen den Kopf, während von draußen die hysterischen Schreie zu ihnen drangen.

„Es ist zu spät“, flüsterte Will und sah den jungen Soldaten in die ängstlichen Mienen. Immer leiser wurden die Geräusche, bis die Stimmen verstummten.

„Wie lange sollen wir hier drinbleiben?“, fragte Wilkinson, der sich mit vollem Gewicht gegen die Holztür stemmte. Nun meldete sich der Chemiker Collins zu Wort.

„Wartet noch zwei Stunden. Dann müssten wir das Schlimmste überstanden haben.“ Langsam zogen die schweren Gaswolken durch die Stellung und zerfraßen allmählich die wassergetränkten Laken. Als sie aus den schützenden vier Wänden traten, war der Tod allgegenwärtig.

5. *Kapitel*

Es war im Morgengrauen des 24. Mai 1915. Die hessischen Freunde kauerten in ihren Stellungen und warteten. Plötzlich erschien ihr Kommandeur. Mit ernster Miene sah er in die geschundenen, schmutzigen Gesichter, doch von Mitleid war keine Spur. Stattdessen gab der Offizier nur eine Order.

„Männer, heute setzen wir alles auf eine Karte. Jegliche Division wird den Vorstoß wagen, um diesem Irrsinn ein Ende zu bereiten. Unser Bataillon wird an der Spitze den Angriff leiten. Machen Sie mich stolz." Daraufhin verschwand der Kommandeur und ließ die Burschen allein zurück. Gefangen zwischen Angst, Hoffnung, wie auch Resignation, hockten die Vier da. Nur Reiner konnte es nicht erwarten endlich loszuschlagen. Eine halbe Stunde verstrich, bis die ersten deutschen Granaten in den britischen und kanadischen Gräben einschlugen. Aber die Antwort folgte im nächsten Augenblick. Auf dem schmalen Streifen, der die Abschnitte voneinander trennte, war nur noch Feuer und Rauch zu sehen. Schrapnelle schossen umher, ebenso Dreck. Holz- aber auch Stacheldrahtsplitter flogen pfeilschnell durch die Luft. In diesen unglaublichen Dimensionen hatte keiner der Burschen den Glauben daran, heil aus dem grässlichen Inferno zu entkommen.

Thomas Herz pochte wild in seiner Brust, als die Trillerpfeife das Signal zum Angriff gab. Einer nach dem anderen erklomm die schmale Leiter. Es war kaum etwas zu erkennen, aber das hielt keinen der Männer ab für Kaiser und Vaterland sein Leben zu riskieren.

„Herr, steh uns in dieser düsteren Stunde bei", flüsterte Felix, überprüfte noch einmal die Sanitätstasche, schnappte seinen Karabiner, ehe er Oskar aufs Schlachtfeld folgte. Schritt für Schritt rannten sie in die Dunkelheit.

Die britische Seite erwiderte das Geschützfeuer aufs Heftigste. Nachdem sie über ein Dutzend Mann beim letzten Giftgasangriff verloren hatten, schworen sich Ronnie, James, Henry und Will, dass diese feige Tat nicht ungesühnt bleiben sollte. Ohne Panik, voller Wut, nahmen sie ihre Gewehre, zogen sich zur Vorsicht ihre uringetränkten Halstücher über und stürmten los. Um sie herum herrschte das Chaos. Es war nicht mehr zu sehen, aus welcher Richtung die Einschläge kamen. Plötzlich trafen die Truppen aufeinander. Schreiend stachen sie mit ihren Bajonetten aufeinander ein. Eine Schusssalve nach der anderen durchfuhr den dichten, beißend riechenden Rauch. Immer weiter drangen William, James und Henry vor. Ronald versuchte sie nicht aus den Augen zu verlieren, als ihn auf einmal eine Explosion von den Beinen riss. Die Wucht raubte dem Offiziersanwärter für einen Moment die Luft. Ronnie taumelte desorientiert umher, ehe er in einen der Trichter stürzte. Es dauerte einen Augenblick, bis er realisierte, wo er sich befand. Wie versteinert schaute Wilkinson in die Augen eines erschrockenen, deutschen Soldaten, der ebenso neben sich zu stehen schien. Es war Thomas Winkler, der mit blut- und schmutzbedecktem Gesicht, starr vor Angst, dem Briten gegenüberstand. Zitternd griff seine Rechte nach der Waffe. Mit der seltsamen Reaktion des Briten hatte er in keinem Fall gerechnet. Wortlos, Winkler nicht beachtend, ließ sich Ronnie auf den Hosenboden sinken, während das Donnern und Dröhnen, zu beiden Seiten, nicht aufhören wollte. Verwundert beobachtete der Hesse den gegnerischen Soldaten. Er konnte nicht fassen, wie gleichgültig ihm sein Schicksal war. Es schien, als sei dies der Vorhof zur Hölle. Ronnie griff in seine Tasche, zündete sich eine Zigarette an und schloss die Augen. Diese Ruhe, die der Brite ausstrahlte, übertrug sich schließlich auch auf Thomas. Langsam setzte sich der Soldat hin. Zusehends füllte sich der fast sechs Meter tiefe Krater mit Grundwasser. Schließlich stand die lehmige Brühe so hoch, dass es ihre Knöchel umspülte. Schweigend kauerten die Leidensgenossen in dem tiefen Grab, als Wilkinson dem jungen Deutschen eine Zigarette sowie ein Stück harte Schokolade anbot. Umringt von Schreien und dem markdurchdringenden, tosenden Lärm, nahm Thomas diese zuvorkommende Geste gerne an. Vorsichtig rückte der Hesse näher. Plötzlich gab es eine erneute krachende Explosion, die den rechtsgelegenen Hang einstürzen ließ. Zwei leblose Körper fielen zu ihnen hinab. Gliedmaßen waren abgerissen und die Gesichter zur Unkenntlichkeit entstellt. Die beiden hielten kurz inne, bevor Ronnie an die Männer herankroch. Wortlos brach er die Erkennungsmarken ab. Bemitleidend reichte der Offiziersanwärter die des gefallenen Deutschen an Thomas weiter, während er die des Briten einsteckte.

Weiterhin erhellte das anhaltende, tief grollende Geschützfeuer den mittlerweile dunklen Nachthimmel. Durch den undurchdringlichen Rauch war nicht einmal ein Stern zu sehen. Immer wieder stürzten die Hänge durch das stetige Beben der Erde zu ihnen herab. Der junge Deutsche griff nach seiner Feldflasche und bot seinem Leidensgenossen einen Schluck an. Jede Stunde, welche die Soldaten in dem Trichter überlebten, brachte sie der Schlachtentscheidung ein Stück näher. Zusammen mit den Gefallenen blieb ihnen nichts anderes übrig, als abzuwarten, was das Schicksal für sie bereithielt. Am späten Morgen des 25. Mai nahm das Feuer aus dem östlichen Bereich ab. Die deutschen Waffen schwiegen auf einmal. Verwundert schauten die Soldaten sich an. Thomas wollte gerade aufspringen und den Abhang hochkriechen, da hielt ihn Wilkinson kopfschüttelnd zurück. Er forderte Winkler auf noch zu warten. So verharrten die beiden noch eine gefühlte Ewigkeit in dem Loch. Endlich verstummten auch die britischen Geschütze. Mit Erleichterung am Leben zu sein, reichten sie sich die Hand und krochen über den zerklüfteten Rand. Wie hypnotisiert, Geistern gleich, schlichen die Soldaten in Richtung ihrer Lager. Das Bild, welches sich ihnen bot, wirkte verstörend. Zwischen den langsam abziehenden Rauchwolken lagen unzählige tote Körper. Viele ihrer Mitstreiter hingen leblos im Stacheldraht gefangen. Je näher sie ihren Stellungen kamen, umso mehr Sanitäter waren zu sehen. Ihre Mienen wirkten teilnahmslos, während sie die Gefallenen auf die Pritschen legten und vom Feld trugen.

Aufgeregt, weinend vor Verzweiflung, rannte Morgan umher und suchte nach seinen Freunden. Lautstark schrie der Offiziersanwärter ihre Namen, jedoch keiner der zurückkehrenden Soldaten reagierte darauf. Einige stützten die verletzten Kameraden. Zusehends schwand die Hoffnung einen von ihnen lebend wiederzusehen. Verzweifelt sank er auf die Knie, während sich seine Hände in der trockenen Erde vergruben.

„James“, ertönte plötzlich eine ihm bekannte Stimme aus dem abziehenden Rauch. William kam langsam auf ihn zu. Auf seinem Rücken schleppte der Second-Lieutenant Henry Collins in Sicherheit. Überglücklich sie zu sehen, rannte James ihnen entgegen. Ohne große Worte zu verlieren, nahm er Jones den Schwerverletzten Chemiker ab.

„Was ist passiert?“, fragte er aufgebracht. Zum ersten Mal konnte Will tief durchatmen.

„Er ist auf die anstürmenden Deutschen wie ein wildes Tier losgestürmt. Selbst ihre Schüsse verfehlten ihn. Dann ging es in den Nahkampf. Durch den beißenden Rauch konnte ich nur erkennen, wie er schreiend auf einen der Burschen mit dem Gewehrkolben einschlug. Im selben Moment knallte es viermal und Collins sank zu Boden. Gott sei Dank rückten weitere Männer unserer Infanterie nach. Sie gaben mir Feuerschutz, als ich seine Wunden versorgte.“ Zusammen trugen sie den bewusstlosen Kameraden zu einem der Feldlazarette. Blitzschnell nahmen ihn die Sanitäter in Empfang und leiteten die Erstversorgung ein. Erst jetzt fand Jones zur Ruhe. Sprachlos sank er auf die Knie und starrte auf seine blutverkrusteten, dreckbeschmierten Hände.

„Ich brauche ein paar Informationen“, sprach ihn einer der Mediziner kurz angebunden an.

„Zwei Schusswunden. Ein Glatter durch den Oberarm, ein weiterer etwas unter dem Schlüsselbein. Dazu ein tiefer Bajonettstich in Höhe des Oberschenkels. Er hat viel Blut verloren“, wisperte der Offizier und kämpfte mit den Tränen.

Nachdem der behandelnde Arzt in Begleitung der Sanis hinter den weißen Spannlaken verschwand, wandte sich Will an seinen Freund, der ihm tröstend beistand.

„Wo ist Ronnie? Ist er in Ordnung?" Morgan blieb nur ein unsicheres Schulterzucken.

„Er war direkt hinter mir. Auf einmal krachte es laut. Ich konnte mich nicht umsehen. Dafür war keine Zeit."

„Wir werden auf ihn warten."

Mittlerweile erreichte auch Thomas Winkler das im Hinterland gelegene, sichere Lager. Mit bedrückter Miene setzte er einen Fuß vor den anderen. Ein Blick zur Seite genügte, um ihm einen fürchterlichen Schauer über den Rücken zu jagen. Ein Kamerad nach dem anderen wurde, durch ein weißes Laken verhüllt, auf dem freien Platz abgelegt. Er bekreuzigte sich und schritt weiter voran, bis er seine Freunde sah. Tränen der Freude liefen über seine schmutzigen Wangen. Ohne Worte nahm ihn Felix in den Arm. Auch Oskar schloss sich ihm an. Nur Reiner hockte ungerührt auf einem Holzbalken und stierte auf die bedeckten Soldaten, die jede Sekunde mehr wurden.

„Ich dachte, wir hätten dich verloren", wisperte Breitner und rang um Fassung. „Wo warst du?" Nachdem Thomas einen Schluck Wasser zu sich genommen hatte, berichtete er von den grauenhaften Ereignissen, die ihm widerfahren waren. Als er jedoch von dem Briten erzählte, der mit ihm im Granattrichter die Nacht verbracht hatte, wurde Fröhmer hellhörig. Wutentbrannt sprang er auf und packte seinen Freund am Kragen.

„Du verfluchter Verräter hast den Feind verschont und ihm auch noch Wasser gegeben", brüllte Reiner ihn an. Er wollte gerade ausholen, um Thomas zu ohrfeigen, da sprang Breitner dazwischen. Beherzt löste er den Griff und stieß Fröhmer zu Boden. Energisch brüllte er seinen alten Freund an.

„Lass ihn in Ruhe. Thomas hat genug durchgemacht. Wie wir alle. Ich pfeife auf deine Vorwürfe, du Held. Sieh zu, dass du dich irgendwo verkriechen kannst. Wenn sich dein erhitztes Gemüt beruhigt hat, kannst du dich wieder bei uns sehen lassen." Reiner zischte: „Ihr werdet mich so schnell nicht wiedersehen. Ich werde um meine Versetzung bitten. Wahrscheinlich ist jeder Soldat tapferer, als ihr es seid." Daraufhin verschwand Fröhmer zwischen den Zelten.

„Dieser Idiot", raunte Oskar, ehe er sich Winkler zuwandte. „Bist du in Ordnung?" Der Poet nickte abwesend.

„Ich habe Hunger."

„Dann komm mit uns. Wir werden uns um dich kümmern", sprach Gruber, der Reiners Verhalten noch immer nicht verstehen konnte. Zusammen liefen sie an den verdeckten Gefallenen vorbei. Thomas Blick schweifte über die Laken. Ein leichter Windstoß hob diese in die Höhe. Wie versteinert blieb der Bursche stehen.

„Was ist?", fragte Breitner. Aber nachdem er Winkler zur Seite geschoben hatte, wurde er kreidebleich. Vor ihnen lag der Körper von Alexander Freund. Wie in Zeitlupe sank Thomas zu seinem Freund nieder. Der Rest der Männer schwieg betroffen. „Sollen wir es Reiner sagen?"

„Nein", flüsterte Felix. „Das bestärkt ihn in seinem Hass. Er würde sich blindlinks in die nächste Schlacht stürzen und sich dann zu Alex gesellen. Also sag ihm besser nichts davon." Vorsichtig deckte der Sanitäter die Leiche wieder zu. In den späten Nachmittagsstunden bekamen sie endlich eine Mahlzeit gereicht. Kartoffeln und ein Stück Speck sollte die Männer bei Laune halten. Aber selbst ein voller Bauch konnte sie nicht von dem Geschehenen ablenken. Reiner saß allein in einer Ecke. Anhand der grimmigen Miene war klar, dass er seine Meinung nicht geändert hatte. Es schlug aus der Ferne vier Uhr, als die Kommandeure in Begleitung des Feldgeistlichen zwischen die Männer traten. Ihre Gesichter spiegelten blankes Entsetzen wider. Nun lag es an den Offizieren ihren Männern reinen Wein einzuschenken.

„Soldaten", begann einer von ihnen die niederschmetternde Rede. „Ihr habt euer Bestes gegeben, euer Blut auf dem Schlachtfeld gelassen und viele Freunde verloren. Ihnen gilt unser aller Mitgefühl." Er wollte gerade nach kurzem Schweigen fortfahren, da stand ein Gefreiter aufstand auf und fragte mit desillusionierter Stimme nach dieser blutigen Schlacht. Dem Kommandeur stockte der Atem. Nur leise antwortete er: „Wir haben an diesem Tag die höchsten Verluste erlitten. Der Durchbruchsversuch hat uns dreiviertel unserer Soldaten gekostet. Daraus will ich keinen Hehl machen."

„Und wie soll es jetzt weitergehen? Opfern wir auch noch den letzten Rest für nichts?" Der Offizier verspürte die gereizte Stimmung wie auch die Unruhe, die sich unter den Überlebenden breit machte. Er hob ein Schreiben in die Höhe und sprach: „Dies ist der Befehl unseres werten Generals von Falkenhayn. Die Kämpfe werden aufgrund des Mangels an Reserven mit sofortiger Wirkung eingestellt. Einige Soldaten werden hier weiter die Stellung halten. Ein Großteil der Truppen wird an die Ostfront versetzt, um die Kameraden beim erfolgreichen Vorstoß bei Gorlice-Tarnow zu unterstützen." Ohne zu salutieren, verließen die Anführer den Raum und ließen die Männer samt ihren Befürchtungen allein. Es vergingen weitere Tage, an denen die genaue Mannschaftsstärke der einzelnen Bataillone bestimmt wurde. Da die Hessen so hohe Verluste erlitten hatten, wurde der Rest von ihnen zur Verteidigung am Ypernbogen belassen. Nur Reiner war plötzlich wie vom Erdboden verschwunden. Oskar und Thomas bereiteten sich gerade auf ihre nächste Wache vor, als Felix erschien. In seiner Hand hielt er drei Briefe, die den Umschlägen nach sehr wichtig sein mussten. Bedrückt nahm er neben ihnen Platz und reichte jedem ein Schreiben.

„Was ist das?", fragte Winkler verunsichert.

„Die Bewilligung für eine Woche Fronturlaub", antwortete Gruber leise. Die beiden öffneten ungläubig die Kuverts.

„Tatsächlich. Was machen wir mit dieser freien Zeit?" Oskar zuckte mit den Schultern.

„Keine Ahnung. Ich will auf keinen Fall nach Hause." Dies konnten seine beiden Freunde nicht nachvollziehen. „Es würde meiner Mutter das Herz brechen, wenn ich nach wenigen Tagen wieder los müsste."

„Auf mich wartet niemand", fügte Felix hinzu und schaute zu Thomas hinüber, der immer noch ungläubig auf das Schreiben starrte.

„Ein wenig Ablenkung würde uns sicher guttun. Aber ich bin deiner Meinung, Oskar. Also wo verbringen wir diese kostbaren Stunden der Ruhe?" Breitner musste nicht lange überlegen.

„Was haltet ihr von Köln? Dort wollte ich schon seit langer Zeit hin." Dieser Vorschlag fand bei Gruber rasch Zustimmung.

„Eine schöne Stadt. Ich spreche aus Erfahrung."

„Wann brechen wir auf?

Auch die britischen Infanteristen wirkten sehr erleichtert, als Ronnie das Camp betrat. Schweigend nahm er auf einem Baumstumpf Platz und atmete tief durch.

Schnellen Schrittes rannten seine Freunde zu ihm. Während Morgan sich neben ihn setzte, fragte Will, was ihm widerfahren war. Aber Wilkinson schwieg kopfschüttelnd. Er konnte es nicht glauben, dass Ronnie dieses Blutbad überlebt hatte. Es dauerte eine Weile, bis der Offiziersanwärter wieder zur Sprache fand.

„Wo ist Henry?", fragte Ronald benommen. Morgan reichte ihm einen Becher heiße Suppe.

„Er hat es nicht unbeschadet überstanden und ist schwer verletzt. Wir haben ihn zusammen ins Feldlazarett gebracht. Nun liegt es in Gottes Händen, ob er zu uns zurückkehren wird."

„Wir sollten für ihn beten."

„Ja", antwortete Morgan und sah auf das zerpflügte Schlachtfeld hinaus. „Wie hast du es da wieder rausgeschafft?" Ronald nahm einen weiteren Löffel Suppe zu sich.

„Ich will nicht darüber reden. Der Lärm, die lähmende Angst… Es schien die Hölle auf Erden zu sein." So ließen die Kameraden ihn in Ruhe. Später am Abend, nachdem sie sich gewaschen hatten und die Blessuren verarztet waren, saßen sie beieinander. Aus der Ferne waren noch die Geräusche der sich abschwächenden Gefechte zu hören. Jones hatte sich gerade eine Zigarette angezündet, da erschien ihr Lieutenant. Mit letzter Kraft standen sie salutierend auf. Der Vorgesetzte schüttelte verständnisvoll den Kopf.

„Setzen Sie sich." Die Männer gehorchten, wagten es jedoch nicht ein Wort zu sprechen. „Wir sind Ihnen zu großem Dank verpflichtet."

„Was gibt es Neues, Sir? Waren wir erfolgreich?" Er nahm zwischen seinen Männern Platz, zündete sich ebenfalls eine Zigarette an und fuhr leise fort: „Wir haben die

Deutschen auf der gesamten Front zurückgeschlagen. Wie mir zu Ohren gekommen ist, bricht ihr General die Offensive ab. Anscheinend werden zu viele Männer anderweitig benötigt."

„Das Ziel ist erreicht?", stotterte James, der nicht glauben konnte, was er hörte.

„Es gibt noch einige wenige Gefechte, aber die sind nicht mehr von Belang." Nun fiel den Infanteristen ein Stein vom Herzen. Aber dies war noch nicht alles. Er griff in seine Jackentasche und zog ebenfalls drei Briefe hervor, welche der Lieutenant mit einem zufriedenen Lächeln überreichte. „Sie erhalten sieben Tage Fronturlaub. Atmen Sie mal durch."

„Ich werde meine Mutter in den Arm nehmen können", wisperte Ronnie unter Tränen. Doch dies blieb nur ein frommer Wunsch.

„Leider muss ich Sie enttäuschen. Die Überfahrt in die Heimat wird nicht genehmigt. Das heißt Sie müssen mit einem Ort in Frankreich Vorlieb nehmen. Paris soll sehr schön sein."

„Sir."

„Packen Sie ihre Taschen. Ab morgen sind Sie außer Dienst." Gerade, als er die Soldaten verlassen wollte, hielt Will ihn auf.

„Sir? Wissen sie, wie es Henry Collins geht?" Betroffen blieb der Offizier stehen.

„Seine starken Verletzungen waren der Grund dafür, dass er nach einer Notoperation ins Hinterland verlegt wurde. Er ist auf dem Weg in ein französisches Lazarett, welches auf Schusswunden spezialisiert ist. Beten wir, dass er überlebt." Daraufhin verschwand er betrübt zwischen den Zelten. Als die Sonne am nächsten Morgen allmählich hinter den dunklen Nachtwolken einen neuen

Tag ankündigte, standen die Kameraden mit gepackten Tornistern bereits am Abholpunkt. Minütlich erschienen Lastkraftwagen, die Nachschub an Munition und Lebensmitteln entluden. Nach der Leerung bestiegen die geschundenen Männer die Pritschen. Laut dröhnten die Motoren und die Freunde warfen einen letzten Blick zurück. Ein Gefühl der Erleichterung machte sich breit, als die zerstörten Ortschaften sowie das teuflische Schlachtfeld am Horizont verschwanden.

Ebenso erging es Oskar, Thomas und auch Felix. Sie waren jedoch gezwungen einen acht Kilometer langen Fußmarsch zurückzulegen, bis der nächste Militärbahnhof in Sichtweite kam. Sie zeigten ihre Bestätigungen vor und stiegen in einen der unzähligen Wagons. Zusehends füllten sich die Abteile mit leicht verwundeten Soldaten. Breitner beobachtete, wie die meist jungen Burschen Platz nahmen. Einige zitterten am ganzen Leib, andere starrten mit weit aufgerissenen Augen ins Leere. Ihre Lider zuckten im schnellen Takt. Wo einst die Schlachtengesänge hallten, herrschte nun Grabesstille. Schließlich stiegen auch die Männer ein, deren Arme und Beine amputiert werden mussten. Für sie hatte der Krieg ein Ende, doch niemand von ihnen wusste, wie es von da an weitergehen sollte. Ein schriller Pfiff ließ die Freunde zusammenzucken, ehe sich die schwarze Bestie rauchend in Bewegung setzte.

Als sie eine Weile unterwegs waren, schloss Gruber die Augen. Das monotone Klacken der Wagons auf den Schienen ließ ihn einschlafen. Oskar fand hingegen keine Ruhe. Ihn erinnerte dieses Geräusch an die Maschinengewehrsalven. Unterdessen sah Thomas aus dem schmutzigen Fenster. Bäume, Felder und Wiesen huschten an ihm vorüber. Je näher die sichere Heimat kam, umso düsterer wurde der Himmel. Dichte, graue Wolken zogen auf. Der Zug fuhr an den Ruinen der ersten Ortschaft, welche den kaiserlichen Truppen zum Opfer gefallen war, vorüber. Betrübt, gar traurig dachte der Dichter an das Leid der Menschen, die in diesem Krieg alles verloren hatten. Plötzlich begann es zu regnen. Dicke Regentropfen schlugen gegen die Scheibe und spülten den Staub in dünnen Fäden hinweg. Schließlich kam der Dom in Sichtweite. Winkler atmete tief durch. Schnaubend und zischend hielt die Lok am Hauptbahnhof, der nicht weit vom Wahrzeichen Kölns entfernt lag.

„Wir sind da", sprach Oskar und rüttelte an Felix Arm, so dass dieser aus seinem Tiefschlaf erwachte. Nachdem der Rest ausgestiegen war, verließen auch die Freunde das Abteil. Unsicher sah sich der Poet um und fragte leise, wohin sie nun gehen sollten. Auch Oskar schaute Gruber fragend an, da er sich ebenso wenig in der Domstadt auskannte, wie sein Kamerad.

„Ich gehe davon aus, dass ihr beiden nicht die heilige Messe besuchen wollt", erkundigte sich Gruber beim Anblick des Gotteshauses. „Also folgt mir." Sie schulterten ihre Tornister und schlichen hinter dem Sanitäter her. Die Gassen wurden enger. Jeder, der ihnen entgegenkam, hatte ein zuversichtliches, stolzes Lächeln für die Soldaten übrig. Einige der älteren Herrschaften blieben stehen und schüttelten ihnen die Hand. Dies geschah mehrmals. „Bildet euch nichts darauf ein. Keiner weiß, was wir miterlebt haben, unter welchen Umständen unsere Kameraden da draußen leben oder sterben. Der Krieg ist hier nun mal weit weg." Nach einem nicht enden wollenden Fußmarsch erreichten die Freunde ein Viertel, fernab von all dem Tumult der Innenstadt. Vor einem vierstöckigen

Reihenhaus blieb Gruber stehen. Im Erdgeschoss, des aus altem Backstein gefertigten Gebäudes, befand sich eine Kneipe namens „Friedels", welche über einen großen Gastraum verfügte. Zwei einladende Fensterscheiben umrandeten die Holztür, welche mit Eisenbeschlägen versehen war.

„Hier werden wir die nächste Woche verbringen."

„Es ist ein Wirtshaus. Wo sollen wir schlafen?", fragte Winkler skeptisch, während sich ein Lächeln auf die Lippen des Sanitäters stahl.

„Genau hier", antwortete Felix mit leiser Stimme und einem zufriedenen Augenzwinkern. „Im Friedels haben wir unsere Ruhe, eine Schlafmöglichkeit, eine heiße Wanne und wenn ihr wollt auch den ein oder anderen Schluck. Ihr werdet schon sehen." Zusammen betraten die Männer das Innere des Wirtshauses. Es handelte sich um einen gemütlichen Saal, welcher gut beleuchtet war. Vor dem einladenden Tresen standen bequem gepolsterte Stühle, Bänke und lange Tische. Die hölzernen Möbel luden zum Verweilen ein. Der Wirt begrüßte Gruber mit einem Handschlag. Konrad Schaller hatte selbst im Deutsch-Französischen Krieg gedient und beim Sturm auf Paris seine Sehfähigkeit der rechten Seite eingebüßt. Seither zierte eine schwarze Augenklappe das Antlitz des grauhaarigen Kneipiers.

„Also hast du es doch gewagt und dich gemeldet", sprach der Hausherr.

„Ja, Konrad. Ich konnte nicht zuhause sitzen und den Dingen ihren Lauf lassen."

„Du bist ein feiner Kerl, Gruber", antwortete Konrad und füllte bereits drei Steinkrüge mit kühlem Bier. „Wer sind deine Kameraden?" Voller Stolz stellte Felix die beiden vor.

„Das sind Oskar Breitner und Thomas Winkler. Mit ihnen habe ich bei Ypern gedient. Wir sind auf Fronturlaub und bräuchten drei Zimmer." Zuvorkommend reichten sie Schaller die Hand, ehe er Felix drei Schlüssel reichte. Sie nahmen den ersten Schluck seit langer Zeit zu sich und der Wirt fuhr fort.

„Es ist ein neuer, ein anderer Krieg", murmelte Schaller. Felix stellte den Krug ab.

„Wir haben zum ersten Mal Gas eingesetzt. Die Wirkung ist entsetzlich." Konrad wischte mitleidsvoll über den Tresen und schüttelte den Kopf.

„Schlimme Zeiten. Wer hätte gedacht, dass unser geschätzter General von Falkenhayn zu diesen Schritten bereit ist. Ich bin ein alter Veteran und froh, dass wir damals nicht mit solch unmenschlichen Mitteln kämpften."

„Da hast du Recht", wisperte Gruber und hob seinen Krug. „Alles ändert sich so rasend schnell. Wo bringst du uns unter?"

„Du scheinst schon öfter hier gewesen zu sein", merkte Oskar an. Bedrückt schaute der Sanitäter zu Schaller und sprach: „Ja. Während meines Medizinstudiums. Es waren schöne, friedliche Zeiten." Konrad konnte ihm nur beipflichten, ehe er die schmale Treppe hinaufwies.

„Der dritte Stock ist komplett frei. Da könnt ihr euch von eurer Pein erholen. Zimmer Fünf bis Sieben. Da habt ihr auch noch ein bisschen Aussicht auf unser Kölle."

„Danke, Herr Schaller", wisperte Oskar. „Was sind wir Ihnen schuldig?" Jeder von ihnen wollte gerade in die Manteltasche greifen, um ihr Geld hervorzuholen, da wies der Veteran die drei ab. Kopfschüttelnd säuberte er noch einige Bierkrüge, welche an diesem Abend dringend gebraucht werden sollten.

„Behaltet euer Geld. Das werdet ihr später noch gut brauchen können. Ich gebe euch die Zimmer umsonst." Nun schaute auch Felix überrascht drein.

„Aber in diesen schweren Zeiten braucht doch jeder Geld. Gerade du, Konrad." Er schüttelte den Kopf und wollte auf keinen Fall etwas von den Burschen annehmen.

„Keine Sorge. Ich habe Rücklagen. Außerdem kommt momentan keine Menschenseele in die Kölner Randbezirke. Obwohl es bei mir günstig ist, bemerke ich, dass sich niemand mehr eine Übernachtung leisten kann. Also fühlt euch wie zuhause." Oskar und Thomas tranken aus, bevor sie sich auf ihre Quartiere begaben. Als Breitner gerade die schmale Treppe nehmen wollte, rief Gruber ihm nach.

„Kannst du mein Hab und Gut mitnehmen? Stell es einfach vor meine Tür. Bei mir kann es heute Abend später werden… wesentlich später." Nach kurzem Zögern willigte Oskar ein. In Winklers Begleitung schritt er, samt Felix Habseligkeiten, die Treppenstufen hinauf, bis hin zum dritten Stock.

„So. Er hat Zimmer Sechs. Genau zwischen uns. Hoffentlich hat er eine ruhige Nacht vor sich. Das wünsche ich mir auf jeden Fall für uns beide." Todmüde stellte er den Tornister ab und konnte sich ein freudiges Lächeln nicht verkneifen. „Nach langer Zeit endlich wieder ein vernünftiges Bett. Herrlich. Wir müssen nicht mehr im Dreck und Schlamm hausen. Schlafen, wie es einem jeden Mensch gebührt." Sodann wandte sich Oskar ein letztes Mal Thomas zu. „Was wirst du als Erstes tun?" Der Dichter musste nicht lange überlegen.

„Ich werde mich sofort hinlegen und schlafen."

„Dann sehen wir uns morgen."

„Ja, morgen,“ wisperte Thomas erwartungsvoll. Nachdem die Türen hinter ihnen in die Angeln gefallen waren, schauten sich die Kameraden um. Zu ihrem Erstaunen gab es sogar eine Badewanne. „Erst eine Mütze Schlaf. Dann ein schönes, heißes Bad. Ich könnte weinen vor Freude. In dieser Lage werden die Kleinigkeiten im Leben erst wichtig“, wisperte Winkler mit Tränen in den Augen. Mittlerweile waren zwei Stunden vergangen. Während der Poet die Augen geschlossen hatte und endlich Ruhe fand, lag Oskar nervös zuckend im Bett. Schweißperlen liefen von seiner Stirn. Plötzlich sprang der Bursche schwer atmend auf. Er setzte sich auf und verbarg sein Gesicht hinter den inzwischen rauen Händen. Die grausamen Bilder und Erlebnisse an der Front verfolgten ihn. Breitner sah nur noch eine Möglichkeit. So streifte der Hesse seine Hose über und schlich die Treppe hinunter. Es war bereits fünf Uhr. Die Gaststube hatte sich mittlerweile gefüllt. In einer Ecke saß Gruber, dem zwei hübsche, gut gekleidete junge Damen Gesellschaft leisteten. Sein lautes Lachen schallte durch den hohen Raum. Vor ihm standen schon zu dieser frühen Stunde vier geleerte Krüge.

„Oskar“, rief er ihm angetrunken zu. „Komm her. Ich möchte dir Paula und Frauke vorstellen.“ Doch der Infanterist schüttelte den Kopf. Zum Tresen gewandt, fragte er nach einem Bier, welches er mit auf sein Zimmer nehmen konnte. Mit flinker Hand zapfte der Wirt das Gefäß bis zum Anschlag voll.

„Hier, Junge“, sprach Schaller mit lauter Stimme, um den Lärm der Gäste zu übertönen. Breitner wollte sich noch bedanken, aber Konrad war zu beschäftigt, um weiter Notiz von ihm zu nehmen. So warf der junge Infanterist seinem feiernden Freund noch einen Blick zu, bevor er samt dem Krug wieder im Treppenhaus verschwand. Auch Thomas erwachte zu diesem Zeitpunkt, aufgrund des zunehmenden Lärms, aus dem Tiefschlaf. Im Gegensatz zu seinem Kameraden fand er sich jedoch schnell damit ab. Schlaftrunken schlich er in die kleine, durch einen Vorhang abgetrennte, Waschecke, wo sich auch eine alte Wanne befand. Der Badeofen sorgte für heißes Wasser. Ein Blick in den Spiegel genügte, um ihn zu schockieren. Hager, mit tiefen Gräben unter den Augen und unrasiert erkannte sich Thomas kaum wieder.

„Das alles ist nicht spurlos an mir vorbeigegangen", wisperte der Hesse, ehe er das heiße Wasser einließ. Binnen Sekunden beschlug der Spiegel, so dass Winkler das Elend seiner selbst nicht mehr mitansehen musste. Fein, säuberlich gefaltet legte er seine Kleidung auf den neben der alten Wanne stehenden Stuhl. Das Büchlein und einen Stift in Reichweite. Es war eine Wohltat, das heiße Wasser auf der Haut zu spüren und all den Schmutz vom Körper zu waschen. Sobald das Nass begann sich abzukühlen, goss Winkler heißes Wasser nach. Eine Stunde später griff er nach den Utensilien und schrieb seine Erinnerungen nieder.

Mit dem Feinde in dem Graben.
Wir sahn uns ohne Hoffnung an.
Zigaretten und Schokolade wir uns gaben.
Ein Freund im Leid war dieser Mann.

Der Hass, er war wie weggeblasen.
Ein Gleichgesinnter, den ich nicht kenn.
Die Brüderlichkeit uns zu bewahren,
das lag in unser beider Sinn.

Dieser letzte Vers war gerade beendet, da drang ein schallendes Gelächter über den Flur an ihn heran. Vorsichtig legte er sein Werk zu Seite und lauschte. Die Stimmen von Felix und einer jungen Frau verstummten. Schließlich schloss Thomas die Augen, um diesen friedlichen Augenblick in vollen Zügen auszukosten. Doch die Ruhe wurde schnell gestört. Durch die dünnen Wände ertönte plötzlich lautes, gleichmäßiges Stöhnen, zu welchem sich ein dumpfes, pochendes Geräusch gesellte. Es war der stählerne Bettrahmen der permanent gegen die dünne Wand donnerte. Zur gleichen Zeit saß Oskar, in Unterwäsche gekleidet, mit seinem biergefüllten Krug, am Fenster und beobachtete die Passanten, die durch die Gasse liefen. Die Unterschiede machten ihm zu schaffen. Einerseits sah er alte, wie junge Menschen, welche fröhlich ihr Leben genossen. Sie schienen den Krieg beiseitezudrängen, gar zu ignorieren. Andererseits gestandene Ehepaare, deren Gesichter Bände sprachen. Verzweiflung und Trauer waren deutlich zu erkennen, was darauf schließen ließ, dass sie einen geliebten Menschen verloren hatten. Gedankenversunken ging der Tumult aus dem Nachbarzimmer völlig an ihm vorbei. Als der nächste Morgen anbrach, wurde Thomas vom einfallenden Sonnenlicht geweckt. Da er den Drang verspürte sich zu bewegen, zog sich der junge Hesse an und schloss hinter sich ab. Kräftig pochte er an Felix Tür. Aber es kam keinerlei Reaktion. Also war Oskars Zimmer sein nächstes

Ziel. Auch hier klopfte er. Doch hier war ebenfalls kein Erfolg.

„Er hatte wohl auch eine harte Nacht", flüsterte er kopfschüttelnd, samt einem zynischen Lächeln auf den Lippen. Nach kurzem Warten wollte Winkler gerade umdrehen und allein auf Erkundungstour gehen, als die Pforte doch geöffnet wurde.

„Was gibt es denn?", fragte Breitner verschlafen.

„Kommst du mit? Ich will etwas von der Stadt sehen."

„Ich glaube, das ist eine gute Idee. Auf andere Gedanken kommen. Warte hier. Es dauert nur zehn Minuten." Erneut schloss er die Tür und kam rechtzeitig wieder nach draußen. Oskar knöpfte auf dem Weg nach unten sein Uniformhemd zu. Die beiden erschraken, als auf einmal Konrad Schaller vor ihnen stand. Erschöpft stierte der Wirt sie an.

„Macht ihr einen Rundgang durch mein geliebtes Köln?", wisperte Konrad leise und versuchte sich krampfhaft wach zu halten."

„Ja, Herr Schaller", antwortete Winkler respektvoll. Sie wollten gerade die letzten Stufen hinabgehen, da hielt der Gastronom die Freunde auf.

„Nehmt euren Freund mit. Ich denke ein wenig frische Luft wird ihm nicht schaden." Daraufhin verschwand er in einem kleinen Zimmer des ersten Stocks. Fragend schaute Oskar seinen Kameraden an. Unten angekommen merkten sie, was der Wirt meinte.

Die Freunde wirkten fassungslos. In einer schummrigen Ecke saß Gruber. Spärlich bekleidet, mit Unterhemd und Uniformhose, sah der Sanitäter die beiden an. Vor ihm stand ein frisch gefüllter Krug Bier. Gequält, übernächtigt lächelte er und versuchte ein verständliches Wort herauszubringen.

„Da seid ihr ja“, lallte Felix benommen, bevor er den nächsten, kräftigen Schluck zu sich nahm. Sie empfanden diesen Anblick abscheulich und eines deutschen Soldaten unwürdig. „Setzt euch. Leistet mir Gesellschaft.“

„Nein, Felix“, antwortete Breitner entschlossen, die Arme vor dem Oberkörper verschränkt. „Du solltest dich hinlegen. Deinen Rausch ausschlafen.“

„Schlaf bekomme ich genügend, wenn der Schnitter mich besucht.“

„Komm, Oskar. Wir sehen uns um“, flüsterte Thomas und erntete ein leichtes Nicken. Während die Freunde nach draußen traten, hörten sie noch die dröhnenden Gesänge ihres Sanis.

„Hoffentlich ist er am Ende der Woche wieder bei Sinnen. Sonst wird es gefährlich… für uns alle.“

6. Kapitel

Am Nachmittag des 2. Juni 1915 kamen James, Ronnie und William zurück zu ihrem Frontabschnitt. Die jungen Männer waren voller Scham und wagten es nicht ihren Kameraden in die Augen zu schauen. Während sich die Soldaten jeglichem blutigen Angriff aus Richtung Hooge und Lomartzyde erwehrten, schienen die Offiziersanwärter sowie ihr Second-Lieutenant den Fronturlaub in vollen Zügen genossen zu haben. Im Vorbeilaufen sahen sie die mürrischen, verbitterten Blicke ihrer Mitstreiter, die unrasiert und ungepflegt in den Stellungen verharrten. Als hätten sie das Blut von ihren Körpern abgewaschen, standen sie da. Wartend auf den Lieutenant, um Informationen über die momentane Lage zu erhalten. Es dauerte auch nicht lange, bis dieser erschien. Respektvoll salutierend grüßten sie ihren Offizier, bevor sich William an ihn wandte.

„Lieutenant. Jones, Morgan und Wilkinson melden sich zum Dient zurück."

„Ich bin froh Sie wieder hier zu wissen", sprach der Kommandierende. Misstrauisch beäugt von all denen, die in den letzten Tagen ihr Leben aufs Spiel gesetzt hatten, antwortete Jones, auch im Namen seiner Freunde: „Es ist uns eine Ehre, Sir." Ungeachtet der Mienen seiner Soldaten ging der Lieutenant einige Schritte mit ihnen.

„Haben Sie von dem traurigen Verlust gehört, der uns am 24. Mai ereilt hat?" Sprachlos sahen sich die Burschen an.

„Nein, Sir." Die Männer standen wie angewurzelt da.

„John Condon geht als jüngster Gefallener der alliierten Streitkräfte in die Geschichte ein." Schweigend senkten sie ihre Häupter, obwohl niemand den Burschen kannte. „Er verlor sein Leben beim letzten Chlorgasangriff auf Ypern, gerade mal vierzehn Jahre alt." Ein Schauer lief den Anwesenden plötzlich über den Rücken. Aber Will schüttelte nur den Kopf.

„Wie konnte er in diesem Alter zum Dienst einberufen werden?"

„Das ist leicht", erwiderte der Lieutenant, sich demütig bekreuzigend. „Er hatte das Geburtsdatum gefälscht. Aufgrund seiner äußeren Erscheinung fragte niemand nach." Der Offizier schaute resignierend drein. „Weder bei der Rekrutierung noch während der Ausbildung ist dies aufgefallen."

„Welch eine Tragödie", wisperte Will mitfühlend. Seine Mitstreiter taten es ihm gleich. „Ist sein Leichnam schon überführt, so dass die Familie Abschied nehmen kann?" Der Vorgesetzte schüttelte abermals den Kopf und zündete sich nervös eine Zigarette an.

„Seine Körper liegt noch immer da draußen. Wir hoffen bald mit den Deutschen einen vorläufigen Waffenstillstand zu vereinbaren, um die Gefallenen vom Feld zu holen."

„Wenn Sie uns brauchen, sind wir zur Stelle." Wortlos salutierten sie voreinander, ehe die jungen Männer ihre Positionen einnahmen.

Während Morgan im grellen Sonnenlicht etwas zu erkennen versuchte, trat ein fremder Sanitäter an ihn heran. Zuvorkommend grüßte der Fremde, bevor er sein Gewehr gegen die Wand eines Unterstandes lehnte und sich zackig vorstellte.

„Ich melde mich zum Dienst, Second-Lieutenant Jones." William musterte den fünfunddreißigjährigen, rothaarigen, mittelgroß gewachsenen Mann. „Mein Name ist Gary Allen, Sir." Sämtliche militärischen Regeln missachtend reichte Jones dem Sanitäter die Hand. Gary hatte schon viel Erfahrung gesammelt. Neben dem Einsatz im Feldlazarett an der Ypern-Front, hatte er genügend Leid als medizinischer Helfer an der Marne miterleben müssen.

„Schön Sie an unserer Seite zu wissen", wisperte Will, der in Gedanken bei Henry Collins war. Der Neue schritt zuversichtlich die Stellung ab und begrüßte jeden weiteren der Kameraden mit Handschlag. Denn er wusste, dass ihm die Männer durch ein persönliches Verhältnis auch ihr Vertrauen schenkten. Während in der Ferne ab und an noch eine Explosion zu vernehmen war, blieb der Sani neben Ronald stehen. Mit seiner ruhigen, überlegten Art, sprach er den Offiziersanwärter an.

„Zu gern wüsste ich, warum sie mich nun an die Front schicken. Immerhin habe ich im Notlazarett gute Dienste geleistet." Überfragt zuckte Ronnie mit den Schultern.

„Du wirst dich in unserem Kreise, wie zuhause fühlen." Durch sein Periskop konnte James die einzelnen Rauchsäulen sehen, welche aus Hooge zu ihnen herüberwehten. Tief durchatmend wandte sich Wilkinson dem Sanitäter zu. „Der Beschuss ist nicht der Rede wert. Ein gutes Zeichen."

„Hoffentlich hast du Recht", flüsterte Garry besorgt. Nicht nur dies brannte ihm auf der Seele. „Was ist mit eurem früheren Sanitäter geschehen?" Energisch wandte sich Morgan den beiden zu.

„Henry Collins wurde in den letzten Tagen schwer verwundet. Er kämpft um sein Leben."

„Wir warten noch immer auf eine Nachricht über seinen Gesundheitszustand." Gary spürte, welch freundschaftliche Bande zwischen den Männern bestanden hatte und gab sich größte Mühe ihnen ein ebenso treuer Kamerad zu sein.

„Sei uns willkommen. Es kann nicht schaden einen erfahrenen Sanitäter an unserer Seite zu haben", sprach James und zündete sich eine Zigarette an. Seiner Meinung schlossen sich die anderen an. So bezogen sie zusammen Stellung, wartend darauf, dass sich etwas von deutscher Seite tat. Doch es blieb still.

Am Freitagmorgen packten Breitner und Winkler ihre Taschen. Sie taten dies mit einem mulmigen Gefühl in der Magengrube. Immerhin sollten die Freunde zu dem Ort zurückkehren, an dem sie so viel Elend ertragen mussten. Als die beiden auf den schmalen Flur traten, reichte ein Blick, um die Gefühle zu äußern.

„Bist du bereit?", fragte Oskar, während er wehmütig das gemütliche Zimmer abschloss.

„Ja, das bin ich", antwortete Thomas leise und schaute sich fragend um. „Weißt du, wo Felix ist?"

„Keine Ahnung. Ich hoffe nur, dass er nicht wieder betrunken im Gastraum sitzt." Obwohl sie versuchten Härte gegenüber ihrem Kameraden zu zeigen, machten sie sich Sorgen. Immerhin war er als Sanitäter für ihr Wohlergehen verantwortlich. Während die beiden den Saal betraten, schauten sie umso überraschter drein. Gruber saß bereits uniformiert und abmarschbereit, mit seinem Tornister an einem kleinen Tisch, nahe des Eingangs. Vor ihm stand eine heiße Tasse Kaffee.

„Da seid ihr ja endlich", sprach er, stand auf und schulterte lässig sein Gepäck.

„Bist du wieder nüchtern?", erkundigte sich Oskar, dem die Skepsis ins Gesicht geschrieben stand.

„Natürlich. Macht euch keine Sorgen um mich. Diese Woche hat mir gut getan und nun bin ich bereit, wieder loszuziehen." Letztendlich verabschiedeten sich die Freunde von Konrad Schaller, dankten für die Gastfreundschaft, während Felix trotz allem die Zeche bezahlte.

„Das wäre aber nicht nötig gewesen", murmelte der Einäugige, obwohl ihm Gruber schlaflose Nächte bereitet hatte.

„Wir sind dir zu Dank verpflichtete", erwiderte Felix, schob das Geld zu ihm hinüber und duldete keine Widerrede.

„Ihr seid fabelhafte Burschen", flüsterte der Wirt gerührt von dieser Geste. „Ich hoffe, dass wir uns bald einmal wiedersehen. Auf jeden Fall wünsche ich euch nur das Beste." Schließlich machten sie sich auf den Weg zum Bahnhof, zurück in die Hölle. Zusammen sahen sie ein letztes Mal den Kölner Dom empor, ehe ein fremder Offizier zum Einsteigen aufforderte. Wehmütig nahmen die Kameraden in einem der Wagons Platz, als sich die schnaubende Lok in Bewegung setzte. Die Fahrt führte durch die ihnen bekannte Landschaft, bis die Grenze erreicht war. Plötzlich war der Krieg wieder allgegenwärtig. Verbrannte Erde, Ortsruinen und Regen waren ihre Begleitung. Der Himmel schien über ihre Rückkehr zu weinen. Doch nicht vor Freude. Es verging noch eine Weile, bevor die Bahn die letzte Station vor dem langen Frontabschnitt erreichte. Die erholten Männer stiegen aus, da lichteten sich die dichten, grauen Wolken und die Spätsommersonne drängte sich nach vorne. Diese Idylle sorgte für gute Stimmung. Niemand wagte auch nur an das Schlimmste zu denken. Auf den Pfiff eines Offiziers, sammelte sich die Truppe und wurde in Marsch gesetzt. Am späten Nachmittag war das Ziel erreicht. Oskar sah sich um und flüsterte: „Es scheint, wir wären nie weg gewesen." Auch sie ernteten böse Blicke ihrer Kameraden, die noch immer auf ihren Fronturlaub warteten. Schritt für Schritt schlichen die Hessen durch die schmalen Laufgräben und drängten sich an den Wachhabenden vorbei. In der Führungsbaracke meldeten sich die drei zurück. Ohne weiter Notiz von den Burschen zu nehmen, saß der Kommandierende an seinem spartanischen Schreibtisch. Angestrengt füllte er die Meldelisten aus.

„Gehen Sie zu Feldwebel Daum. Er wird Ihnen einen Posten zuweisen. Willkommen zurück", zischte er zynisch. Wenig später standen sie bereits auf den Leitern, von denen aus gute Sicht über den gesamten Abschnitt gegeben war.

„Es ist erschreckend ruhig. Das macht mir Angst", flüsterte Thomas, während sein Blick durch das Periskop über die Ebene streifte.

In den folgenden Wochen kam es stetig zu kleineren Schießereien am Frontbogen. Inzwischen brach der Winter über die belgischen Stellungen herein. Leichter Schnee fiel auf den zerfurchten Boden und eine dünne Eisschicht bedeckte die schlammigen Pfützen. Beide Seiten waren heilfroh, als der Nachschubtross die Hauptlager erreichte. Dies bedeutete, dass es Winterkleidung, Nachschub an Waffen und Munition sowie Nahrungsmitteln gab. Noch wichtiger war die Lieferung von Kohle. Mit ihr beheizten die Soldaten die Unterstände, welche nun mit kleinen Brennöfen ausgestattet wurden. Am 24. Dezember hockten die britischen Infanteristen in ihren

Verschlägen und aßen heißen Eintopf. Das vertraute Knacken des Ofens bestärkte nur die Sehnsucht nach ihren Familien. Gerade an diesem sonst so friedlichen Weihnachtstag. Auch William, James, Ronnie und Gary saßen in ihrem Unterstand, dreihundert Meter vom Feind entfernt. Nachdem schließlich die Nacht hereinbrach, löste das helle Leuchten der Sterne noch stärkere Sehnsucht aus. Viele traten ins Freie und weinten leise. Andere schrieben Briefe an ihre Liebsten. Kurz vor Mitternacht schritt der Kommandierende die Gräben ab. Er bemerkte die niedergeschlagene Stimmung seiner Truppe. Um sie auf andere Gedanken zu bringen, ließ er die Truppen in den etwas breiteren Gängen des Abschnitts sammeln. William stand mit verschränkten Armen da. Ihm war schleierhaft, was der Offizier damit bezwecken wollte. Plötzlich stimmte er vor versammelter Mannschaft „Silent Night" an. Nacheinander begannen auch die Soldaten zu singen. Tränen liefen und letztendlich hallte dieses Weihnachtslied über den gesamten Frontabschnitt.

Als die deutschen Truppen das vertraute Lied hörten, stiegen auch sie allmählich ein. Wie ein lauter Kanon mischte sich ihr „Stille Nacht" mit dem der Briten. Gerührt von der friedlichen, gar brüderlichen Stimmung, sangen auch die Hessen leise mit. Oskar kämpfte mit seinen Gefühlen, welche ihn in diesem Augenblick zu übermannen schienen. Der Leutnant ließ einige Leuchtgranaten in die Höhe schießen, welche die Nacht zusätzlich erleuchteten. Gerührt von der Brüderlichkeit schrieb Thomas seine Gedanken nieder.

Wir feiern heut des Herrn Geburt.

Wehmütig zünden Kerzen an.
In Gedanken halten inne,
wie es wäre in Christus Sinne.

Stille Nacht durchdringt die Front.
Lautstark singend alle Mann.
Auch der Gegner stimmt mit ein,
auf seiner Sprache, heller Schein.

In diesem Lied, wir sind vereint.
Im Geiste Jesu der alle meint.
An diesem friedlichen Kriegsabend,
uns schließlich an dem bisschen Essen labend.
Bethlehems Stern über das Feld grell scheint.
Schon morgen sind wir wieder Feind.

Genau, wie es Thomas geahnt hatte, war schon am nächsten Morgen von der Harmonie der Weihnachtsnacht nichts mehr geblieben. Schweigend hielten die Männer ihre Stellung, während die Unzufriedenheit stetig stieg. Oskar stand auf der Leiter und beobachtete den Gegner. Sein ganzer Körper bebte, aber nicht vor Nervosität, sondern vor Kälte. Krampfhaft versuchte der Infanterist sein Periskop zu halten. Immer wieder musste er absetzen, da die Fingerspitzen sich schon blau verfärbten. Felix konnte sich das Leiden seines Freundes nicht mehr mitansehen. So trat er an die Sprossen heran und reichte ihm seine Wollhandschuhe.

„Hier, nimm", sprach Gruber mit leiser Stimme, so dass er nicht viel der eiskalten Luft einatmen musste. „Die müssten dir passen." Überglücklich nahm Breitner das Geschenk an.

„Danke, Felix. Das sollte helfen."

Unterdessen lief Thomas den Graben auf und ab, um in Bewegung zu bleiben.

„Was siehst du?“, fragte der Dichter bibbernd. Aber sein Kamerad schüttelte nur den Kopf.

„Es gibt nichts zu melden. Da drüben tut sich nichts.“ Es vergingen weitere quälend lange Stunden, bis endlich ihre Ablösung kam. Schnellen Schrittes verschwanden die Freunde im anliegenden Verschlag und wärmten sich auf.

„Gott Lob“, wimmerte Oskar, als er sich die Handschuhe abstreifte. „Meine Finger sind taub, bis in die Spitzen.“ Ohne darüber nachzudenken, hielt er die geschundenen Hände nahe an den heißen Ofen. Erst jetzt kam allmählich das Gefühl zurück.

„Wenn es noch kälter wird, befürchte ich, dass uns die Kohlen ausgehen“, sprach Winkler leise.

„Mist. Und der Winter kommt erst jetzt so richtig in Fahrt“, fügte Gruber hinzu und zündete sich eine Zigarette an, während die anderen eine Büchse Dosenfleisch aßen.

„Welchen Tag haben wir eigentlich heute?“

„Ich glaube der 10. Februar“, erwiderte Oskar mit vollem Mund. Plötzlich öffnete sich die Tür und ihr Feldwebel betrat den kargen Raum. Der Name des achtunddreißigjährigen war Erich Daum. Er trug einen ungepflegten, rostbraunen Bart, hatte eine hagere Statur, doch der Blick des Unteroffiziers strahlte Siegeswillen und Zuversicht aus. Mit einem Lächeln und dunkler Stimme flüsterte er: „Verfluchte Kälte. Zu oft habe ich die frostige Jahreszeit in Schützengräben zugebracht. Langsam, aber sicher, bin ich es überdrüssig.“ Die Burschen schwiegen. „Sogar die Hosen sind mir schon zu groß. Ohne Hosenträger würden sie mir vom Hintern fallen.“ Noch immer kam keinerlei

Reaktion von den Freunden. So setzte sich der Feldwebel neben dem Sanitäter auf die karge Holzbank und schaute die jungen Männer fragend an. „Ihr seid wohl mundfaul geworden?" Breiter verneinte diese Unterstellung.

„Nein, Herr Feldwebel Daum. Wir haben gerade unsere Wache beendet und sind einfach nur todmüde."

„Da habe ich vollstes Verständnis dafür, Soldat Breitner." In diesem Augenblick galt Erichs Aufmerksamkeit dem blechernen Behältnis gefüllt mit Büchsenfleisch. „Schmeckt es?" Peinlich berührt reichte Thomas seine Mahlzeit samt Löffel dem Unteroffizier.

„Möchten sie etwas? Ich habe keinen Hunger mehr." Daum nahm dankend an und schlang den Rest herunter. Dabei war es ihm egal, dass er mit Winklers Besteck essen musste.

„Gibt es etwas Neues von den anderen Frontabschnitten?", fragte Felix, der sich erneut eine Zigarette anzündete und auch Erich eine anbot. Genüsslich nahm Daum einen kräftigen Zug und blies Ringe in die Höhe.

„Es sind momentan nur Gerüchte, aber General Falkenhayn soll eine vernichtende Großoffensive bei Verdun planen. Er will die Entscheidung und die Franzosen ausbluten lassen."

„Wann soll der Angriff stattfinden?", wisperte Oskar, dem auf einmal sein Essen nicht mehr zu schmecken schien.

„Allem Anschein nach plant die Oberste Heeresleitung den Beginn am 21. Februar. Es kann sein, dass wir zur Unterstützung abgezogen werden." Den Freunden stockte der Atem, angesichts der Aussage.

„Dann werden wir diesen Frontabschnitt wohl aufgeben müssen", flüsterte der Sanitäter nachdenklich und dachte an die Gefallenen.

„Macht euch mal keine Sorgen“, versuchte Daum den Hessen die Angst zu nehmen. „Einer muss schließlich auch hier die Stellung halten. Schlaft ein wenig. Morgen geht es weiter.“ Ehe der gestandene Unteroffizier den schützenden Verschlag verließ, wandte er sich noch einmal den Burschen zu. „Danke für das Dosenfleisch.“

Weitere Tage vergingen, ohne nennenswerte Vorkommnisse. Inzwischen lag der Schnee einen halben Meter hoch und versteckte das Grauen, welches sich auf diesem Abschnitt ereignet hatte. Die Ruhe wirkte langsam unausstehlich, denn jeder befürchtete, dass ein erneuter Angriff im Ypern-Bogen bevorstand. Als am Morgen des 21. Februar die Sonne seit einer gefühlten Ewigkeit endlich wieder schien, waren die Kameraden abermals auf ihren Posten. Oskar wirkte nachdenklich.

„Dieses Warten macht mich wahnsinnig“, wisperte er. „Ich wüsste zu gerne, wo Reiner ist und wie es ihm geht.“ Felix sah mürrisch zu ihm rüber. Er zischte verständnislos: „Nach all dem, was er dir an den Kopf geworfen hat, machst du dir noch Sorgen um ihn? Du bist ein wahrer Freund. Das weiß der Idiot nur nicht zu schätzen.“

„Du hast ja recht“, sprach Breitner, während er die feindlichen Gräben im Auge behielt. „Ich kenne ihn schon ewig und auch wenn er mich wie ein Stück Dreck behandelt hat, wünsche ich ihm, dass er den Krieg mit heiler Haut übersteht.“ Er schwieg. „Vielleicht ist Reiner schon auf dem Weg nach Verdun.“ Ein Bote rannte plötzlich durch das Grabensystem und zischte leise: „Die Offensive an der Maas hat begonnen. Falkenhayn lässt die Bischofsstadt Verdun unter Feuer nehmen.“

Ein eiskalter Schauer lief den Männern über den Rücken. Jeder von ihnen dachte daran, was mit ihrem Bataillon geschehen würde. Doch Gruber stand angelehnt an die hölzerne Wand da. In seiner Hand hielt er ein Foto und lächelte.

„Ach, Paula. Wie gern wäre ich bei dir, statt hier im Frost und Dreck zu hausen." Dieses Verhalten stieß bei Oskar auf Unverständnis. Thomas war es gleich. Er versuchte weiterhin in Bewegung zu bleiben, um keinen Fußbrand zu bekommen. So vergingen die Monate.

Anfang Mai 1916 hatte sich der grimmige Winter von der belgischen Front verabschiedet. Stellenweise wehrte sich die Natur gegen den Krieg und die Frühlingssonne brachte ein wenig Frieden. Dies hatte nur einen Nachteil, denn überall in den Stellungsgräben sammelte sich das Tauwasser und schien die Soldaten im klebrigen Schlamm ertränken zu wollen. Ronnie kam am selben Morgen mit drei Portionen Bohnen, Fleisch und Toast zurück. Während James weiterhin den feindlichen Abschnitt beobachtete, hockte William auf einem morschen Balken und aß mit Heißhunger seine Mahlzeit.

„Komm von der Leiter", sprach Ronald seinen Kameraden an. Aber Morgan reagierte nicht. „Was ist los?" In diesem Augenblick fiel den Freunden auf, wie es um ihren Kameraden bestellt war. Leise Tränen liefen über seine Wangen. James versuchte sich zusammenzureißen, damit er ein gutes Beispiel für die anderen jungen Burschen geben konnte. Zusammen halfen sie ihm von der Leiter und setzten ihn hin. Allen nahm mit angespannter Miene seinen Puls. Der Sanitäter prüfte die Pupillenreaktion und schüttelte den Kopf.

„Wie geht es ihm?" Besorgt schaute der Sanitäter angesichts dieser Frage drein und antwortete: „Das gefällt mir nicht. Er wirkt abwesend. Wir sollten ihn zum Lager bringen. Dort kann man sich um ihn kümmern." Ronnie sank neben ihm auf die Knie, legte die Hand auf seine Schulter und sprach in beruhigendem Ton: „Lass uns nicht allein, James. Wir brauchen dich hier." Es dauerte ein paar Minuten, bis Morgan wieder zur Sprache fand. Mit furchterregendem Blick schaute er die anderen an.

„Mensch, James. Bist du klar bei Verstand?", erkundigte sich Jones nach seinem Wohlergehen. Erschrocken, starr vor Angst, wisperte James leise: „Ich habe den Tod gesehen. Er schlich in sein schwarzes Gewand gekleidet über das Feld." Entsetzt über diese Aussage und den Zustand seines Kameraden nahm Allen Will zur Seite.

„Er hat den Verstand verloren. Mir scheint, dass es zu viel für ihn wird." Doch der Second-Lieutenant schüttelte ungläubig den Kopf.

„Gib ihm einen Augenblick. Er muss nicht ins Lazarett." Daraufhin ging William vor seinem Freund in die Hocke. „James. Was ist mit dir los? Brauchst du einen Schluck Wasser?"

„Nein. Ich brauche nichts", wisperte Morgan monoton und starrte regungslos auf die Seitenbalken des Grabens. „Collins ist tot. Das habe ich heute Morgen erfahren. Er hat es nicht geschafft… und uns wird früher oder später dasselbe passieren." Schockiert von dieser ungewohnten Einstellung standen die Freunde, wie versteinert, neben ihm. Aber ehe sich die Trauer festigen konnte, ergriff der Second-Lieutenant das Wort. Leise flüsterte er zu den Anwesenden: „Lasst uns unserem Freund gedenken." Er sprach ein Gebet und gab Morgan einen Moment, um wieder zu sich zu kommen. Dieser brach schließlich in Tränen aus. Er vergrub sein Gesicht an Wills Brust.

„Ich habe das Gefühl nicht durchzuhalten."

„Du willst mich auf den Arm nehmen, James. Seit der Akademie warst du unser Anführer. Für dich würde ich auf die Streifen des Second-Lieutenants verzichten." Mit ängstlichem Blick stierte ihn Morgan an.

„Darum geht es nicht. Ich verliere die Kraft an unseren Sieg zu glauben. Wir haben Collins und unzählige Kameraden im Dreck verbluten sehen. Ich will es weder bei einem von euch noch am eigenen Leib erleben." Die drei wussten genau, worauf ihr Kamerad hinauswollte. Doch sie ließen ihn weitersprechen. „Bei Verdun gehen die Franzosen im Geschützfeuer elendig zu Grunde. Was ist, wenn morgen unser Marschbefehl in die Hölle kommt? Ich will dort nicht hin. Vorher schieße ich mir selbst ins Bein, nur um dem Grauen zu entkommen."

„Ich verstehe dich, James", flüsterte Will verständnisvoll. „Aber dräng diese düsteren Gedanken beiseite. Wir werden hier gebraucht und halten die Stellung. Solange die Franzosen Widerstand leisten, hat unser Bataillon nichts zu befürchten. Also reiß dich zusammen und mach mich, mach das britische Korps, stolz." Allmählich beruhigten sich die Nerven des Offiziersanwärters. Er wischte sich die Tränen ab und atmete tief durch.

„Geht es wieder?", fragte Sani Allen besorgt.

„Ja. Es tut mir leid. Ich habe durchgedreht. Kommt nicht wieder vor. Das verspreche ich euch." Jones stand auf und drehte sich von den anderen weg. Niemand sollte seine verzweifelte Miene sehen. Denn er wusste schon mehr, als seine Kameraden zu ahnen wagten. Nur in diesem Moment über den wahrscheinlichen Marschbefehl zu sprechen, brachte der junge Offizier nicht übers Herz. Stetig kamen neue Berichte von der Elsass-Front.

Zerstörung, Blut, Gefallenen- und Vermisstenlisten waren Hauptgesprächsthema. Jeder der britischen Infanteristen befürchtete selbst in diese Blutmühle hineinzugeraten, falls die französischen Linien einbrechen sollten.

Unbemerkt trat der kommandierende Lieutenant an die Männer heran und stierte mit ernstem Blick auf Morgan.

„Ich hoffe bei Ihnen ist alles in Ordnung, Second-Lieutenant Jones."

„Jawohl, Sir", versuchte er von James Nervenzusammenbruch abzulenken. Nickend beließ es der Offizier dabei und forderte ihn auf, ihm zu folgen. Zusammen schritten sie über die schnell errichteten Holzpontons, die die Männer vor dem zähen Schlamm schützen sollten.

„Gibt es Nachrichten von der Verdun-Front?"

„Ja, die gibt es", flüsterte der Vorgesetzte, während sein Blick immer wieder dem Rand der Stellungen galt. „Der Feind setzt vermehrt auf chemische Waffen. Sicherheitskräfte des British-Empire haben gemeldet, dass sie es nun mit Granaten verschießen. Das heißt, es wird schwerer darauf zu reagieren." Dem jungen Offizier lief ein kalter Schauer über den Rücken, als er die Meldungen vernahm.

„Wenn die Deutschen unter zehn Granaten eine gasgefüllte mischen, ist dies eine Gefahr für Leib und Leben unserer Männer, Sir. Wie sollen wir uns schützen?" Ihre Stiefel pochten auf dem hölzernen Untergrund. Voller Zuversicht blieb der Lieutenant stehen.

„Machen sie sich darüber keine Gedanken. Unsere Armee ist gut vorbereitet."

Jones besorgten nicht die negativen Nachrichten seines führenden Kommandeurs, sondern die wütenden, enttäuschten und hoffnungslosen Mienen der Soldaten, die am Rand der Gräben lagen. „Der Grund, warum ich Sie von den anderen wegführe, ist, dass unsere Einheit, aller Voraussicht nach, versetzt wird. Doch es steht noch in den Sternen." Ein krampfartiger Schmerz durchfuhr den Brustkorb des Burschen und auch er fühlte sich in diesem Augenblick einem Nervenzusammenbruch nahe, während sich sein Gegenüber eine Zigarette anzündete. „Unser wertgeschätzter Douglas Haig hat angesichts der gravierenden Verluste im Umland von Verdun angeordnet, dass eine neue Front an der Somme in Frage kommt. Es würde Truppen binden, die momentan unsere Verbündeten zu überrollen drohen."

„Soll das bedeuten, dass ich meinen Männern schon den Marschbefehl geben muss?" Dies verneinte der Lieutenant vehement.

„Auf keinen Fall", antwortete der Kommandierende und stieß ihn leicht in eine Ecke, wo ihr Gespräch nicht belauscht werden konnte. „Machen Sie keine Aussage gegenüber Ihrer Truppe, bevor es keinen klaren Befehl gibt. Wir verharren hier, solange es unser Auftrag ist." Zusammen gingen sie zurück zum Hauptlager, in welchem bereits ein erneuter Nachschubtrupp angekommen war. Aus den Lastern wanderten nicht nur Granaten, sondern auch Verbandsmaterialien, Verpflegung und Kisten, die ohne Aufschrift an den Rand gestellt wurden. Von weitem war zu hören, wie der Zeugwart alles in Empfang nahm. Hastig strich er die Lieferung durch, ehe er auf die beiden zukam. Der Nachschuboffizier grüßte zackig.

„Alles vollständig und sachgemäß verstaut, Lieutenant."

„Wann können wir darüber verfügen?" Der Offizier zuckte mit den Schultern und antwortete: „Ihre Mannschaft ist als dritte an der Reihe." Plötzlich erschienen auch die restlichen Kommandeure und salutierten standesgemäß. „Wir sind vollzählig. Dies ist eine neue Ausrüstung, welche uns vor dem Gas schützen wird."

Ein Stein fiel den Offizieren vom Herzen, als der Leutnant an eine der Holzkisten herantrat und sie, samt einem

Brecheisen, öffnete. Alle standen wie angewurzelt da, nicht wissend, was sie erwartete. „Es wird uns bei erneuten Gasangriffen sehr hilfreich sein", sprach der Kommandierende mit siegessicherer Stimme. Er hob ein schauderhaftes Objekt in die Höhe. Es bestand aus einem seltsamen Stoff und vor dem abgedichteten Mund befanden sich zwei faustgroße Behälter. Die Augen schienen wie aus einem Alptraum zu sein. Mit einem Lächeln übergab er sie an Will und fuhr fort: „Ziehen Sie sie über." Nun überkam Jones ein mulmiges Gefühl. Doch neugierig, welches Gefühl das Überziehen mit sich brachte, streifte er die Maske über. Eine leichte Panik machte sich bei dem Infanteristen breit, der unter Platzangst litt. Die anderen Second-Lieutenants taten es ihm gleich. Ihnen schien weder die Enge noch der Mangel an frischer Luft etwas auszumachen. Nach zwei Minuten zog Will zitternd die Gasmaske ab. Er atmete schwer und die Lippen färbten sich leicht blau. Der Lieutenant zündete sich eine Zigarette an, ehe er sich dem jungen Offizier zuwandte. „Gewöhnen Sie sich besser schnell daran, Jones. Dieses Teil wird über Leben und Tod entscheiden."

„Der Sitz ist zu eng und man kann kaum einen Atemzug tätigen, ohne fast ohnmächtig zu werden, Sir."

„Wir haben keine andere Wahl. Geben sie ihren Männern Bescheid, dass sich jeder eine Maske bei der Ausgabe abholen soll." Aber William verstand den Sinn noch nicht. Also harkte der junge Offizier weiter nach.

„Bitte, um Erlaubnis zu sprechen."

„Erlaubnis erteilt."

„Wozu soll das gut sein."

Der Vorgesetzte blies den Rauch in die Luft und antwortete mit ernster Miene.

„Unser Gegner verfügt über dieselben. Wie mir zugetragen wurde, setzen die Deutschen bei Verdun inzwischen andere Gasmischungen ein, welche sie nicht mehr durch Anblasen über das Feld treiben lassen. Es wird in Granaten gepresst und tötet so punktuell. In Zukunft wird bei jedem Angriff die Maske übergezogen. Haben Sie mich alle verstanden?“ Die jungen Offiziere nickten, während auch sie angesichts dieser Waffen von ihrer Angst aufgefressen wurden. Einer der Second-Lieutenants fragte, wie darauf zu reagieren sei. „Auch unsere Einheiten werden in den nächsten Wochen mit Gasgranaten versorgt. Das lassen wir nicht auf uns sitzen. Auge um Auge, Zahn um Zahn, wie es schon in der Bibel heißt.“ Als William zu seiner Truppe zurückkehrte, hielt er eine der ersten Masken in der Hand. Skeptisch beäugten ihn seine Kameraden.

„Was trägst du da mit dir?“, fragte Ronnie. Doch Jones würdigte seine Freunde keines Blickes.

„Ich will, dass die Männer sich umgehend versammeln. Es gibt Neuigkeiten.“ Sofort leitete Morgan den Befehl weiter und zehn Minuten später stand die Einheit beisammen. Keiner von ihnen verlor ein Wort. In ruhigem, besorgten Ton gab Will das wieder, was sie von ihrem Lieutenant zu hören bekommen hatten. Er erklärte Sinn, Zweck und die Anlegeweise des Gasschutzes.

„Gibt es noch Fragen?“ Die Soldaten nahmen es ohne Widerworte zur Kenntnis, teilten jedoch nicht Jones Besorgnis, da dies immerhin ihrem Überleben diente. „Morgen wird sich jeder eine solche Schutzmaske abholen. Ihr werdet sie immer bei euch tragen. Falls es zum Schlimmsten kommt, muss sie in wenigen Sekunden angelegt sein. Dies werden wir trainieren, bis es in Fleisch und Blut übergegangen ist. Wegtreten.“ Am gleichen

Nachmittag befand sich das hessische Infanterie-Bataillon im Lager, als sich eine lange Lasterkolonne über die befestigte Straße näherte. Umgehend erhielten Oskar und seine Kameraden den Befehl, beim Entladen der schweren Kisten zu helfen. Auch sie erhielten eine große Lieferung von Lebensmitteln, bis hin zu neuen Granaten, welche die Burschen mit größter Vorsicht im hinteren Bereich lagern sollten. Nach geschlagenen vier Stunden war auch die letzte Pritsche geleert und die Fahrer machten sich auf den Rückweg, um neue Ladung aufzunehmen. Erschöpft von der schweren Arbeit, wollten sich Oskar, Thomas und Felix gerade etwas zum Essen holen, da ließ der Leutnant sammeln.

„Nicht schon wieder", raunte Felix. „Ich will mir den Bauch vollschlagen und dann endlich mal ein paar Stunden schlafen."

„Vielleicht erhalten wir nun die Erklärung, warum wir die neuen Granaten wie rohe Eier behandeln sollten." Doch dies war nicht der einzige Grund. Feldwebel Daum öffnete ebenfalls eine Holzkiste vor den Augen der Burschen und nahm eine Gasmaske hervor.

„Passt nun gut auf", schallte seine laute, prägnante Stimme über den Platz. Jeder der jungen Infanteristen, wusste, dass diese Anweisung von äußerster Wichtigkeit war. „Soldat Breitner. Vortreten." Mit einem Gefühl des Unwohlseins schritt Oskar vor. „Dieses unheimliche Ding wird im Notfall euer Leben retten. Sie werden auf meinen Befehl hin die Maske überstreifen. Haben Sie das verstanden, Breitner?"

„Jawohl, Herr Feldwebel." Mit pochendem Herzen stierte Oskar zu seinem Unteroffizier hinüber, während dieser seine alte Taschenuhr zückte. Schweigen herrschte in dieser aufregenden Situation. Zitternd hielt er die furchterregende Maske in den Händen und wartete auf den Befehl, diese überzuziehen.

„Los, Breitner.“ Eilig zog er sie über. Er brauchte fast fünf Sekunden, bevor sie richtig saß. Mit jedem Zug merkte Oskar, wie schlecht er atmen konnte. Also nahm der Infanterist die Luft durch den Mund, was die kreisrunden Sichtgläser beschlagen ließ. Daum ließ ihn genau eine Minute stehen, ehe er den Abzug befahl. „Wie fühlen Sie sich, Soldat?“ Schwitzend und um Sauerstoff ringend schüttelte er den Kopf.

„Grässlich, Herr Feldwebel Daum. Ich hatte das Gefühl gleich das Bewusstsein zu verlieren.“

„Stellen Sie sich nicht so an, Breitner“, fauchte der Feldwebel. „Der Gegner verfügt inzwischen über unsere Technik. Er hat sich dies auf den Schlachtfeldern von Verdun abgeschaut. Ohne die Maske werden Sie draufgehen. Ist das Ihr werter Wunsch?“

„Nein, Herr Feldwebel Daum.“

„Jeder nimmt sich eine. Ich will, dass Sie diesen Lebensretter im Schlaf anlegen können. Verstanden?“

„Jawohl“, ertönten die Stimmen gemeinsam. Nachdem die Kommandierenden den Platz verlassen hatten und allmählich Ruhe einkehrte, wandten sich Thomas und Felix neugierig an ihren Kameraden.

„War es so schlimm?“, fragte Winkler.

„Du bekommst halt schlecht Luft“, antwortete Oskar, von dieser kurzen Zeit, bereits erschöpft. „Wenn die Sichtfenster beschlagen, verlierst du vollends die Orientierung. Beim nächsten Mal werde ich durch die Nase und nicht mehr so häufig atmen. Dann ist es wahrscheinlich in Ordnung.“ Erst später erfuhren die drei von Gerüchten, dass sich Gas in den neugelieferten Granaten befinden sollte. Schließlich ging auch dieser aufregende und verstörende Tag zu Ende. Niemand ahnte, was noch auf sie zukommen würde. Angespannt, wann diese Waffen und die Schutzmaßnahmen dagegen zum Einsatz kommen würden, saßen die britischen Soldaten in ihrem Lager. Niemandem hatte Appetit. Immer wieder schweiften die Blicke über die Gasmasken, die einsatzbereit an ihren Gürteln hingen.

„Weiß jemand, welcher Tag heute ist?", fragte Gary, während er seinen Eintopf aß.

„Der 29. Juni", antwortete Ronnie, der besorgt in Richtung der vordersten Gräben blickte. Ohne, dass er Notiz davon nahm, rieb seine rechte Hand in gleichbeliebenden Bewegungen über die furchterregende Maske. „Was glaubt ihr, wann wir wieder raus müssen?" Obwohl Will seinen Freund beruhigen wollte, blieb ihm nichts anderes übrig, als mit den Schultern zu zucken. Gegen zwanzig Uhr trat der Kommandeur in ihren Unterschlupf. Nach kurzem Salutieren nahm der Offizier neben seinen Soldaten Platz. Seine Miene ließ nichts Gutes erahnen.

„Wir müssen uns darauf vorbereiten an die Somme abkommandiert zu werden." Diese Aussage traf die jungen Männer, wie ein deftiger Schlag in die Magengrube. „Es soll eine vernichtende Schlacht werden. Unser Befehlshaber Douglas Haig will mit General Foche einen Vorstoß wagen und so die Armeen bei Verdun entlasten. Wir stehen in Abmarschbereitschaft."

„Wie wahrscheinlich ist es, dass wir an die Somme müssen, und wann kann es zum Einsatzbefehl kommen?", wisperte Morgan mit sorgevoller Miene. Der Lieutenant teilte diese Gefühle. Dennoch versuchte er seinen Männern Mut zuzusprechen und sie gleichzeitig zu beruhigen, was ihm angesichts der Lage keinesfalls leichtfiel.

„Der Angriff soll am 1. Juli erfolgen. Ob wir dorthin versetzt werden, weiß nur Gott und unser General. Doch halten Sie sich bereit."

„Das tun wir. Haben sie vielen Dank für die Information, Lieutenant." Ohne weitere Worte verließ er das Quartier, um diese Nachricht an den Rest seiner Soldaten weiterzugeben. Am Vormittag des 1. Juli 1916 erreichte die bedrückende Meldung, dass der Angriff an der Somme begonnen hatte, die in Belgien eingesetzten britischen Bataillone. James, Will, Ronnie und Sani Allen waren auf dem Weg zu ihrem Posten, als ein Melder ihnen die Nachricht überbrachte. Erschrocken blieben sie wie angewurzelt stehen. Zwar wussten die vier von Haigs Vorhaben, doch niemand glaubte daran, dass es so schnell gehen würde.

„Dass er es in dieser Geschwindigkeit auf die Beine stellt, hätte ich nicht für möglich gehalten", wisperte Morgan und fuhr sich nachdenklich über die Stirn.

„Ich hoffe, dass der Kelch an uns vorübergeht", flüsterte Ronald, während er die Leiter bestieg.

„Es ist leider nicht unsere Entscheidung, Ronnie", antwortete Will. „Von mir aus könnte der Wahnsinn schon morgen ein Ende haben."

„Ein frommer Wunsch, der sich alsbald nicht erfüllen wird", raunte Gary und kontrollierte seine Sanitätstasche. So gingen weitere Monate ins Land. Jeden Tag gab es neue Meldungen über horrende Verluste. Als dieses grauenvolle Jahr endlich vorüber war, hatten auf beiden Seiten mehrere hunderttausend Soldaten, bei Verdun und an der Somme, ihr Leben gelassen. Unter die Trauer um die gefallenen Kameraden mischte sich jedoch auch das Glück nicht selbst auf diesen Schlachtfeldern gestorben zu sein. Niemand wagte zu ahnen, was der Sommer 1917 für die jungen Soldaten an Unmenschlichkeit, Trauer, Angst und Leid noch bereithielt.

7. Kapitel

Während den ersten Maiwochen 1917 brannte die Sonne erbarmungslos auf die karge Landschaft rund um Ypern nieder. Immer wieder mussten die britischen Infanteristen einen ihrer Männer losschicken, um die Feldflaschen nachzufüllen. Inzwischen hatte die deutsche, wie auch alliierte Seite weiter aufgerüstet. Um den Schutz der Soldaten zu gewährleisten, wurden die Männer mit Stahlhelmen ausgerüstet, welche sie vor Schrapnellen und den damit einhergehenden, meist tödlichen Kopfverletzungen bewahren sollten. Im Laufe der Zeit stapelten sich auch die Granaten im Hinterland. Während Ronnie, James und Gary mit der Hitze zu kämpfen hatten, machte sich Second-Lieutenant Jones zur kurzfristig anberaumten Lagebesprechung auf. Als er den Kommandostand erreichte, waren sämtliche Offiziere bereits anwesend. In aller Stille gesellte sich der Infanterist unter die wartende Menge. Die Anspannung war spürbar. Jeder schien zu wissen, was nun auf die Truppen wartete. William hoffte nur, dass seine Einheit nicht an vorderster Front eingesetzt werden würde. Letztendlich erschienen auch die Befehlshabenden. Wortlos, mit ernster Miene traten sie an den langen, breiten Holztisch, der den Großteil des Raumes einnahm. Sie breiteten eine Karte aus, welche mit roten und blauen Linien übersät war. Hubert Gough und Herbert Plummer wiesen die Bataillonskommandeure sowie deren Lieutenants ein. Die gestandenen Männer schauten verbissen drein.

„Geben Sie nun alle acht", raunte der Oberbefehlshaber und wies über die Karte. „Wir werden mit aller Härte zuschlagen, Gentlemen. Das Primärziel sind die belgischen Häfen, von denen aus deutsche Uboote unseren Nachschub gefährden. Des Weiteren wird beabsichtigt, den gegnerischen Verteidigungsgürtel am Westflandrischen Bergrücken aufzubrechen. Die Ortschaft Passchendaele ist die Schlüsselstelle. Sie muss erobert werden. Koste es, was es wolle." Schweigend standen die ausführenden Offiziere da. Die Hände auf dem Rücken verschränkt und mit besorgter Miene. Inzwischen hatte das Bataillon einen neuen Kommandeur zugewiesen bekommen. Nervös stürmte der vierzigjährige, gutrasierte und schneidig wirkende Offizier den Raum.

„Verzeihung, Sir. Für meine Verspätung habe ich keine Entschuldigung." Eine Totenstille flutete die Besprechungsunterstand. Strafend sah ihn der Oberkommandeur an und raunte: „Diesmal lasse ich Ihnen das durchgehen. Sehen Sie zu, dass es nicht noch einmal vorkommt."

„Ja, Sir," antwortete Mike Sorrensen, dessen Auftreten großen Eindruck bei William hinterließ. Er strahlte eine gewisse Warmherzigkeit aus, was seinen Männern zugutekam. Sie besprachen das Vorgehen, welches diese Schlacht zu ihren Gunsten beeinflussen sollte. Immer wilder schlug das Herz in Jones Brust.

„Dieses Mal erhalten wir, neben den Franzosen und Kanadiern, zusätzliche Unterstützung unserer Verbündeten aus Australien, Neuseeland und Neufundland. Zusammen mit ihrer Hilfe werden wir den Widerstand brechen und den Krieg zu einem baldigen Ende führen." Aufmerksam beobachteten die Offiziere, wie die Befehlshaber das Vorgehen erklärten. William wurde

schlagartig übel, als das Thema auf den Hauptangriffs-
punkt kam.

„Während der Vorstoß mit aller Härte entlang der gesamten Front geführt wird, starten wir einen heftigen
Überraschungsangriff bei Messin. Das wird viele ihrer
Einheiten binden, so dass der Rest des Verteidigungsgür-
tels überrannt werden kann." Jones betete innerlich, dass
es nicht seine Truppe betreffen würde, diesen Blutzoll zu
leisten. Nachdem die Aufteilung erfolgt war, konnte er
durchatmen. Erleichtert, verließ der Second-Lieutenant
mit Sorrensen das Besprechungslager. Diejenigen Kommandeure, die ihren Soldaten nun erklären mussten, dass
sie den Hauptangriff stemmen mussten, blieben kreidebleich zurück.

„Eine brütende Hitze, nicht wahr?", fragte der Kommandeur, während sich Will den Schweiß von der Stirn
tupfte,

„Ja, Sir. Es ist fast unerträglich." Mike setzte seinen
Helm ab und reichte William die Hand.

„Ich bin noch gar nicht dazu gekommen, mich gebüh-
rend vorzustellen. Mike Sorrensen. Aber nennen sie mich
ruhig Mike."

„Danke, Sir. Second-Lieutenant William Jones." Mit
einem Lächeln gingen die beiden weiter.

„Stellen Sie mich auch den Männern vor. Ich will,
dass sie in mir einen Ansprechpartner finden. Nicht nur
den sturen Truppenkommandeur."

Erleichtert nickte William und führte Mike durch die
Gräben, bis hin zu seinen tapferen Soldaten. Nachdem er
sich jedem Mann persönlich vorgestellt hatte, kamen sie
in der Stellung an, wo Wills Freunde schon auf den Se-
cond- Lieutenant warteten. Die Überraschung war ihnen
anzusehen. Auch diesen jungen Männern versicherte

Mike seine volle Unterstützung und nach einem kurzen Wortwechsel verließ er zufrieden die Gräben. Ronnie, James und Gary hatten nur eines, was ihnen auf der Seele brannte. So fragte Wilkinson, sich erneut den Schweiß abwischend: „Hast du etwas davon gewusst?" Jones zuckte mit den Schultern.

„Nein. Plötzlich kam er zur Besprechung. Erst da habe ich erfahren, dass er unser neuer Kommandeur ist."

„Wie auch immer", murmelte Allen. „Es ist mir egal, wer die Befehle erteilt. Wir müssen uns auf unsere Gemeinschaft verlassen können. Dann wird alles gut."

„Ja", flüsterte Will nachdenklich, bevor er zwischen den Infanteristen Paltz und den neuen Helm abnahm. „Unsere Generäle waren anwesend." Den Männern stockte der Atem. Dies hatte nichts Gutes zu bedeuten. Schweigend lauschten sie dem Bericht ihres Freundes. Zusehends wurden auch ihre Gesichter kreidebleich.

„Dann haben wir keine andere Wahl."

„Ich habe gebetet, dass der Krieg bald vorüber sei", wisperte Ronnie desillusioniert, zündete sich eine Zigarette an und fuhr fort. „Ein frommer Wunsch. Aber Wünsche sind etwas für kleine Kinder. Verflucht." Gary blieb im Gegensatz zu den anderen unbeeindruckt. Regungslos saß er in einem schattigen Ecken und sprach: „Immerhin sind wir nicht in der Hauptlinie eingesetzt. Wenn sich der Angriff auf Messin konzentriert, werden sich die Gegenmaßnahmen der Deutschen auf dieses Gebiet richten. Vielleicht haben wir leichtes Spiel."

„Ob ein erneuter Franco-Britischer Angriff zum Erfolg führt ist noch fraglich", antwortete James, dem die Sorgenfalten auf der Stirn standen. „Immerhin brachte die Doppeloffensive an der Aisne und bei Arras auch nicht den gewünschten Erfolg."

„Solltest du uns nicht ermutigen?“, raunte Morgan seinen Offizier mit aufgebrachtem Blick an. Energisch fuhr er seinen Freund an.

„Halt die Klappe, James. Ist das ganze Vorgehen auf meinem Mist gewachsen?“ Still widmete sich Morgan wieder der Reinigung seines Gewehrs. „Das habe ich mir gedacht. Wenn noch jemand sich zu beschweren hat, meldet euch bei Lieutenant Sorrensen. Liebend gern gebe ich meine Streifen ab. Die Hauptsache ist, dass wir uns nicht auseinandertreiben lassen.“ Wütend über die Aussage seines Freundes schritt Will forsch den Graben entlang, bis er an einer ruhigen Ecke stehen blieb und mit den Emotionen kämpfte. Er hatte nicht bemerkt, wie Ronnie ihm folgte. Während der Second-Lieutenant das Gesicht hinter seinen Händen verbarg, blieb Wilkinson vor ihm stehen. Tröstend sprach er zu seinem Offizier: „Mach dir nichts aus seinen Worten. Auch bei James liegen die Nerven blank.“

„Denkst du, ich mache mir keine Gedanken? Ich weiß nicht, ob ich mit diesem Druck erneut umgehen kann.“

„Du schaffst das schon“, wisperte Ronnie mit einem zuversichtlichen Lächeln. „Ich habe volles Vertrauen in deine Fähigkeiten. Egal, was uns von nun an erwartet, ich stehe hinter dir und deinen Entscheidungen.“

„Danke, Ronnie“, antwortete William aufgelöst. „Ich habe höllische Angst.“

„Wovor?“, fragte Wilkinson.

„Bei unserem ersten Einsatz bin ich über mich hinausgewachsen. Ich war nur für mich verantwortlich, habe das Richtige zur rechten Zeit getan und nie zur Seite geschaut. Aber jetzt lastet eine immense Last auf meinen Schultern.“ Er stockte für einen Moment und rang um Luft. „Ich trage die Verantwortung für euer aller Leben.

Die Furcht einen Fehler zu machen, lastet schwer auf mir. Verstehst du mich?" Ronald zündete eine Zigarette an. Auch William reichte er eine. Diese nette Geste nahm er sofort dankend an. „Hast du gehört, was sich im französischen Lager tut?" Wilkinson sah zum Wall hinauf und nickte.

„Dort ging es anscheinend drunter und drüber. Viele der Soldaten, die Familie und Kinder hatten, verweigerten den Dienst. Es glich einer Meuterei. Den Aussagen nach wurden sogar manche standrechtlich erschossen."

„Oh, mein Gott", flüsterte Ronnie erschüttert. „Hoffentlich bekommen unsere Verbündeten dieses Problem wieder in den Griff."

„Das haben sie schon", erwiderte Jones, der grübelnd den Rauch in die Höhe blies. „Nivelle wurde abgesetzt. Für ihn trat General Pétain ein. Er hat den Männern wieder ein menschenwürdiges Leben ermöglicht. Nötige Ruhezeiten und bessere Verpflegung waren anscheinend der Schlüssel. Wollen wir hoffen, dass unsere Kameraden zu alter Stärke zurückfinden. Ohne sie ist das Ganze zum Scheitern verurteilt." Wenige Tage später machte sich ein Gefühl der Erleichterung breit, als der Befehl erteilt wurde, die Stellungen nördlich von Ypern zu sichern. Am Morgen des 19. Mai machten sie sich schweigend auf den Weg.

Es kamen die späten Stunden des 20. Mai 1917. Die grelle Sonne ging langsam unter und die Luft kühlte ein wenig ab. Immer wieder aufs Neue probten die Männer um Oskar und Thomas das Aufsetzen der Masken. Schon nach kurzer Zeit machte sich Erschöpfung breit. Der Schweiß lief ihnen in die Augen. Der Unmut stand den jungen Männern in die Gesichter geschrieben

„Verflucht nochmal", zischte Oskar, nachdem er den Lebensretter abgestreift, den Helm abgelegt und tief durchgeatmet hatte. „Es wäre ein Verbrechen an der Menschlichkeit bei den Temperaturen mit diesen Höllenfratzen losrennen zu müssen." Das empfanden auch seine Kameraden so. Aber keiner von ihnen ließ sich die Sorge anmerken, welche Beschwerden dieses Kriegswerkzeug mit sich brachte. „Das ist doch Wahnsinn", raunte Breitner und nahm einen kräftigen Schluck aus seiner Feldflasche. Mit einem schlechten Gefühl sahen Thomas und Felix zu ihm hinüber. Sie konnten sein Murren nicht nachvollziehen. Obwohl auch sie ihre Schwierigkeiten damit hatten. Ehe der Sanitäter eine Antwort geben konnte, herrschte plötzlich Totenstille in der Stellung. Als wäre ein Geist vor sie getreten, sahen sie den hageren Mann an, der auf einmal vor ihnen stand. Gleichgültig, emotionslos schaute er sich um.

„Reiner? Bist du es?", sprach Winkler mit bebender Stimme. Wortlos, wie ein Toter, näherte er sich im langsamen Schritt seinen Kameraden. Oskar und Felix setzten ihn auf eine Munitionskiste und brannten darauf zu erfahren, was ihm in den vergangenen Monaten widerfahren war. Abwesend nahm er einen Schluck aus der Feldflasche, die ihm Breitner wortlos reichte. „Sag schon, was ist dir passiert?"

„Ich vermag es nicht das Geschehene in Worte zu fassen. Wer nicht dort war, wird nie erfahren, welche Hölle es war."

Die Freunde ahnten schon, dass ihm grässliche Dinge widerfahren waren, doch da sie ihn in diesem traurigen Zustand sahen, verzichteten sie auf jegliche Nachfrage. Sie warteten, bis Reiner selbst sich gegenüber seinen alten Freunden öffnete.

Zittrig begann er von nervenaufreibenden Wochen in den sumpfigen Gräben von Verdun zu berichten.

„Gott sei Dank, dass du wieder in einem Stück hierhergekommen bist", wisperte Thomas, der noch immer nicht wusste, wie er sich gegenüber Reiner verhalten sollte. An Oskar schienen die Berichte über die Grausamkeiten einfach vorbeizugehen. Seine Erinnerungen schweiften nur um das verletzende Verhalten und die Schmach, welche Reiner dem jungen Breitner zugefügt hatte. Ein lauter Knall ließ Fröhmer auf einmal in die Höhe schießen. Winkler und Gruber taten es ihm instinktiv gleich. Erschrocken reichte Reiner Oskar die Hand.

„Alles, was ich gesagt habe, tut mir sehr leid. Ich habe das Unbeschreibliche erlebt. Der Tod nächtigte stets an meiner Seite."

„Wir akzeptieren deine Entschuldigung, Reiner", sprach Oskar, ohne jeglichen Groll zu empfinden. Im Gegenteil. Daraufhin nahm er Fröhmer freundschaftlich in den Arm.

„Darf ich fragen, warum du nun wieder hier bist?", erkundigte sich Gruber, dessen Skepsis selbst nach dieser Entschuldigung nicht schwinden wollte.

„Es waren nur noch wenige übrig. Unsere Einheit wurde aufgelöst. Ich konnte mich entscheiden, ob ich zu meiner alten Truppe zurückwill." Reiner stockte kurz. Er traute sich nicht seinen Kameraden ins Gesicht zu schauen. „Wenn ich mich verabschieden muss, dann wenigstens im Kreise meiner Freunde."

„Du bist uns willkommen", sprach Thomas. „Doch unterlasse solche Einzelgänge, die wir schon einmal mitmachen musste. Schließ dich der Gruppe an. Sonst wirst du draufgehen." Über diese energischen Worte wirkte der Verdun-Veteran sichtlich überrascht. Doch er stimmte zu. Nun erkannte der hitzige Bursche, dass die Freundschaft mehr Wert hatte als jeder errungene Meter. Thomas blickte auf seinen Gürtel, an dem eine Gasmaske hing. „Hast du schon damit gekämpft?" Fröhmer nickte und rang um Fassung.

„Ja, das habe ich", stotterte er leise. „Sie hat mir allzu oft das Leben gerettet." Noch einmal ließen sich die Kameraden von ihrem erfahrenen Freund den Umgang erklären, so dass sich auch bei ihnen ein gewisses Vertrauen breitmachte. Letztendlich war selbst Felix von seinen Aussagen überzeugt und gab Reiner eine zweite Chance. Eine Weile verging, bis sich der Vedunkämpfer an Breitner wandte.

„Haben wir schon genauere Befehle erhalten?" Oskar konnte dies nur verneinen.

„Wir sollen warten. Es steht noch nicht fest, ob die Alliierten einen Durchbruch in Erwägung ziehen. Also mach es dir bequem." Angespannt warteten die hessischen Soldaten auf weitere Anweisungen.

In den frühen Morgenstunden des 21. Mai wurde William Jones Mannschaft nach Norden verlegt. Als sie im Büchsenlicht auf dem Marsch waren, ging plötzlich ein Höllenfeuer auf die kaiserlichen Stellungsgräben, längs der Yser-Front, nieder. Mit einem schnellen Blick zur Seite sahen die britischen Soldaten, wie die vordersten Stellungen des Gegners in Flammen aufgingen. Das grelle Licht blendete sie ab und an. William hoffte, dass sie noch eine Weile Zeit bekamen, ehe die Männer die Gasmasken aufsetzen mussten.

Er befürchtete, dass viele der jungen Männer nicht in der Lage waren, unter diesen erschwerten Umständen, den Gegner zu überrennen. So bewegte sich der Trupp in schneller Schrittgeschwindigkeit im Hinterland der Front voran. Immer wieder stierten sie zur Seite, um zu erkennen, wann sie die teuflischen Masken anlegen mussten.

„Ist es unser Beschuss oder der des Gegners?", fragte James, während sie sich schnell vorwärtsbewegten. Der beißende Rauch wehte in ihre Richtung.

„Ich habe keine Ahnung", raunte Will. Immer den Blick auf die Detonationen gerichtet. „Legt die Masken an, wenn ihr meint, dass es von Nöten ist." Diese Verunsicherung machte schnell die Runde.

„Wohin gehen wir eigentlich?", zischte Gary, dem die Ereignisse über dem Kopf zusammenzuschlagen drohten.

„Keine Panik", versuchte William ihn zu beruhigen, als sie hastig weiterliefen. „Zieht die Masken auf. Ich will niemanden umsonst verlieren." Er hatte seinen Satz nicht einmal beendet, da hatte jeder der Soldaten bereits den Gasschutz übergestreift. Nun galt es, den Weg weiterzugehen, ohne die Befehle des Second-Lieutenants vernehmen zu können. Mit jedem Schritt wurde die Atmung der Soldtaten schwerer und ihr Schritt langsamer. Immer wieder nach rechts schauend, erreichte der erste Teil des Trupps den Frontabschnitt nahe Langemarck. Ein jeder hatte das Gefühl langsam zu ersticken. Während sie dort ihre Stellungen bezogen, schien das Artilleriefeuer aus den eigenen Linien zuzunehmen. Bei jeder Explosion zuckten die Männer zusammen.

Das Bombardement ließ selbst in den frühen Abendstunden nicht nach. William stand dem Befehlshabeden gegenüber, als er, nach Luft ringend, seine Maske abnahm und dem obersten Offizier erschöpft entgegen hauchte.

„Melde gehorsamst, dass Ihnen meine Männer zur Verfügung stehen, Sir."

„Wir haben auf Sie gewartet.“

„Entschuldigen Sie die Verspätung. Das Tragen der Maske machte uns langsamer.“

Für die gesundheitlichen Belange der Männer kein Verständnis habend, schlug seine Faust donnernd auf den kleinen Tisch. Er wollte Jones gerade anschreien, da trat Lieutenant Mike Sorrensen ein. Auch der Anführer legte Helm sowie seinen Schutz ab. Ein schneidiger Salut folgte.

„Ich bin für meine Infanteriesoldaten verantwortlich, Sir. Sie haben nur meine Befehle befolgt.“ Allmählich wich die Zornesröte aus der Miene des Kommandeurs. Daraufhin übergab der Offizier das Befehlsschreiben.

„Sie werden hier nicht gebraucht, Lieutenant Sorrensen. Daher schicke ich Sie und ihre Männer weiter Richtung Pilkem, wo die Offensive der 5. Armee kurz bevorsteht.“

„Danke, Sir. Ich werde meine Truppe umgehend weitermarschieren lassen.“ Ohne Unterlass begleitete William, Ronnie, James und Gary das ohrenbetäubende Donnergrollen. Es war schon spät in der Nacht, als sie endlich die zurückgelegenen Stellungen bei Pilkem erreichten. Die Dunkelheit wurde von einem in flammenstehenden Himmel verdrängt. Nach kurzer Rücksprache mit den Befehlshabenden, kam Sorrensen wieder zu seiner Truppe. Mit ernster Miene lehnte er sich gegen einen Holzbalken.

„Wie geht es nun weiter?“, fragte Second-Lieutenant Jones lautstark, um den Geschützlärm zu übertönen.

„Wir sollen uns bereithalten. Die deutschen Stellungen werden erst sturmreif geschossen. Dann dringen wir vor. Geben sie dies an alle weiter.“ Nach sechzehn Tagen des Dauerbeschusses durch zweitausend Geschütze war

die Zeit gekommen loszuschlagen. In der Morgendämmerung des 31. Juli 1917 ließ das Feuer nach und ein
schriller Pfiff gellte durch die vordersten Gräben, der den
Angriff auf Pilkem einläutete. Eilig streiften die Briten
die Gasmasken über, setzten die Helme auf und kletterten
unter dem Gewicht ihrer Ausrüstung die schmalen Leitern hinauf. Schnellen Schrittes stürmten die Freunde
nach vorne.

Zur gleichen Zeit bezogen auch die hessischen Kameraden ihre Positionen an der Pilkemfront. Thomas wirkte
beunruhigt, denn er hatte mitbekommen, wie zügig die
Artillerie mit neuen Granaten beliefert wurde. Aus der
Ferne konnte er hören, wie die Soldaten vom Buntschießen sprachen. Andere unterhielten sich bei der Bestückung der Geschütze über Blau- und Gelbkreuz, womit
er natürlich nichts anfangen konnte. Als der Melder
durch die Reihen rannte und Angriff brüllte, stieg
Winklers, Breitners sowie Felix Nervosität ins Unermessliche. Nur Reiner blieb seelenruhig.

„Fröhmer? Bist du in Ordnung?", fragte Oskar lautstark und zog seine Maske auf. Von seinem Freund kam
keinerlei Reaktion. Er spuckte in seine Kopfbedeckung,
rieb die Sichtgläser ein und setzte sie unbeeindruckt auf.
Sie gingen gerade in Feuerstellung, als nur wenige Meter
vor ihnen eine Granate explodierte. Die Köpfe auf den
Boden gepresst, versuchten sie den Druck zu mildern.
Eine Hand am Gewehr, die andere den Helm haltend, betete Oskar zu Gott.

„Achtung, Gas", rief Reiner mit kaum verständlicher,
gedämpfter Stimme, während er die ersten Salven abgab.
Der starre Blick der Kameraden galt derweil der gelblichen Wand, die begleitet von Staub, Schießpulver und

Feuer auf sie zukam. Breitner und Winkler bemerkten, wie sich ihre Atmung, angesichts der tödlichen Gefahr, beschleunigte.

Panisch wollte sich Thomas in Sicherheit bringen, da hielt ihn Fröhmer am Kragen fest. „Bleib hier", schrie er ihn an. „Es ist nur einfaches Gas. Die Maske schützt dich. Also sei ein Mann, nimm dein Gewehr und schieß weiter." Zitternd nahm der Dichter seinen Karabiner. Immer näher kam der tödliche Dunst auf sie zu. Hysterisch schreiend feuerte Oskar sein Magazin leer. Eins nach dem anderen flog entleert hinter ihm auf den Boden.

„Ich will hier nicht sterben", hallte es aus seiner Maske. Tränen liefen über seine Wangen und befeuchteten das Halsstück. Reiner zeigte kein Verständnis für seine Angst. Vom Adrenalin angepeitscht befahl er seinem alten Freund, einfach auf alles zu schießen, was sich bewegte. Die Gaswolke zog über ihre Köpfe hinweg und kroch langsam durch die Stellungsgräben. Erst jetzt atmeten die Hessen befreit durch. Auch bei Gruber verschwand zusehends die Skepsis gegenüber des neuen Schutzes. Plötzlich erschienen die ersten Silhouetten der britischen Soldaten zwischen den Rauch- und Gaswolken. Jeder zweite fiel, in Brust oder Kopf getroffen, auf die zerfurchte, aufgewühlte Erde. Die Maschinengewehre nahmen die Angreifer von beiden Seiten ins Kreuzfeuer. Das schnelle Tacken war grässlich.

Nach einer halben Stunde begannen auch die kaiserlichen Geschütze den Frontabschnitt in Schutt und Asche zu legen.

William führte seine Männer besonnen an. Während sich rechts, links, vorne und hinten die Einschläge näherten, versuchte er die Trichter zu umlaufen. Der dichte

Rauch erschwerte die Sicht. Dicke Erdbrocken schleuderten umher. Sein Herz schlug wild in der schmalen Brust und das Durchatmen fiel ihm immer schwerer. Gary Allen versuchte ihm zu folgen, doch der Second-Lieutenant war plötzlich, wie vom Erdboden verschluckt. Hastig schaute sich der Sanitäter um und versuchte irgendetwas zu erkennen.

„William", schrie er lautstark. Aber das um sie herum herrschende Inferno, ließen ihn schnell verstummen. Ehe sich Gary versah, stieß James ihn weiter voran.

„Bleib nicht stehen", rief er. „Immer weiter voran. Sonst sind wir verloren." So rannten die Infanteristen weiter. Jones war in einer leichten Drehung, um zu sehen, ob seine Truppe noch hinter ihm herlief. In diesem Augenblick schien ihn eine starke Hand festzuhalten. Er konnte sich kaum auf den Beinen halten. Seine Panik stieg und der Offizier rang um ein wenig Luft. Schweißperlen liefen ihm über die Stirn. Der Uniformärmel hing an einem Stacheldrahthindernis fest. Ehe er sich versah, kam Ronnie und versuchte ihn hektisch aus seiner Falle zu befreien. Im selben Augenblick explodierte, nur zehn Meter von ihnen entfernt, eine weitere Granate, deren Druckwelle ihn von den Beinen riss. Blut bedeckte den Stacheldraht, welcher den gesamten Ärmel der Uniform auftrennte. Als der dunkle Rauch abzog, bemerkte der Second-Lieutenant einen seltsamen Geruch. Entschlossen stieß er Wilkinson zurück und schrie ihn an.

„Verschwinde, Ronnie. Bring dich in Sicherheit." Sein Freund war starr vor Angst, dennoch gehorchte er umgehend den Anweisungen und rannte weg von ihm. Ein beißender, seltsamer Geruch drang immer stärker durch die Maske. Schnell riss sich William los. Noch einen Atemzug konnte er nehmen, bis ihm plötzlich die

Luft wegblieb. Er riss sich blitzschnell die Maske herunter und übergab sich schwallartig. Gary trat aus dem dichten Dunst heraus. Geistesgegenwärtig stürzte er zu seinem Anführer und wollte ihm schnell wieder den Gasschutz überstreifen. Doch Will wehrte sich dagegen. Mit letzter Kraft hauchte er: „Pack das Ding weg. Ich…“ In diesem Moment erbrach er sich abermals und verlor die Besinnung. Gary Allen sah nur noch die Möglichkeit, ihn aus der Linie hinauszuschaffen. Beherzt griff er unter Williams Schultern und schleifte seinen Freund zurück.

„Sanitäter“, brüllte Gary verzweifelt. „Sanitäter.“ Doch es kam ihm niemand zur Hilfe. Je näher sie der schützenden Grabenanlage kamen, umso mehr Blut quoll aus Williams Mund. Er begann zu röcheln. „Ich brauche verdammt nochmal Hilfe“, schrie Gary. Tränen der Verzweiflung liefen über seine Wangen und schließlich begann sich auch bei ihm ein starker Hustenreiz breitzumachen. Endlich kamen ihm zwei weitere Soldaten beigeeilt. Sie übernahmen den, aus dem Mund blutenden Second-Lieutenant und brachten ihn in Sicherheit. Nun galt Garys Aufmerksamkeit den restlichen Kameraden, die noch immer in diesem Vorhof zur Hölle gefangen waren. Angesichts des herrschenden Wahnsinns hoffte Allen, dass er nicht zu spät kommen würde. Ohne weiter nachzudenken, stürmte der Sanitäter wieder los und verschwand hustend in den dichten, beißenden Wolken.

„Zieht euch zurück“, schrie Feldwebel Daum durch die Reihen der feuernden Soldaten. „Wir übernehmen den Abschnitt.“ Irritiert schaute Reiner zu ihm hinunter und brüllte dumpf durch seine Maske.

„Wir müssen bleiben. Die Briten dringen sonst durch.“ Schnell zum Handeln gezwungen, riss Daum den jungen Soldaten von der Leiter und nahm ihn bei den Schultern. Sein Blick wirkte ernst, hinter den schmalen, beschlagenen Augengläsern.

„Geht zurück. Die Kanoniere brauchen Futter, sonst verlieren wir diesen Abschnitt." Nur zögernd verließen die Burschen ihre Stellung. Als sie sich durch den schmalen Gang pressten, kam ihnen die Verstärkung entgegen. Thomas wagte es nicht einmal zu blinzeln, während sie sich ihren Durchgang bahnten.

„Geh zur Seite", raunte einer von ihnen, stieß Reiner gegen die Holzvertäfelung und stürmte in Richtung der Angriffsstellung.

„Du verfluchter Mist…", Felix unterbrach ihn und riss ihn weiter in die hinteren Stellungen. Erst dort konnten sie sich der Masken entledigen. Einer nach dem anderen klemmte sie an den Gürtel.

„Wir stehen zusammen, Fröhmer", sprach der Sanitäter mit ruhiger Stimme. „Wenn du noch einmal den direkten Befehl verweigerst, hau ich dir eine rein. Hast du das verstanden? Du bist kein Schlachtenheld, sondern nur jemand dessen Eltern eines Tages die Hälfte deiner Erkennungsmarke zugeschickt bekommen. Samt der Nachricht, wir bedauern, dass ihr Sohn gefallen ist." Oskar mischte sich in die mahnenden Worte seines Freundes.

„Kommt schon. Lasst uns gehen, bevor auch diese Schlacht gegen uns entschieden wird." Reiner sprang über seinen Schatten. Er schwieg und eilte hinter seinen Kameraden zur Waffenausgabe. Mittlerweile waren schon andere dort eingetroffen. Ohne auch nur ein Wort zu verlieren, beförderten die strammen Männer die Granaten auf den Hänger.

„Ihr seid die Verstärkung?", schrie einer von ihnen Thomas an, welcher wie versteinert dastand. „Stellt euch in die Reihe. Desto schneller sind wir fertig." In Windeseile legten sie ihr Gepäck ab und begaben sich ans Werk. Eine Granate nach der anderen verschwand im Inneren der Ladefläche. Schließlich wurden nur noch fünfzehn verladen. Einer der Soldaten rief lautstark über den Platz: „Die letzten Grünkreuzer kommen. Vorsicht damit." Thomas wirkte irritiert und fragte sich, was mit all den Kreuzfarben gemeint war. Nachdem die Letzte auf dem Anhänger verschwand, wandte sich der Poet an seinen Freund Reiner. Von ihm erwartete er sich eine plausible Antwort. Also erzählte der Infanterist, von den Zusammensetzungen. Grün-, Gelb-, Rot und Weißkreuz waren unter den tödlichen Waffen, die das Dahinscheiden der generischen Soldaten zu einem wahren Martyrium machten. Eine dicke Gänsehaut bildete sich auf Winklers Rücken, als er diese Beschreibungen von dem Mann erhielt, den all das nicht zu interessieren schien. Stunden vergingen, ehe die restlichen Todbringer an Ort und Stelle waren. Nun galt es abzuwarten. Nach einer kurzen Atempause saßen die Hessen wieder angespannt in den Gräben, zogen die Köpfe ein und lauschten aufgeregt, wann die Anweisung zum Aufsetzen der gefürchteten Gasmasken erfolgte. Schließlich brach die Nacht herein. Kein Wölkchen schien den grellen Mond verdecken zu wollen. Dies tat jedoch der dichte Rauch der Detonationen. Noch immer schossen sich die Gegner aufeinander ein.

Mittlerweile schienen die Stellungen einzufrieren. Es gab weder ein vor- noch zurück ohne, dass sich die kampferprobten Männer in Lebensgefahr begaben. James verschanzte sich hinter einem schnell aufgerichteten Haufen lebloser Briten. Er spürte jeden Atemzug. Immer wieder flog ein Haufen Dreck durch die Luft. Schnell wurde ihm die prekäre Lage bewusst. Hektisch streifte Morgan die Maske ab, um die feinen Filter des Gasschutzes nicht zu überfordern. Erleichtert, doch immer noch wachsam, stierte der Offiziersanwärter in sämtliche Richtungen.

„Herr, lass mich nicht an diesem Ort elendig zugrunde gehen", wisperte er und gab sich größte Mühe ein paar frische Züge Luft zu erhaschen. Aus dem wenige Meter entfernten Trichter ertönte plötzlich eine ihm bekannte Stimme. Es war Ronnie, der sich ebenfalls von seiner Maske getrennt hatte.

„James, komm her", rief er ihm zu, während seine Gesten ihn einzuladen schienen. Morgan versuchte zum Rand des Kraters zu kriechen, doch die deutschen Scharfschützen sowie ihre Maschinengewehreinheit, machten ihm den Sprung in die erwartete Sicherheit zu Nichte. Jeder neue Versuch, sich kriechend vorwärtszubewegen schlug fehl. Nacheinander streiften die Schusssalven über seinen Helm hinweg. Die meisten Kugeln blieben jedoch in den leblosen Körpern der Kameraden stecken. Nach fünf Versuchen, wollte James schon die Hoffnung aufgeben, als Ronnie ihn lautstark aufforderte weiterzumachen.

„Komm jetzt endlich her", donnerte Wilkinsons aufgeregte Stimme über das Feld und mischte sich unter die Schmerzensschreie der verwundeten Soldaten, die um ihr Leben kämpften. „Ich gebe dir Feuerschutz." Während Morgan aufgeregt und unter Todesangst los kroch, gab Ronnie einige aufeinanderfolgenden Schüsse auf die gegnerischen Stellungen ab.

Auf einmal schwieg das rechte Maschinengewehr und ein hysterisches Lachen drang aus dem Trichter empor. „Ich habe ihn erwischt. Mach schnell. Keine Ahnung, wie lange ich sie noch aufhalten kann." Mit einem weiten Sprung rettete sich James in den Bombenkrater. Überglücklich es unversehrt geschafft zu haben, kam dem britischen Infanteristen nur ein lautes Lachen über die Lippen.

Leise wisperte er: „Danke, Ronnie. Das war haarscharf." Erschöpft nahmen sich die beiden in die Arme und ließen ihren Gefühlen freien Lauf. Unaufhörlich drang das tosende Geschützfeuer an sie heran. Zittrig nahm James seine Feldflasche und reichte sie Ronnie herüber.

„Hast du Will gesehen?" Wilkinson schüttelte nachdenklich den Kopf. Er zog den Stahlhelm ab und wischte sich den Schweiß aus den Augen.

„Er hing in einem Stück Stacheldrahtverschlag fest. Doch ich sollte mich in Sicherheit bringen. Seither ist diese Grube mein Heim. Was mit William oder Gary geschehen sein soll, weiß ich nicht." So verharrten die Kameraden dort, wo Ratten und Krankheiten lauerten. Wieder aufs Neue beschossen sich die Feinde, was das Überleben in den Trichtern nicht leichter machte. Schließlich spielte das gleißende Licht der lodernden Feuer den versprengten Männern einen Streich. Denn es wirkte, trotz dunkler Nacht, taghell. Als die Freunde sich einigermaßen beruhigt und mit dem Schicksal abgefunden hatten, wandte sich James an seinen Blutsbruder.

„Glaubst du, dass William und Gary es geschafft haben?" Schweigend saß Ronnie da. Seine Hände wanderten über den Schaft seines Karabiners.

„Ich habe nicht die leiseste Ahnung. Bei all dem Tod mache ich mich schon aufs Schlimmste gefasst." Ronald wischte sich die Tränen von den schmutzigen Wangen, atmete tief durch und fuhr mit leiser Stimme fort. „Wenn er es nicht überlebt hat, bin ich dafür verantwortlich." Tröstend legte James seinem alten Freund die Hand auf die Schulter.

„Du hast das Richtige getan. Mach dir keine Vorwürfe. In dieser Hölle kann man nur falsche Entscheidungen treffen. Beten wir, dass es ihm gut geht." Weitere Stunden verstrichen, bis der Granatenhagel von beiden Seiten erneut zunahm. Bei jedem Einschlag zuckten sie zusammen, vergruben den Kopf zwischen ihren Knien und wussten nicht, wie es weitergehen sollte. Gebremst bahnte sich die Morgensonne den Weg durch den dicken schwarzen Teppich, welcher das Land unter sich zu vergraben drohte. Ronnie und James verharrten noch immer in dem Granatloch. Immer wieder erschütternden die Einschläge die weiche Erde. Bei jeglicher Detonation griffen sie instinktiv nach ihren Masken. Doch keine todbringende Granate schlug mehr in ihrem Umkreis ein. Allmählich verstummten die qualvollen Schreie, bis nur noch ein leichtes Wimmern zu ihnen drang. Mit den Nerven am Ende, zündete sich James eine Zigarette an. Es schien ihm in diesem Moment wichtiger als Nahrung oder ein Schluck Wasser zu sein. Er nahm noch einen letzten Zug, da stürzten unverhofft Lieutenant Sorrensen und Gary in den Graben.

„Ist bei Ihnen alles in Ordnung?", erkundigte sich der Offizier überrascht die beiden wiederzusehen.

„Ja, Sir", antwortete Morgan, der stets lauschte, ob sich die Gegner näherten. „Wissen Sie, wie es unserem Second-Lieutenant geht?" Abermals detonierten einige, feindliche Granaten neben ihrem schützenden Krater. Nur ein wenig Erde rieselte die Abhänge herunter. Auf die Frage nach Jones blieb dem Kommandierenden nichts anderes übrig, als den Offiziersanwärtern reinen

Wein einzuschenken. Nach kurzer Zeit hatte sich der Lärm gelegt, so dass es wieder möglich war, ein Wort des Gegenübers zu verstehen.

„Jones befindet sich im Notfalllazarett. Sein Zustand ist kritisch. Die Lunge musste mit einer Drainage von der Blutung entlastet werden", wisperte der Offizier bedrückt. „Lassen Sie sich aber nicht aus der Ruhe bringen. Er wird es schaffen. Davon bin ich überzeugt." Erschüttert erzählte Gary, dass er William zurückgebracht hatte. Auch der gestandene Sanitäter kämpfte mit seinen Emotionen. „Halten Sie durch. Es wird meist erst schlimmer, ehe sich eine Besserung einstellt." Sorrensens aufmunternden Worte kamen bei den Infanteristen gut an. Sie sammelten neuen Mut, um sich jeglicher Gegenmacht zu erwehren. Ermutigend klopfte der Lieutenant Gary auf die Schulter.

„Sollen wir weiter vorstoßen?", fragte Ronnie, aber der Kommandierende schüttelte den Kopf.

„Halten Sie die Stellung. In kurzer Zeit erwarten wir weitere Unterstützung. Erst dann werden wir uns vorwärtsbewegen. Ich muss weiter." Als Sorrensen über den Grabenrand rutschte, gaben ihm Ronnie und James Feuerschutz. Solange, bis ihr Anführer im nächsten Trichter verschwand. Geschockt ließ sich Morgan wieder hinabsinken. Irgendetwas schien mit ihm nicht in Ordnung zu sein.

„Worüber denkst du nach?", wollte Ronnie in Erfahrung bringen.

„Es wäre schlimm, wenn Will es nicht überlebt. Wer wird dann unser Second-Lieutenant? Hoffen wir auf jemand Fähigen. Jemand, der uns aus diesem Irrsinn mit heiler Haut herausbringt." Ein betroffenes Schweigen machte sich unter den Männern breit, während erneut die

Granateneinschläge zu allen Seiten das Feld in einen Friedhof verwandelten. Morgan war bereit diese Verantwortung zu übernehmen.

„Was sollen wir tun?"

„Wir gehorchen den Anweisungen. Genau, wie wir es in der Akademie eingeimpft bekamen." Damit war das Thema für James erledigt. Vorsichtig kroch er den Krater empor, nahm sein Periskop und gab sich größte Mühe in diesem furchterregenden Durcheinander den Überblick zu behalten. Immer mehr britische Infanterieeinheiten stürmten auf die deutschen Stellungen nahe Pilkem zu. Unter dem ständig tosenden Artilleriefeuer der Deutschen ging es jedoch nur langsam voran.

Sowie sich der Gegner näherte, leerten Thomas, Reiner, Felix und Oskar ihre Magazine. Doch schnell merkten sie, dass sie nicht genügend Schuss bereit hatten, um der anstürmenden Übermacht standzuhalten. Dazu gesellte sich die Atemnot unter den Masken. Oskar lief der brennende Schweiß, bei jedem Blinzeln in die Augen, so dass er raten musste, wohin er schoss. Auf einmal setzte Thomas seinen Karabiner ab.

„Was tust du?", schrie ihn Reiner entsetzt an, ehe er weiter den Frontabschnitt unter Beschuss nahm. Winkler zitterte am ganzen Leib. Durch seine Augengläser war zu erkennen, dass er mit den Nerven am Ende war.

„Ich kann nicht mehr", schrie der Poet, dessen gedämpfte Stimme immer leiser wurde.

„Schickt ihn weg. Er ist momentan ein Klotz am Bein. So etwas kann uns das Leben kosten." Eilig nahm Oskar seinen Freund zur Seite und befahl ihm den Abschnitt zu verlassen. Ein mulmiges Gefühl beschlich Breitner, als er wieder an den Grabenrand aufstieg. Hochkonzentriert gab Fröhmer seine Salven ab. Ihm schien alles egal zu sein. Daran nahm sich Oskar ein Beispiel und ermöglichte dem Gegner kein Vorankommen. Zwei Tage später verschob sich die Front. Einmal lag der Vorteil bei der deutschen Armee, dann wiederum bei den Briten, die weiterhin auf die gegnerischen Stellungen vorrückten. Weder Gas noch Feuer konnten sie stoppen. Mittlerweile befand sich Winkler in medizinischer Behandlung. Betrübt und grübelnd, saß der Hesse auf einer Lazarettpritsche. Sein Blick galt starr den weißen Tüchern, die ihn von den Unmenschlichkeiten der Schlachten fernhalten sollten.

Selbst die Schreie der Verwundeten, die sich im Operationsbereich befanden, schien er nicht wahrzunehmen. Langsam griff Thomas in seine Tasche und zog seinen kleinen Gedichtband hervor.

Weit entfernt von Menschlichkeit,
sind wir nur im Tod vereint.
Wo ist nur die unbeschwerte Jugend hin?
Die Gewalt trübt mir den Sinn.

Ich vermag es nicht zu sagen,
wieviel ich noch ertragen kann.
Zu töten, ohne mich zu fragen,
wer ist es, wer war der Mann?

In unserem Schicksal sind vereint,
die Nation ist längst egal.
Lieber Gott, lass schnell es enden,
eh die Zukunft wird fatal.

Wenn ich werde vor meinen Schöpfer treten,

Tief durchatmend steckte er die Schreibutensilien ein. Der aufmerksame Blick schweifte über den verrauchten, glühenden Himmel und er hoffte, nicht so bald in diese dröhnende Knochenmühle zurückkehren zu müssen. Sein Wunsch ging nicht in Erfüllung. Noch ehe er sich versah, stand ein Feldarzt vor ihm. Die tiefblauen Augen musterten ihn genau, während sich der Mediziner seine blutverschmierten Hände an seinem Kittel abwischte.

„Soldat Winkler", raunte der Mediziner mit ernster Miene. „Warum sind Sie immer noch hier? Ihr Platz ist da draußen bei ihren Kameraden." Thomas schwieg. Er wusste, dass egal was er zu sagen hatte, es ihm zum Negativen ausgelegt werden würde. Der Arzt neigte sich zu ihm, überprüfte die Pupillenreaktion und den Puls. „Es gibt keinen Grund Sie hier zu behalten. Nehmen Sie ihre Sachen und verschwinden Sie." Ohne weitere Diskussionen nahm Thomas seinen Helm, befestigte die Maske am Gürtel und schlich in Richtung der zugewiesenen Frontstellung. Mit aller Kraft versuchte er die Nerven zu behalten, so dass sein Dasein nicht zu einer Last für seine Kameraden werden würde. Doch je näher er den Stellungen vor Pilkem kam, umso panischer wurde die Atmung. Sämtliche Posten die Winkler in geduckter Haltung passierte, waren zerstört. Von den Grabenwänden zeugten nur noch Überreste. Aus der Ferne drangen die Schreie und das Hämmern des Maschinengewehrs an ihn heran.

„Bitte lass mich zu meinen Freunden gelangen." Je näher er kam, umso stärker wurde seine Furcht. Sämtliche Stellungen schienen verwaist. Niemand stand auf den

Leitern und versuchte das Vordringen der Alliierten auf-
zuhalten. Wie ein Geist schlich der junge Hesse in Richtung Norden, von wo aus er einige Maschinengewehrsalven vernahm. Sein gesamter Körper zitterte angesichts
des anhaltenden, schweren Beschusses seitens der Briten.
Winkler sah schon in der Ferne, wie seine Kameraden ein
Maschinengewehrnest übernommen hatten und Reiner,
mit gleichbleibender Geschwindigkeit, über das Feld
streifte.

„Thomas", schrie Felix dumpf, der mit der Maske aus-
sah wie jeder andere. „Komm her. Wir brauchen jeden
Mann." Durch die beschlagenen Augengläser hatte der
Dichter einen Tunnelblick und nahm um sich herum
nichts mehr wahr. Plötzlich ertönte von seiner Linken ein
lauter Knall, dessen Wucht ihn gegen die Holzplanken
schleuderte. Erdbrocken schlugen heftig gegen seinen
Helm. Für einen kurzen Moment verlor er die Orientierung. Unter den schwarzen, beißenden Rauch mischten
sich die gelblichen Wolken, die durch den leichten West-
wind in den Graben krochen. Beherzt riss Gruber den Kameraden in hoch. „Lauf, Thomas. Mach schon." Immer
wieder stieß ihn der Sanitäter vor sich her. Erneut erschütterten drei weitere Explosionen die Stellung, so dass
die jungen Männer nicht mal drei Meter weit sehen konnten. Während Fröhmer weiter auf die Rauchwand feuerte,
hielt Oskar die Munitionsgurte bereit, um das Nachladen
zu beschleunigen.

8. Kapitel

In den nächsten Tagen gab es weder für die Briten noch für die Deutschen ein Vorwärtskommen. Immer wieder mischten sich Gasgranaten unter die Munition, so dass die Angst zu überleben zusehends stärker wurde. An diesem Tag zogen die kaiserlichen Truppen alle Register. Neben den Reserven an Soldaten, die herangezogen wurden, kam nun auch Gelbkreuz zum Einsatz. Unter den Männern machte sich Unruhe breit, denn jeder wusste um die unmenschliche Wirkung des Senfgases. Es hatte nicht nur Auswirkungen auf die Atemwege, sondern auch auf freiliegende Hautstellen. Der lautlose Tod dominierte die Ypernfront und all seine Gräben.

Ronnie und James wurden von ihrer Stellung abgelöst, welche sie mit Blut, Schweiß und Tränen erkämpft hatten. Ein Stein schien ihnen vom Herzen zu fallen, als sie ihre frischen, kampfeslustigen Kameraden sahen. In einem stillen Moment vollzogen die beiden den vorsichtigen Rückzug, während die Ablöse erneut das Sperrfeuer eröffnete, um ihnen sicheres Geleit zu ermöglichen. Ihr Weg in die eigenen Verteidigungsabschnitt erschien wie ein Spießrutenlauf.

Immer wieder waren sie gezwungen sich auf den Boden zu werfen, auf den Bäuchen weiterzukriechen und den Gestank der Leichen zu ertragen. Schließlich, nach fast einer Stunde, erreichten sie den sicheren Gefechtsstand. Mit einem beherzten Sprung hechteten die beiden

Männer unter dem Schutz der Maschinengewehre in Sicherheit. Als sie am Grabenrand saßen, streifte sich Ronnie die Gasmaske ab und begann hysterisch zu lachen. Überglücklich schlug er auf James Oberschenkel. Seine weit geöffneten Augen ließen auf Wahnsinn schließen.

„Wir haben es geschafft, James. Gott war an unserer Seite." Morgan vermochte es nicht das Glück seines Freundes zu teilen. Erschöpft, in Gedanken bei Will, hockte er da und wischte sich mit einem Lumpen den verkrusteten Schmutz von den Händen.

„Lass uns zum Hauptlager zurückgehen. Vielleicht erfahren wir, wie es um Wills Gesundheit bestellt ist." Schweigend schritten die Kameraden den schmalen Gang entlang. Zusehends mehr frische, ausgeruhte und kampfeshungrige Soldaten pressten sich an ihnen vorbei. Als die beiden das schützende Camp erreichten war ihr Körper von einer dicken Gänsehaut übersät. Die Truppen schienen wie ein Ameisenhaufen umherzulaufen. Im Abstand von einer halben Minute trugen Sanitäter die Schwerverletzten ins OP-Zelt. Die gellenden Schmerzensschreie drangen ihnen durch Mark und Bein.

„Kannst du einen der Ärzte fragen, ob Will es geschafft hat?", wisperte James mit erstickender Stimme. Er schien eine böse Vorahnung zu haben. Ronnie hingegen biss auf die Zähne. Mit einem schlechten Gefühl schritt er an den Feldpritschen vorbei, während James am Eingang stehen blieb. Plötzlich hinkte Sorrensen auf sie zu. Sein Arm befand sich in einer festen Schlinge. Das rechte Bein war bandagiert und er konnte sich nur mit Hilfe einer Krücke fortbewegen. Dennoch verfügte er über einen Schneid, der den meisten Offizieren im Verlaufe dieses Krieges verloren ging. Mit der größten Mühe sich auf den Beinen zu halten, legte der Lieutenant seine

Gehhilfe zur Seite, hinkte auf sie los und salutierte, wie es sich für einen Kommandeur der britischen Armee geziemte.

„Gott lob, Sie sind am Leben", sprach Sorrensen. Er wagte es nicht seinen Männern in die Augen zu schauen. Bedrückt schweifte sein Blick über all die Pritschen auf denen junge, wie alte, erfahrene Soldaten um ihr Leben kämpften. Nachdem die Freunde den Gruß erwidert hatten, nahmen sie mit ihrem Lieutenant auf der nächstgelegenen, freien Pritsche Platz. „Es tut mir in der Seele weh, sie so enttäuscht zu haben." Fragend starrten die jungen Offiziersanwärter ihren Kommandierenden an. Ihnen war schleierhaft, worauf er in diesem Augenblick hinauswollte.

„Keineswegs, Lieutenant Sorrensen. Ihnen haben wir zu verdanken, dass wir noch immer am Leben sind." Der Offizier wirkte geschmeichelt, obwohl er wusste, dass er diese Ehre noch lange nicht verdient hatte.

„Das war nicht unser Verdienst, Sir, sondern der, der, gesamten Einheit, die da draußen mit aller Kraft für den Sieg kämpft." Beeindruckt von dieser Selbstlosigkeit, sprach Sorrensen ihnen weiterhin Mut zu, ehe er auf das zu sprechen kam, was den beiden schon lange unter den Nägeln brannte. Der Lieutenant wusste nicht, wie er es ihnen erklären sollte. Also sprach er es geradeheraus.

„Second-Lieutenant William Jones ist verstorben." Diese Nachricht traf die beiden wie ein Donnerschlag. Sie konnten sich weder Rühren noch ihre Gefühle zeigen, als ihr Kommandeur fortfuhr. „Er hat den Giftgasangriff nicht überlebt." Geschockt von dieser Nachricht, saßen die Kameraden Sorrensen gegenüber. Ronnie schien im selben Moment einem Nervenzusammenbruch nahe zu sein. Seine Atmung wurde schwer und er rang darum, nicht in Ohnmacht zu fallen. Im selben Moment ging ein Sanitäter an ihnen vorbei, der sich umgehend dem Soldaten annahm. Vorsichtig stützte er ihn in den Behandlungsbereich. Ronnie nahm das Angebot an und ließ sich in den von Laken umspannten Raum bringen. Nachdem er verschwunden war, wandte sich der Lieutenant wieder seinem Stellvertreter zu. „Ich wollte nicht näher darauf eingehen." James hingegen nickte und wollte mehr erfahren.

„Sprechen Sie frei, Sir. Ich bin auf das Schlimmste vorbereitet."

„Nachdem wir ihn vom Feld abtransportiert hatten, gaben unsere Ärzte ihr Bestes. Sie behielten die Drainageversorgung bei, um seine Lunge vor dem Kollaps zu bewahren. Doch in diesem Falle waren selbst den besten Medizinern die Hände gebunden." Nach einer kurzen Weile, in der James fassungslos dasaß, zog der Offizier weitere Patches hervor, was bedeutete, dass es einen neuen Second-Lieutenant geben musste. Im Geiste bereitete sich Morgan bereits darauf vor. Als Ronald endlich zurückkam und tief durchatmete, fragte James, wie es um ihn steht.

„Keine Angst", erwiderte Ronnie. „Alles in Ordnung. Ich brauche nur einen Augenblick, dann geht es wieder. Immerhin haben wir unseren besten Freund verloren." Auch er starrte auf die Aufnäher, die Sorrensen mit sich trug. Nach kurzem Schweigen verkündete der Lieutenant, wer Williams Stellung einnehmen würde. Nervös schaute James seinen Vorgesetzten an. Doch es kam anders, als es sich der Offiziersanwärter gedacht hatte. Sorrensen übergab Ronald Wilkinson die Abzeichen.

„Meinen Glückwunsch, Second-Lieutenant Wilkinson." Sprachlos starrte ihn Ronnie an und bemerkte die

Enttäuschung, wie auch die Wut über diese Entscheidung, welche sich in Morgans Gesichtsausdruck widerspiegelte.

„Danke, Sir. Aber ich lehne die Beförderung ab. Ich möchte nicht die Befehlsgewalt und damit die Verantwortung für das Leben unserer Männer übernehmen." Daraufhin drehte sich der Kommandeur zu James, hielt ihm die Patches hin und fragte, ob er bereit sei, diese Aufgabe gewissenhaft zu übernehmen. Stolz stimmte Morgan zu und salutierte

„Geben Sie dem Trupp eine Pause. Die Männer sollen sich stärken und die Wasservorräte auffüllen. Zählen Sie ihre Soldaten und erstatten mir Bericht. Wegtreten." Kurz angebunden grüßte der Lieutenant, ehe er zwischen den wartenden Soldaten verschwand.

„Ich weiß die Geste sehr zu schätzen, Ronnie." Fragend schaute Wilkinson seinen Kameraden an.

„Denkst du ernsthaft, dass ich es deinetwegen getan hätte?" Der neue Second-Lieutenant schaute ihn überrascht an. Gary, der ein wenig entfernt stand, konnte es nicht fassen. Er schien sich mehr aus Williams Tod zu machen als seine besten Freunde. Ronnie trat dicht an James heran und zischte: „Ich pfeife auf die Streifen auf meinem Ärmel. Mir reicht es aus, wenn ich diesen Mist unbeschadet überlebe und danach nachts noch ein Auge schließen kann, ohne meine toten Kameraden vor mir zu sehen, Second-Lieutenant Morgan." Verächtlich schüttelte er ihm die Hand und machte sich auf, etwas zu Essen zu bekommen.

Auch Gary schüttelte den Kopf, bevor er ihm folgte. Bedrückt blieb Morgan zurück. Inzwischen war es kurz nach zehn in der Nacht. Nach dem spärlichen, schnellen Essen begaben sich die Soldaten zur Ruhe. Nur Ronald stand am Rand der Unterkunft. Ihm war anzusehen, wie sehr ihn der Verlust seiner Kameraden mitnahm.

„Ronnie? Bist du in Ordnung?", fragte Sani Allen, als er sich langsam aus dem Dunkeln näherte. Abwesend stierte der Offiziersanwärter auf den düsteren Nachthimmel, welcher hin und wieder von Leuchtgranaten durchzogen wurde.

„Hast du eine Zigarette?"

„Ja", flüsterte Gary und gab ihm sein Päckchen. „Ich weiß, dass der Verlust dir zu schaffen macht." Mit einem kräftigen Zug inhalierte Wilkinson den Rauch und blies ihn in einem kräftigen Stoß aus. Als wolle er das Feuer am Horizont ausblasen.

„William, James und ich waren seit der Grundausbildung zusammen. Wir wären füreinander durch dick und dünn gegangen. Aber dieser Krieg verpestet unsere Seele." Allen lauschte aufmerksam seinen Worten. „Der Tod, all der Schmerz, das immense Leid… Das alles lässt mich abstumpfen."

„Ich verstehe dich", versuchte Gary tröstend auf ihn einzuwirken. „Wir brauchen jeden Mann, um diesen Krieg zu gewinnen." Dafür hatte Ronnie nur ein Lächeln übrig, während er sich seinen silbernen Schlagring über die Knöchel der rechten Hand streifte. Der Sanitäter wirkte wie versteinert, denn Ronnies Augen begannen plötzlich unheimlich zu funkeln. Er nahm noch einen kräftigen Zug und wisperte mit furchterregender Stimme.

„Sie hätten mich statt Will töten sollen. Ich will Rache. Das werde ich die Deutschen mit aller Kraft spüren lassen. Ich mache sie fertig." Angsterfüllt über diese Aussage nahm Allen auf einer schlichten Holzbank Platz und schwieg. Stunden vergingen wie im Flug. Niemand konnte ein Auge schließen. Aufgeregt wartete die Truppe bei Sonnenaufgang an der Sammelstelle auf neue Befehle. Nur noch vereinzelt war feindliche Gegenwehr zu vernehmen. Zehn Minuten später trat James, zusammen mit Lieutenant Sorrensen, vor die Infanteristen. Während der junge Offizier schwieg, übernahm der Kommandierende das Wort.

„Ich werde Sie jetzt von den Neuigkeiten berichten, Gentlemen. Nach dem letzten Vorstoß haben sich die Deutschen weiter zurückgezogen. Sie halten nun das Grabensystem hinter Pilkem. Wir werden heute unsere Kameraden ablösen und dem Gegner einen derben Verlust bescheren. Ich will die Stellungen östlich der Ortsruinen. Behalten Sie den Gasschutz übergezogen, auch wenn es ihnen die Luft raubt.“

„Warum haben wir so hohe Verluste erlitten, wenn dieses Ding eine solch schützende Wirkung hat?“, raunte es aus den hinteren Reihen. Sorrensen antwortete auf diese Frage.

„Falls im näheren Umkreis eine Granate explodiert, rennt weiter vorwärts. Bleibt nicht stehen oder versucht in einem Trichter Schutz zu finden.“ Die Truppe beschlich ein ungutes Gefühl. Es schien ein wahres Himmelfahrtskommando zu sein. „Unser Feind benutzt Maskenbrecher, auch Blaukreuz genannt. Es ist mit anderen Kampfstoffen kombinierbar. Das Gas zieht durch den dichten Stoff und wirkt auf die Atemwege. Sie haben das Gefühl zu ersticken, müssen sich übergeben und sind so gezwungen den Schutz abzuziehen. Erst dann wirkt das eingemischte Grünkreuz, welches schnell die Lungen tödlich schädigt. Also, nicht stehen bleiben.“ Angst erfüllte die Soldaten vor dem, was ihnen bevorstand. „Second-Lieutenant Morgan wird Sie einweisen. Viel Glück.“ Mit verbissener Miene fuhr Ronnie sanft über seinen Schlagring, ehe er den Karabiner nahm und ohne ihn eines Blickes zu würdigen, an James vorbeischritt. Nach dieser kurzen Einweisung betrat die Einheit vorsichtig den Hauptgraben. Ein schriller Pfiff war das Zeichen loszuschlagen. Nacheinander kletterten die, mit einigen Kilos beladenen, britischen Infanteristen die Leitern empor und stürmten los. Immer weiter führte ihr Weg auf den zerfallenen Ort zu. Die Sonne war schon aufgegangen und die Temperatur unter den Masken stieg. Die Truppe teilte sich schließlich auf, um so einen breiteren Frontabschnitt angreifen zu können. Ronnie befand sich in einem Tunnel. Kaum atmend kannte er nur ein Ziel. Rache für Williams sinnlosen Tod. Wenige Meter östlich von Pilkem erschütterte ein plötzlich aufkommendes Donnergrollen den Boden unter ihren Stiefeln. Gary hielt sich an Ronald. Einerseits profitierte der Sanitäter von dessen Erfahrung. Andererseits wollte er zur Stelle sein, falls sein Freund eine Dummheit begehen sollte. Lautes Pfeifen durchfuhr die Luft, schlimmer als mehrere Güterzüge. Dann kamen die ersten Einschläge. Wiederrum erschwerte undurchdringlicher, schwarzer Rauch das Weiterkommen. Doch Wilkinson ließ sich davon nicht beirren. Sein Hass trieb ihn an. Wie Hasen umliefen sie die Stacheldrahtverschläge und Krater. Da ertönten die ersten Salven der feindlichen Maschinengewehre links von ihnen. Allen warf einen Blick zur Seite, wo das Aufblitzen der Mündungsfeuer sichtbar wurde. Einer nach dem anderen fiel diesem zum Opfer. Doch Wilkinson ließ sich nicht einschüchtern.

„Wir haben es geschafft“, schrie Ronnie seine Kameraden an, während sie die Stellungsgräben stürmten. Aus den einzelnen Verschlägen drangen nur noch die Befehle zum sofortigen Rückzug an sie heran.

Im Blutrausch feuerte Wilkinson auf die vor ihm flüchtenden, deutschen Soldaten, bis er auf einmal in zehn Metern Entfernung das Maschinengewehrnest sah, welches von den hessischen Freunden gehalten wurde. Als würde eine fremde Macht ihn bremsen, blieb Ronnie stehen, so dass die restlichen Infanteristen, die den Graben stürmten, plötzlich hinter ihm stehen bleiben mussten. Wie hypnotisiert starrte er einen jungen deutschen Soldaten an, der seine Miene ebenfalls hinter einer Gasmaske versteckte. Es war Thomas Winkler. Keiner der Freunde sah die Gefahr auf sich zukommen. Zu sehr waren sie damit beschäftigt den letzten Munitionsgurt in das Maschinengewehr einzulegen. Bis auf einmal Feldwebel Daum die Briten sah und lautstark den Rückzug anordnete. Er selbst, wie auch Oskar und Felix flüchteten vor dem Gegner.

„Komm schon", schrie Breitner, griff nach Winklers Hemdkragen und riss ihn vom Ort des Geschehens fort. Reiner hingegen blieb hinter seiner Waffe und nahm um sich herum nichts mehr wahr. Er feuerte weiter. Ronnie musste mitansehen, wie acht seiner Kameraden dem Dauerfeuer zum Opfer fielen. Ein rasender Zorn stieg in ihm hoch und er rannte auf Fröhmer zu. Dieser drehte im selben Augenblick den Kopf. Erschrocken versuchte der Hesse das Maschinegewehr zu drehen. Zu spät. Mit einem weiten Sprung stieß ihn der britische Infanterist nieder. Jeder seiner wuchtigen Schläge traf Reiners Gesicht, welches immer noch von der Maske versteckt wurde.

„Nein. Hilfe", rief er noch lauter, doch Ronalds Schlagring ließ ihn binnen Sekunden verstummen.

Die Augengläser der Maske brachen, Blut tränkte den sonst so undurchdringlichen Stoff und ein lautes Knacken war zu vernehmen. Reiner rührte sich nicht mehr.

Gary, der sprachlos dahinterstand, riss Ronnie plötzlich zurück.

„Das reicht“, sprach der Sanitäter ihn mahnend an. Nachdem sich Wilkinson einigermaßen beruhigt hatte, lehnte er seinen geschundenen Körper gegen die hölzerne Wand und setzte den Gasschutz ab. Dieser Anblick trieb Gary eine Gänsehaut auf den Körper.

„Was ist passiert?“, rief Morgan den beiden zu, während er sich über die Leichen der Deutschen näherte.

„Bleibt, wo ihr seid“, brüllte Allen, ehe er seine Maske auszog und sich um Reiners Leben sorgte. „Ronnie? Bist du in Ordnung?“, fragte sein neuer Second-Lieutenant beunruhigt. Er ging vor ihm auf die Knie und fasste ihn bei den Schultern.

„Das war nicht ich“, stotterte Wilkinson abwesend. „Mein Geist und Verstand haben mich im Stich gelassen.“ Mittlerweile hatte Gary Fröhmers Gesicht freigelegt. Was er sah, verschlug ihm gänzlich die Sprache. Das Gesicht war blutüberströmt. Sani Allen konnte nicht einmal erkennen, welche Wunde am schlimmsten war. Er stellte nur fest, dass Reiners Joch-, Nasen- und Stirnbein mehrfach gebrochen waren. Ihm fehlten ebenso mehrere Zähne, die er aufgrund der Schlagkraft und der starken Blutung verschluckt haben musste.

„Der Deutsche lebt noch“, wisperte Gary, während aus dem Grabensystem die letzten Schüsse zu ihnen hallten. Da es Ronald egal zu sein schien, was nun mit seinem Gegner passierte, trat James an den kurz atmenden und röchelnden deutschen Soldaten heran.

„Wie steht es um ihn?“, fragte er teilnahmslos.

„Er muss umgehend chirurgisch versorgt werden, sonst stirbt er uns unter den Händen weg“, brüllte Gary aufgebracht.

Im nächsten Moment hatte Morgan seine Entscheidung getroffen.

„Das heißt seine Chancen sind gering?" Allen nickte in der Hoffnung auf das gute Herz seines Freundes. Dieser zog jedoch umgehend seine Pistole, legte die Mündung an Reiners Stirn und drückte, ohne mit der Wimper zu zucken, ab. Anschließend wandte er sich dem Rest der Truppe zu, welcher geschockt auf den leblosen Körper des Feindes blickte. „Das ist alles nicht geschehen", raunte er die Männer an. „Wir kommen vor das Kriegsgericht, wenn auch nur ein Wort darüber gesprochen wird. Also haltet die Klappe, sichert die Waffen und schafft den Deutschen fort."

„Er hat eine anständige Beerdigung verdient", fügte Gary hinzu, zog sich allerdings umgehend den wütenden Blick seines Offiziers zu.

„Geh raus auf das Feld und zähl die Soldaten, die durch seine Kugeln den Tod fanden", zischte Morgan emotionsgeladen. „Vergrabt ihn irgendwo, so dass seine sterblichen Überreste nicht so schnell gefunden werden können." Vier seiner Männer gehorchten dem Befehl, während zwei andere die Waffen sicherstellten.

„Du machst einen Fehler", raunte der Sanitäter und begab sich widerwillig an seine Arbeit. James blieb noch einen Augenblick bei Wilkinson sitzen. Er konnte nur erahnen, was momentan in seinem Freund vorging. Nach einigen Minuten schien Ronnie wieder bei klarem Verstand zu sein und flüsterte: „Danke, James. Erinnerst du dich, als William mit dem Deutschen kämpfte und ihn erstach? Wie ein wildes Tier, hatte er gesagt. Es ging mir genauso. Ich war rasend vor Zorn. Wir verrohen hier draußen. Kein Funken der Menschlichkeit ist übriggeblieben. Ich hoffe nur, dass es mir eines Tages verziehen wird." Tränen der Verzweiflung liefen über die Wangen des jungen Briten.

„Mach dir keine Gedanken. Es ist Krieg. Er bringt die schlimmsten Seiten hervor. Seiten, an die wir nie im Leben gedacht hätten. Halte durch. Wenn es so weitergeht, können wir dem Ganzen hier ein Ende bereiten."

Nach einer Stunde hatten Oskar, Felix, Thomas und Feldwebel Daum die rettende, schmale Straße Richtung Langemarck erreicht. Aus der Ferne war noch das dumpfe Grollen der Geschütze zu vernehmen, als Daum seine Männer stoppte und vorsichtig aus dem dichten Gebüsch heraustrat.

„Wartet hier. Ich werden sehen, ob wir sicher sind." Die jungen Männer hielten den Atem an, während ihr Unteroffizier leise auf den Schotterweg trat. Nervös schweifte sein Blick von links nach rechts. Erleichtert flüsterte Daum: „Kommt. Wir haben noch eine Strecke zurückzulegen, bis wir zu den anderen gelangen." Allmählich kämpften sich die Soldaten durch das dichte Gestrüpp. „Lasst uns gehen. Die Sonne wird bald untergehen. Dann wird es schwer, den richtigen Weg zu finden." Schweigend folgten sie dem Feldwebel. Thomas schaute sich immer wieder um und hoffte, dass noch weitere Kameraden es geschafft hatten den Briten zu entkommen. Oskars Gedanken galten Reiner. So schloss der junge Hesse zu seinem Vorgesetzten auf.

„Glauben Sie, dass Reiner noch am Leben ist?" Daum schüttelte den Kopf und antwortete mit einem klaren Nein. Betroffen, mit den Nerven am Ende, aber auch übermüdet, gingen sie in der Dämmerung weiter. Allmählich wurden die Füße in den Stiefeln schwer. Jeder Schritt brannte. Als die Sonne schließlich im feuerroten

Schein hinter den Baumwipfeln verschwand, kam das erneute Getöse des Krieges immer näher.

„Wir haben es gleich geschafft. Haltet durch", sprach Daum, der sich selbst kaum noch auf den Beinen halten konnte. Nach einer gefühlten Ewigkeit erreichten sie in der Dunkelheit das Hauptlager in der Nähe von Langemarck. Hungrig und todmüde blieben die Freunde stehen. Die leeren Blicke der Kameraden, welche ebenfalls große Verluste erlitten hatten, ließen ihnen das Blut in den Adern gefrieren. Frustriert und am Ende ihrer Kräfte, stierten die Soldaten die drei an, ohne ein freundliches Wort zu verlieren. „Setzt euch da drüben hin", flüsterte der Feldwebel, während er auf zwei Holzstämme wies. „Ich werde einen der Kommandeure aufsuchen. Dann sehen wir, wie es für uns weitergeht." Nachdem Daum verschwunden war, gehorchten die jungen Hessen. Allerdings dauerte es nicht lange, bis ein dreißigjähriger, kräftiger und nicht sehr groß gewachsener Soldat auf sie zukam. Er trug einen ungepflegten, braunen Bart sowie kurzgeschnittenes Haar. Sein Lächeln ließ darauf schließen, dass er schon lange hier draußen war. Die Zähne waren bräunlich, gelb verfärbt, die Arme von Schmutz und Ekzemen bedeckt.

„Woher seid ihr?", fragte der Soldat leise und reichte Oskar die Hand.

„Wir sind vom hessischen Bataillon", antwortete Breitner stockend. „Eingesetzt bei Pilkem." Die Nachricht vom Verlust der Ortschaft hatte sich bereits rumgesprochen. Der Fremde ging in die Hocke.

„Mir ist schon zu Ohren gekommen, wie es euch ergangen ist. Tragisch. Seid ihr die Einzigen?"

„Keine Ahnung", antwortete Felix leise und sah zu den anderen hinüber, die sie nicht aus den Augen ließen.

„Unser Feldwebel hat uns vor dem Schlimmsten bewahrt. Beim Sturm der britischen Infanterie auf die Stellung haben wir einen guten Freund verloren. Es war nur grausam und furchterregend." Der geschundene Soldat verstand die Kameraden.

„Ich weiß, wie ihr euch fühlt. Mein Name ist Frank Gering. Willkommen in der Reservekompanie."

„Oskar Breitner. Dies ist Thomas Winkler und unser Sanitäter Felix Gruber." Daraufhin lud Frank sie ein, am Feuer Platz zu nehmen. Obwohl die Stimmung anfangs frostig war, fanden zwei von ihnen schnell Anschluss. Es wurde sich über Belanglosigkeiten unterhalten und alles dafür getan, dass der Krieg, wie auch der Schmerz zur Seite gedrängt wurde. Thomas blieb noch eine Weile in gewisser Entfernung hocken. Tränen der Trauer über den Tod von Alexander und Reiner liefen über seine Wangen. Seine Nerven lagen blank. Langsam zog er sein Büchlein aus der Tasche und schrieb zittrig seine Gedanken nieder. Mehr konnte er nicht tun.

Alles werden wir verlieren.
Seele und auch Menschlichkeit.
Je länger dieser Schrecken dauert,
ist niemand vor dem Tod gefeit.

Warum habe ich mich nur gemeldet,
freiwillig in der Fremd zu sterben?
Die meisten Freunde sind schon fort.
Hoffentlich an einem bessren Ort.

Ich will doch nur hier überleben.
Raus aus all dem Schmerz und Leid.
Die Trauer betäubet meinen Körper.

Derweil unterhielten sich Oskar und Felix mit ihren Leidensgenossen. Schnell entwickelte sich ein Vertrauen untereinander. Schließlich waren sie vor dem drohenden Schicksal alle gleich. Drei Stunden vergingen, bis Feldwebel Daum zu seinen überlebenden Männern zurückkehrte. Auch er nahm am Lagerfeuer der Soldaten Platz und starrte einen langen Moment in die knisternden, lodernden Flammen.

„Was haben Sie erreichen können, Herr Feldwebel?", fragte Gruber neugierig. Gespannt sahen ihn alle dort sitzenden Männer an.

„Haben Sie eine Zigarette für mich, Soldat Breitner?"

„Jawohl. Hier, bitte", antwortete Oskar und reichte ihm sein angebrochenes Päckchen. Wortlos zündete sich der Unteroffizier eine an. Vorsichtig trat nun auch Thomas näher.

„Sie wollen erst einmal sehen, wie viele unseres Bataillons überlebt haben. Vielleicht besteht die Chance, die Truppe neu zu formieren."

„Das dauert doch eine Ewigkeit", raunte Felix. „Was sollen wir denn so lange tun?"

Daum zuckte mit den Schultern, ehe er fortfuhr: „Ihr sollt euch etwas Warmes zu essen holen und eine Mütze Schlaf erhalten. Dann sehen wir weiter." Verunsichert und mit Argusaugen von den anderen beobachtet, schlichen die drei durch das Lager. Nachdem ihre Bäuche mit fettigem Speck sowie genügend Kartoffeln gefüllt waren, begaben sie sich zu den zugewiesenen Schlafplätzen. Todmüde sanken die Männer auf die Pritschen nieder, doch keiner von ihnen fand angesichts des Geschehenen zur Ruhe. Immer wieder drang das dröhnende Donnern der nahegelegenen Geschütze an sie heran. Während Gruber und Breitner ihre Ohren mit beiden Händen zupressten und so versuchten dem Lärm für wenige Stunden zu entkommen, lag Winkler einfach nur da, stierte an die Decke und betete, dass er endlich wieder in einem Stück nach Hause gehen dürfte.

Als der nächste Tag anbrach und die Hitze dieses Sommers sich noch stärker breit machte, saßen Ronnie, James und Gary zusammen in einem der eingenommenen Unterstände. Der Körpergeruch der Freunde war unausstehlich. Jeder von ihnen sehnte sich nach einer Rasur, einem wohltuenden Bad und einem Krug eiskaltem Bier, um all das für wenigstens einen Augenblick hinter sich zu lassen.

„Hast du heute Nacht schlafen können?", erkundigte sich Morgan nach dem Wohlbefinden seines Freundes Ronnie. Aber der Kamerad saß nur in der Ecke und stierte auf die Gasmaske. „Ronnie?" Aufgeschreckt blickte dieser auf und antwortete in harschem Ton.

„Was ist denn?"

„Ich habe dich gefragt, ob du ein paar Stunden schlafen konntest."

„Nein", erwiderte Wilkinson abweisend. „Nicht mal eine Minute. Der Krach macht mich noch wahnsinnig." Gary der in einer der hintersten Ecken saß, nahm gerade die letzten Löffel seines Dosenfleischs zu sich, als das Gespräch der Freunde ihm die Fahlesblässe ins Gesicht trieb. „Ich sehe immer wieder die Maske vor mir. Keine Ahnung, welcher Teufel mich in dem Moment geritten hat. Den Anblick werde ich nie vergessen und er wird mich für immer begleiten." Nun kamen auch in Sani Allen die Erinnerungen auf und ein starker Würgereiz befiel ihn. Hastig sprang er auf und schlug die hölzerne Tür hinter sich zu. Plötzlich waren nur noch die Geräusche seines Erbrechens zu vernehmen. „Siehst du James. Selbst ein gestandener Sanitäter hat mit diesem Anblick zu kämpfen. Es war ein Fehler. Welch Beispiel wäre ich für die Truppe gewesen, wenn ich den Posten des Second-Lieutenants angenommen hätte?" James verstand zu gut, welches Laster sein Freund von nun an mit sich trug. Aber er war gezwungen weiter zu denken. Die einzige Möglichkeit, die er sah, war Ronnie beizustehen und das große Ziel nicht aus den Augen zu verlieren. „Ich will gar nicht daran denken, wenn Sorrensen von diesem Vorfall erfährt. Auch wenn er der fairste Vorgesetzte aller Zeiten ist, kann er nicht darüber hinwegsehen. Er wird mich vors Kriegsgericht stellen."

„Ich lasse dich auf keinen Fall im Stich, mein Freund", wisperte James leise und zündete sich noch eine Zigarette an. „Die Männer sind angewiesen die Klappe zu halten und auch Gary würde dich nicht ans Messer liefern. Tu mir aber bitte einen Gefallen." Ronnie schwieg und schaute ihn fragend an. „Zügel deinen Zorn. Ich will nicht noch einmal in eine solche Situation hineingeraten."

„Es passiert nie wieder", schwor Ronald und reichte ihm die Hand. Nervös erwiderte Morgan die Geste.

„Versprich es mir." Leise antwortete sein alter Freund: „Ich verspreche es nicht nur, sondern schwöre es. Ich will eines Tages mit reinem Gewissen vor unseren Schöpfer treten. Um diese Schuld zu tilgen, würde ich alles tun.

Selbst deinem Kommando gehorchen." Ein Lächeln stahl sich auf beider Lippen und Morgan klopfte ihm auf die Schulter.

„Also lass uns weitermachen."

Daraufhin verließ James die Unterkunft, um das weitere Vorgehen mit den Offizieren zu besprechen. Aber er kam nicht einmal drei Meter weit, ohne Gary beim Brechen zusehen zu müssen.

„Geht es dir gut?", erkundigte sich der Second-Lieutenant bei seinem Sanitäter. Benommen flüsterte er: „Alles in Ordnung, James. Keine Sorge." Allmählich sammelte sich Allen wieder, wischte sich den Mund ab und gab sich größte Mühe fest dazustehen.

„Noch einmal", wisperte Morgan in scharfer Tonlage. „Verlier keine Silbe über das, was geschehen ist. Keines Falls will ich mitansehen, wie einer meiner Freunde noch sinnloser stirbt als in diesem Chaos."

„Natürlich, James", antwortete Gary. „Ich werde schweigen." Erleichtert schlich Morgan weiter und verschwand hinter einer abknickenden Grabenwand.

Weitere Tage vergingen, in denen die wenigen überlebenden Infanteristen des hessischen Bataillons im Lager zubrachten. Thomas Winkler beobachtete stets den schmalen Weg, der auch sie in Sicherheit gebracht hatte. Doch lediglich vier Soldaten ihrer Einheit kamen dort noch an. Wortlos, Geistern gleich, schritten sie zum Kommandozelt. Wie hypnotisiert starrte Winkler ihnen nach und erschrak, als er plötzlich eine Hand auf seiner Schulter spürte.

„Mein Gott, Oskar. Mir wäre fast das Herz stehengeblieben," zischte er ihn erschrocken, mit einer Fahlesblässe, an

„Mach dir keine Sorgen um dein Herz", sprach Breitner mit einem zynischen Lächeln, während er seinem Freund eine Scheibe trocken Brot, Kartoffeln und eine Dose Fleisch reichte. „Wir haben keins mehr." Thomas war nicht zum Lachen zu Mute. Er hasste diese sarkastische Art.

„Weiß einer von euch, wie es nun weitergeht?" Felix und Oskar verschlangen mit Heißhunger ihre Ration. Plötzlich zuckten sie zusammen. Ihr Feldwebel schrie sie aus der Ferne an.

„Männer." Zitternd stellte der Poet seine Blechschüssel zur Seite und erwartete, angesichts des grimmigen Gesichtsausdrucks des Unteroffiziers, das Schlimmste. Daum blieb vor ihnen stehen. „Lasst es euch schmecken. Das wird die letzte ruhige Mahlzeit sein, die ihr in den nächsten Tagen erhalten werdet." Nun verschlug es auch den anderen schlagartig den Appetit. „Die Briten lassen uns keine Ruhe", zischte er. Sein Blick galt dem in Feuer stehenden Firmament, untermalt von dem donnernden Grollen der Explosionen. „Wir werden uns vorerst der Reserve anschließen. Das heißt, dass wir so schnell wie möglich die Kameraden an der Langemarck-Front unterstützen." Thomas Befürchtungen schienen sich zu bewahrheiten. Keiner von ihnen brachte auch nur eine Silbe über die Lippen. Die verdrängte Todesangst kam wieder auf. Felix schien das Essen im Halse stecken zu bleiben. Aber er versuchte, wie seine Freunde, die stärker werdende Panik zu verdrängen. „Wenn ihr fertig seid, meldet euch bei Leutnant von Stehl. Ihm sind wir ab heute unterstellt. Viel Glück, Männer." Nachdem ihr Feldwebel sich auf den Weg gemacht hatte, stellte Felix ebenfalls die Schüssel zur Seite und begann seine Sanitätstasche zu überprüfen.

„Hast du keinen Hunger mehr?", fragte Oskar, der sich auch Thomas Portion einverleibte.

Gruber schüttelte den Kopf und antwortete angewidert: „Wie soll ich jetzt ans Essen denken. Mir wird allein schlecht bei dem Gedanken, was uns da draußen erwartet." So aß Breitner auch seinen Rest auf, ehe sich die Kameraden ausrüsteten und der Truppe im Stechschritt zur Front folgten. Dunkle Wolken zogen auf und dicke Regentropfen prasselten auf die Soldaten nieder. Je stärker der Niederschlag wurde, umso mehr Wasser lief über die Ränder ihrer Stahlhelme herunter. Es dauerte nur wenige Minuten, bevor die Stiefel bis zum Knöchel im zähen Schlamm verschwanden. Thomas Blicke schweiften angespannt umher. Die mannshohen Holzstützen knarrten aufgrund der erschütternden Detonationen.

„Ich fühle mich, wie in einem frischen Grab", wisperte Winkler, während bei seinen Mitstreitern die Anspannung stieg. Als sich die Männer dem vordersten Gefechtsgraben näherte, donnerte auf einmal ein lauter Schrei schallend durch das Grabensystem.

„Feuer. Sie kommen." Auf jede der dichtstehenden Leitern stieg ein Scharfschütze hinauf. Mit Konzentration und hoher Präzision gaben sie vereinzelt Schüsse ab. Die unten wartenden Infanteristen überprüften ihre Karabiner. Plötzlich ertönte ein schrilles, quietschendes Geräusch und der gesamte Graben begann zu beben. Ein lauter Knall durchfuhr den engen Gang. Da fiel der erste Schütze in die Stellung zurück. Sein Blut sickerte aus dem Brustkorb.

Felix sprang zu ihm und nahm den Puls. Aber für den Burschen kam jede Hilfe zu spät. In diesem Augenblick hatte die Maske etwas Beruhigendes an sich. Dadurch, dass Gruber nicht sein Gesicht sehen konnte, war es für ihn halb so schlimm. Immerhin kannte er den Soldaten nicht und konnte nicht dessen Leid sehen. Ohne Fragen zu stellen, stapfte Oskar die Leiter hinauf und wirkte, wie zur Salzsäule erstarrt. Im dichten Rauch erschienen die Silhouetten der sich langsam nähernden Panzerfahrzeuge. Verzweifelt schossen die Truppen auf den stählernen Rumpf. Aber die Kugeln prallten an den eisernen Körpern ab. Bedrohlich langsam kamen die Bestien auf die Stellungsgräben zu.

„Weiter feuern. Sie dürfen hier nicht durchbrechen", brüllte der Kommandeur und gab selbst eine erneute Salve auf den undurchdringlichen Rauch ab. Als der erste Panzer über den breiten Graben fuhr, sank dessen Geschützturm nach vorne ab. Er hatte sich festgefahren. Ein Kamerad der neu aufgestellten Einheit stieg die rutschige Außenhaut nach oben, öffnete die Luke und schoss sein gesamtes Magazin in die Dunkelheit hinab. Der Regen wurde stärker und die restlichen Panzer blieben in einiger Entfernung im schlammigen Untergrund stecken. Schon Sekunden später eröffnete die britische Artillerie das Granatfeuer auf gesamter Breite. Die ohrenbetäubenden Pfiffe ließen Thomas einige Schritte zurückweichen. Zitternd schien er die Nerven zu verlieren. Panisch schrie Breitner ihn an.

„Komm nach oben. Ich brauche Hilfe." Gerade wollte Winkler seinem Freund beistehen, als eine gewaltige Explosion den Boden, nicht weit von ihnen entfernt, aufriss. Das schlammige Wasser spritze über seine Maske, so dass der Dichter für einen Moment nichts mehr sehen konnte.

Hastig wischte er sich den Schmutz ab. Oskar wurde durch die Wucht von der Leiter geschleudert. Sein schmaler Körper prallte gegen die Holzwand. Die

Schmerzen raubten ihm den Atem. Er wollte gerade wieder aufstehen, da flog ihm Dreck und ein Stahlfetzen der nächsten Granate gegen den Helm. Benommen stand er an die Wand gelehnt, schwankte ein wenig und zog sich überrascht den Stahlhelm ab. Dieser wies nur eine Delle auf. Aus Oskars Maske drang ein dumpfes, hysterisches Lachen. Im nächsten Augenblick zerriss eine erneute Granate den Grabenrand. Dieses Mal war Breitner das Glück nicht hold. Schrapnelle und Holzsplitter zischten wie Geschosse umher und trafen den jungen Hessen in Brust und Kopf. Oskar sackte zusammen. Blut strömte aus seiner Gasmaske. Zehn weitere Soldaten teilten sein Schicksal.

„Oskar", rief Felix lautstark, ehe er neben seinem Kamerad auf die Knie fiel und versuchte sein Leben zu retten. Auch Thomas eilte zu ihm. Doch ehe sie sich versahen, ertönte ein lauter Schrei.

„Gas. Es ist Gas." Während ein Großteil der Truppe die Leitern hochhechtete, um auf diese Weise schneller dem giftigen Schwall zu entgehen, rissen die Freunde Breitner in die Höhe und versuchten ihn aus der Gefahrenzone zu bringen. Immer wieder stierte Winkler auf den leblosen Körper. Die Maske war zerfetzt, blutrot gefärbt und Eisensplitter steckten in seiner Schädeldecke. Es war einfach ein grauenhafter Anblick.

„Er muss hier weg", donnerte Felix Stimme. Aber der Schlamm hemmte ihr Vorankommen. Der gelbliche Hauch des Todes verfolgte sie und kam immer näher. „Weiter. Schnell, Thomas."

Das kriechende Gas holte Gruber schließlich ein. Auf einmal blieb der Sanitäter stehen, zog seine Maske ein Stück in die Höhe und erbrach sich. „Bring ihn in Sicherheit."

„Felix", schrie Winkler hilflos. Aber sein Mitstreiter schüttelte den Kopf und wies auf den schmalen Gang, der Sicherheit bot.

„Geh. Schaff ihn weg. Bringt euch in Sicherheit. Ich komme schon zurecht", hauchte Gruber, ehe er sich ein weiteres Mal übergab. Aufgeregt schleifte Winkler seinen Kameraden weiter den Grabengang entlang. Tränen liefen über seine Wangen. Erneut drehte er sich um und musste zusehen, wie Felix seine Maske abstreifte. Blut quoll aus seinem Mund und auch er brach zuckend zusammen.

„Herr, vergib mir. Ich kann ihm nicht helfen." Verzweifelt wusste der Poet nicht mehr, wem er zur Hilfe kommen sollte. Also versuchte er seinen schwer verwundeten Freund vor dem lautlosen Tod in Sicherheit zu bringen.

9. Kapitel

Während Thomas seinen Freund durch die Gräben schleifte und lautstark immer wieder nach einem Sanitäter schrie, nahmen die restlichen deutschen Soldaten keine Notiz von ihm. Sie feuerten unbeirrt weiter auf die heranstürmenden britischen Infanterieeinheiten.

„Ich brauche einen Sanitäter", brüllte er abermals gegen den Lärm an, doch keiner interessierte sich für Oskars leblosen Körper. Erschöpft legte ihn Thomas auf den schlammigen Boden und wusste nicht, was er nun tun sollte. Als ihn plötzlich eine Hand am Kragen griff. Ruckartig riss ihn der Maskierte in die Höhe. Winkler erkannte sofort Daums Stimme, die ihn aufgebracht anbrüllte.

„Feuern Sie, Winkler. Dafür sind Sie schließlich hier."

„Aber mein Freund. Er ist schwer verletzt." Beiläufig warf der Unteroffizier einen Blick auf Breitner, rüttelte an ihm und stieß den Burschen weiter.

„Er hat es hinter sich, Soldat. Nun seien Sie ein Mann und steigen auf diese Leiter." Im selben Moment ertönte ein erneuter dumpfer Knall. Schlamm flog über ihre Köpfe hinweg. Der Dichter wollte zur Seite schauen, da stürzten zwei weitere Kameraden getroffen von den Sprossen hinab. „Los jetzt. Rauf da." Zitternd bestieg er die Leiter, atmete tief durch und gab die ersten Schüsse ab. Im Verlauf des Kampfes wurde er immer ruhiger. Nach fast zwei Stunden schien der junge Hesse nur noch zu funktionieren. Ohne jegliche Gefühlsregung stieg er hinab, nachdem endlich die Ablösung angekommen war. Wie ein Toter schlich Thomas in den hinteren Bereich des Grabensystems und setzte seinen Helm ab. Ein Fremder half ihm aus der Maske. Der Kamerad erschrak, nachdem er in die leeren Augen des Poeten schaute. Nicht ansprechbar stierte Winkler geradeaus, während seine Hände die Schussbewegungen immer wieder nachahmten. Erst ein weiterer Unteroffizier bemerkte die Symptome und rief nach einem Sanitäter. Zusammen gingen sie vor ihm in die Hocke.

„Was ist mit ihm?", fragte der Vizefeldwebel leise. Der Ersthelfer überprüfte die Reaktionsfähigkeit und da Thomas nicht einmal auf die ruhige Ansprache reagierte flüsterte er: „Ein Schock. Ich bringe ihn umgehend ins Lazarett."

„Glauben Sie nicht, dass er noch gebraucht wird?" Der Sani schüttelte bedenklich den Kopf.

„Wenn Sie ihn in diesem Zustand rausschicken, ist er eine Gefahr für sich und jeden der Männer."

„Dann bringen Sie ihn weg." Behutsam half der Fremde ihm auf und stützte Winkler. Bei jedem Schritt begann er unkontrolliert zu zucken und ahmte weiterhin die Schussfolge nach.

Mittlerweile war es Ende August. Seit einer gefühlten Ewigkeit traf kein einziger Sonnenstrahl mehr auf den durchnässten Boden des gesamten Frontabschnitts. Im Gegenteil. Es regnete Tag und Nacht in Strömen.

Der tiefgraue Himmel drückte die Stimmung der Soldaten. Sie hatten den Eindruck, die Welt würde untergehen. Pilkem befand sich fest in britischer Hand.

Mit verschränkten Armen stand Morgan im Türrahmen des Verschlags. Sein Blick schweifte nachdenklich über das düstere Firmament. Ronnie saß im Trockenen und sprach kein Wort. Emotionslos rauchte er eine Zigarette nach der anderen.

„Du wirst dir durch das Rauchen den Tod holen", murrte James, was bei seinem Freund nur zu einem beiläufigen Schulterzucken führte.

„Lieber sterbe ich am Rauchen als durch eine Dosis Gas. Der Sensenmann wird mich eh bald besuchen. Das habe ich im Gefühl."

„Was zum Teufel ist los mit dir? Seit wir Will verloren haben, bist du wie ausgewechselt." In diesem Augenblick kam Gary angestapft. Den Helm tief ins Gesicht gezogen versuchte er auf dem morastigen Untergrund nicht zu stürzen.

„Verfluchtes Wetter", raunte er, schob sich an dem Second-Lieutenant vorbei und nahm neben Ronnie Platz. „Wie geht es euch?" Auf diese Frage hin erntete der Sanitäter nur ein beharrliches Schweigen. „Wie auch immer. Ihr solltet darauf achten, dass ihr euch bei diesem starken Regen keine Lungenentzündung einfangt."

„Und wenn schon", murmelte Wilkinson. „Wäre vielleicht gar nicht schlecht. Eine kräftige Lungenentzündung würde mich für einige Zeit aus diesem Irrsinn herausholen. Ein schöner Aufenthalt in einer Pariser Klinik mit hübschen Schwestern und keinen Granaten, keinem Gas." James wollte gerade darauf antworten, da sah er Lieutenant Sorrensen, der ohne Krücke langsam auf ihn zu hinkte.

„Kommen Sie rein, Sir", sprach James zuvorkommend, während der Offizier die Geste dankbar annahm. Kopfschüttelnd sah Ronnie ihn an. Er empfand diese Schmeichelei als abstoßend ihm gegenüber und würdigte ihn keines Blickes mehr. Hustend nahm Sorrensen den

Helm ab und trocknete sich mit seinem Taschentuch das Gesicht

„Herr im Himmel. Man hat den Eindruck, es wäre der Tag des Jüngsten Gerichts." Niemand äußerte sich dazu, bis auf Morgan, der seinem Vorgesetzten natürlich zustimmte. Ihr Kommandeur bemerkte schnell, dass seine Männer Kriegsmüde waren. Doch dagegen hatte er kein Mittel. Stattdessen musste ihnen Sorrensen eine zusätzliche, schlechte Nachricht überbringen. „Unsere Truppen sind aufgrund des schlechten Wetters ins Stocken geraten. Bei den Bedingungen war bei Langemarck kein weiteres Vorankommen möglich. Aber Ihr Einsatz soll nicht umsonst gewesen sein." Die Freunde starrten ihn an. „Unsere Einheiten sind von den Höhen von Messin bis weit in den Norden erfolgreich. Nun heißt es abwarten. Ich hoffe, dass wir bald neue Befehle erhalten und der verdammte Regen endlich aufhört."

„Ein frommer Wunsch", murmelte Ronnie. „Wir sind hier wohl fertig, Sir. Also geben Sie doch eine Richtung vor. Wo ist das wahrscheinlichste Einsatzgebiet?"

„Aller Voraussicht nach ist Passchendaele unser Ziel."

„Warum wird immer unsere Truppe als erstes vorgeschickt? Die Kameraden verrecken, während andere die Lorbeeren einheimsen", zischte Sani Allen deprimiert.

„Gary", raunte James seinen Kameraden an.

Der Lieutenant hatte genug gehört. Er stand auf, verabschiedete sich und flüsterte ernst: „Begleiten Sie mich ein Stück, Second-Lieutenant Morgan." Mit einem harschen Blick verließen die beiden den Verschlag. Der Starkregen wollte kein Ende nehmen. „Lassen Sie Drainagen legen", zischte Mike Sorrensen und versuchte krampfhaft im dichten Schlamm einen Fuß vor den anderen zu setzen. Lautstark schrie er seine Männer an: „Ich will nicht, dass wir oder unsere nachfolgenden Einheiten hier absaufen."

„Wird erledigt, Sir."

„Zu Ihren Männern."

„Was ist mit ihnen?", fragte der stellvertretende Kommandeur.

„Mir ist da etwas zu Ohren gekommen. Wilkinson soll einen wehrlosen Deutschen zu Tode geprügelt haben. Selbst als dieser kampfunfähig am Boden lag. Er soll ihm mit einem Schlagring den Schädel zertrümmert haben." Um Ronnie zu schützen, schüttelte sein Freund vehement den Kopf.

„Ich weiß nicht, wer solche Gerüchte streut, Sir. Aber ich stand zum fraglichen Zeitpunkt hinter ihm und habe nichts dergleichen mitangesehen." Skeptisch sah ihn der Kommandierende an. Zum Wohle seines Freundes wagte James es nicht, auch nur mit der Wimper zu zucken.

„Mir bleibt nichts anderes übrig, als Ihnen mein Vertrauen zu schenken. Gehen Sie an die Arbeit, Morgan. Ich gebe Ihnen Bescheid, wenn wir diesen Ort verlassen."

„Jawohl, Sir." Nachdem Sorrensen sich weiter auf seinen Rundgang begab, atmete James erleichtert durch. Im selben Moment stieg allerdings auch eine immense Wut in ihm hoch, welcher er umgehend Luft machen wollte. So stieß er Ronnie, der gerade aus dem Unterstand getreten war, zurück, nahm ihn am Hemdkragen und sprach seinen Freund leise an.

„Ronnie, halt dich lieber bedeckt. Sorrensen weiß von deinem Vergehen. Er lässt es nur auf sich beruhen, weil es keine Beweise gibt."

„Was hast du ihm gesagt?", wisperte Wilkinson, dem wieder schlagartig bewusst wurde, was dies für seine Karriere und auch sein Leben bedeuten würde.

Morgan versuchte an sich zu halten.

„Ich habe gesagt, dass ich genau hinter dir stand und es keinesfalls so geschehen sein konnte." Wilkinson schaute seinen Freund erleichtert an und flüsterte leise: „Danke. Das hätte mich den Kopf gekostet."

„Kein Problem. Aber du bist Offiziersanwärter. Zügel deine Emotionen, sonst wird es nicht gut ausgehen."

„Ja. Du hast recht." Morgan sah zu Gary hinüber und fuhr im Befehlston fort.

„Schnappt euch Spaten und Hacke. Wir werden jetzt die Anlage befestigen, damit nicht alles unter Wasser steht, wenn wir diesen Ort verlassen." Im Vorbeigehen spuckte Allen ihm vor die Stiefel und verließ mit Ronnie den Verschlag. Während trotz allem das Getöse aus der Ferne kein Ende zu nehmen schien, gaben James Männer ihr Bestes. Der Schweiß und der kühlende Regen liefen bei der schweren körperlichen Arbeit über ihre Gesichter. Umso glücklicher wirkte die Stimmung, nachdem der letzte Wasserablauf verlegt war. Viele der Männer hatten ihre Hemden ausgezogen, so dass diese nicht getrocknet werden mussten. Bei dem starken Regen und der erdrückenden Hitze, drohte einigen von ihnen ein Kreislaufzusammenbruch. Aber die tapferen britischen Soldaten erinnerten sich an den Sinn, für den sie das alles auf sich nahmen.

Angespannte Tage verstrichen, in denen sich die Wetterlage nicht änderte. Auch die donnernden Geschützfeuer nahmen keinesfalls ab, was den Infanteristen zusätzlich an den Nerven zerrte. Nun kam eine andere Sorge auf den jungen Ersatzkommandeur zu. Während er die Stellungen abging, vernahm James immer wieder ein lautes Husten, welches ihm Sorgen bereitete. Einen krankheitsbedingten Ausfall an Männern konnte er sich weiß Gott nicht leisten. Aus einem der Unterstände trat plötzlich Gary hervor. Er setzte seinen Helm auf und salutierte erschöpft. Die tiefen Gräben unter seinen Augen zeugten von der schlaflosen Nacht, welche er hinter sich hatte.

„Was gibt es Neues?", fragte James und wies auf den ausgebauten Verschlag.

„Die Männer zeigen Symptome einer Grippe", flüsterte der Sanitäter. „Die schwere, körperliche Arbeit bei diesen Wetterbedingungen ist ein Zusammenspiel, das verheerende Konsequenzen mit sich bringt. Keiner von ihnen kam mit der Hitze zurecht. Daher schaufelten sie oben ohne." Grübelnd stand Morgan da und überlegte, wie dies geschehen und man der Infektion Einhalt gebieten konnte.

„Was sollen wir jetzt tun? Immerhin müssen wir bald in Richtung Passchendaele aufbrechen."

„Unmöglich. Fast fünfzig Mann sind erkrankt. Wie willst du die Lücken füllen?"

„Ich glaube, ich habe eine Idee. Kümmere dich weiter um unsere Soldaten. Ein Gespräch mit Lieutenant Sorrensen wird die Probleme lösen." Schnellen Schrittes lief James über den mit Holzplanken versehenen Boden, ehe er im Kommandounterstand verschwand.

Thomas lag auf einer Pritsche im Lazarettzelt. Die Ärzte hatten einen Granatenschock diagnostiziert und so erhielt er dreimal täglich eine Morphiuminjektion, um seine Nerven zu beruhigen.

Er lag nur da, starrte an die weiße Decke und lauschte dem prasselnden Regen. An seinem Kopfende befand sich eine Tafel, auf welcher ein Sanitäter jeden Morgen die Vitalzeichen mit einem Stück Kreide aufzeichnete.

Das Wimmern der restlichen Soldaten schien an ihm vo-
rüberzugehen. Still lag er da und machte sich Gedanken
um seine Zukunft.

*Nun weiß ich, wie sich Oskar gefühlt haben muss. Es
ist eine Qual, die ich niemandem beschreiben kann. Ich
bin allein. Allein im Vorhof zu Satans Reich und bete
schlicht um Erlösung. Egal, auf welche Art.*

Mit zittrigen Händen wollte er gerade die Ohren bede-
cken, um all dem Leid zu entfliehen, als der Feldarzt mit
seinem Adjutanten an das kühle Stahlbett herantrat.
Wortlos kontrollierte er abermals, Puls, Blutdruck, die
Pupillen und die Muskelkontraktion, in dem er mit einem
kalten Stahlstift über seine Extremitäten fuhr.

„Notieren Sie Folgendes“, raunte er mit ernster Miene
seinen Schreiber an. „Temperatur, Puls sowie Blutdruck
normal. Reaktion der Muskeln und Pupillen im Normal-
bereich. Entlassung morgen, sechs Uhr in der Früh.“ Abwertend wandte sich der Mediziner Winkler zu und
knurrte: „Viel Glück, mein Junge.“ Daraufhin verschwand er zwischen den aufgespannten Laken. Aus der
Ferne war noch zu hören, wie er abfällig über Thomas
sprach. „Drückeberger. Diese Männer genießen meine
uneingeschränkte Verachtung.“ In diesem Augenblick
sah Winkler nur noch die Möglichkeit seine Gefühle nie-
derzuschreiben. Mit unsicherer Hand hielt er den Bleistift
fest.

*Kann er in meine Seele blicken,
wie sie da in Scherben liegt?
Sie werden nun zurück mich schicken,
in dieses Massaker, das nennt man Krieg.*

Erinnre mich an den letzten Tag,

an dem die Alten ihr Glück ausschrien.
Die Zuversicht noch bei uns lag.
Ihr Vertrauen in uns Burschen,
zu gewinnen diesen Krieg,
wird schon bald zu Grunde gehen.

Was habe ich an dieser Stell zu sagen,
nicht wissend, ob die Sonn ich sehe.
Wie ihre wärmend, wohltuend Strahlen,
mich begleiten, wenn ich gehe.

Der Obrigkeit es ist egal,
ob wir hier sterben voller Qual.
Nur unsere Mütter stets entzünden ein Licht,
bis auch ihr liebend Herz zerbricht.

So steckte Thomas unter leisen Tränen sein Büchlein wieder ein. Der Blick galt weiterhin dem weißen Zeltsegel. Dem einzigen Schutz den er vor all dem Grauen noch hatte. Allmählich brach die Dunkelheit herein. Doch das tosende Geschützfeuer verstummte nicht. Mit jeder Stunde, die verging, pochte Thomas Herz wilder in seiner Brust und brachte ihn dem entsetzlichen Schlachtengetümmel näher.

Ich muss mich zusammenreißen. Das wird von mir verlangt. Ihnen ist der Tod meiner Freunde egal.

Seine Atmung wurde langsamer und er versuchte die Furcht unter Kontrolle zu bringen. Schließlich faltete der junge Hesse die Hände zum Gebet und flehte mit geschlossenen Augen zu seinem Herrgott.

Gütiger Gott. In meinem bisherigen Leben habe ich mich nie gegen dich versündigt. Auch wenn ich nicht regelmäßig die heiligen Messe besuchte und auch nicht stets betete, hielt ich mich immer an deine Regeln. Vater im Himmel, lass mich jetzt bitte nicht im Stich. Schütze mich vor dem elenden Krieg, dem grausamen Tod und lass mich nicht in der Fremde sterben. Das ist alles, worum ich flehe.

Diese Nacht ging schneller vorüber, als ihm lieb war. Erschrocken beobachtete er, wie die Dunkelheit dem Tagelicht wich. Nachdem der Sanitäter ihn noch einmal in Augenschein genommen hatte, nahm er sein Gewehr und verließ dieses schützende Domizil. Starr stand er da. Noch immer regnete es ohne Unterlass. Sein Blick schweifte unsicher umher, bis ihn einer der Soldaten der neuen Einheit unter seine Fittiche nahm. Er war dreißig Jahre alt, trug dennoch einen angegrauten, braunen Bart und kurz geschnittenes Haar. Die Statur war hager. Der erfahrene Soldat schien seit Wochen nichts anständiges mehr gegessen zu haben. Doch in all dem Chaos bewahrte dieser Mann die Ruhe.

„Du siehst aus, als würdest du jemanden suchen", sprach der fremde Soldat. „Du bist einer der Neuen, nicht wahr?" Teilnahmslos nickte Thomas und umgriff sein Gewehr immer fester. „Komm mit mir." Zusammen schlichen sie den zähen schlammigen Grabengang entlang, bis das Schlachtengetöse erneut lauter wurde. „Wie heißt du?"

„Thomas, Thomas Winkler."

„Ist mir eine Freude", schrie der Soldat lächelnd, während in seinem Rücken, nicht weit entfernt von der Stellung, eine Granate explodierte. „Gottlieb Aurich. Wenn du Hilfe brauchst oder Fragen hast, halte dich an mich. Dann wirst du diese Hölle überleben." Winkler atmete wieder tief durch. Er wirkte gar erleichtert angesichts dieser Aussage. So fühlte sich der junge Hesse, trotz der

Verluste seiner Freunde, nicht allein. „Folge mir und halte immer eine Hand an deiner Maske, so dass du sie sofort anlegen kannst.“

„In Ordnung“, sprach Thomas, bevor sich seit langem wieder ein Lächeln auf seine Lippen stahl. „Es beruhigt mich einen neuen Freund an meiner Seite zu wissen.“ Zuversichtlich klopfte ihm Gottlieb auf die Schulter, obwohl er sich nicht als Thomas Freund sah. Doch der gestandene Mann schien wie ein schützender Schild. Worum Winkler den Herrn gebeten hatte.

„Mach dich bereit. Bald geht es nach Passchendaele. Dort wird mit dem nächsten Angriff der Briten gerechnet.“ Thomas nickte zustimmend, ohne ein Wort zu verlieren. „Wir werden ihnen zeigen, wer siegreich aus dem verdammten Krieg hervorgehen wird.“

An diesem erneut regnerischen Morgen feuerten die deutschen Truppen in die neblige Trübnis. Aufgrund des morgendlichen Nebels und der dichten Rauchschwaden erschienen zusehends mehr Silhouetten britischer Soldaten. Thomas feuerte gerade sein Magazin leer, da ertönte ein schriller Pfiff, gefolgt von einem klaren Aufschrei. Gas.

Allmählich näherte sich der drückende Spätsommer. Die Septembersonne gab sich größte Mühe, den bis dahin verschlammten Boden zu trocknen. Auf beiden Seiten versuchte man mit aller Gewalt, die Bunkeranlagen auszubauen.

Doch noch immer machten den deutschen Truppen die wiederkehrenden Regenschauer und der immense Wasserstand zu schaffen. An diesem Morgen erschienen auf einmal Pioniereinheiten, die schnell ihre Arbeitsmaterialien zum Frontabschnitt schleppten.

Im Schutz der eigenen Artillerie sowie der Infanterie und deren Scharfschützen fingen sie an, die Bunkeranlagen und Unterstände schnellstmöglich auszubauen. Mit angerührtem Beton errichten die Soldaten binnen kurzer Zeit Zufluchtsorte, die nicht mehr den Naturgewalten noch den Geschossen zum Opfer fallen konnten.

„Glaubst du, dass uns dieser Ausbau schützen wird?"

Gottlieb zuckte mit den Schultern. Ihm machte mehr zu schaffen, dass er seit Wochen keinen Tropfen Wasser auf seinem Körper gespürt hatte.

„Möglich", antwortete sein Kamerad, während er sich beschämt den Rücken kratzte. „Wir werden hier eh nicht mehr lange bleiben. Dann geht es Richtung Passchendaele." Er unterbrach kurz und warf seine Munitionstasche in eine Ecke des inzwischen betonverstärkten Unterstands. „Herr im Himmel. Ich gehe noch ein. Krätze, Mückenstiche und sämtliche bösen Omen werden uns zuteil. Es geht mir alles nur noch auf die Nerven."

„Ich wüsste zu gern, wann sie uns in den drohenden Tod schicken", flüsterte der Dichter, dem seine niederschmetternde Stimmung selbst auf den Geist ging.

„Das ist doch völlig egal. Irgendwann werden wir alle sterben. Ich bete nur, dass es schnell geht." Geschockt von der Gleichgültigkeit, mit der Gottlieb zu Werke ging, nahm Thomas wieder den Frontabschnitt ins Visier. Zwei Tage später machte sich die Truppe auf, um in Passchendaele den Sieg zu erringen. Im Gleichschritt bewegten sich die erschöpften Männer über den unebenen Feldweg. Der Starkregen ließ allmählich nach. Nur noch dünne Fäden rieselten auf ihre Stahlhelme hinab. Hin und wieder erschütterten die leiser werdenden Detonationen den Grund unter ihren Stiefeln. Nervös drehte sich Thomas unentwegt um. Er wollte nicht als Letzter der hessischen Freunde das Schlachtfeld in einer Holzkiste verlassen. So presste er sich immer dichter an Aurich.

„Mach dir keine Sorgen, Thomas", wisperte der Vizefeldwebel und lächelte ihn zuversichtlich an. Trotz der mutmachenden Worte beschlich Winkler ein mulmiges Gefühl. Der Geschützlärm nahm auf einmal wieder drastisch zu, so dass niemand das Wort seines Gegenübers verstehen konnte. Kurz bevor sie in dieser Nacht die rückläufigen Lager nahe der Front erreichten, ertönte der lautstarke Befehl, sofort die Masken aufzusetzen. Hektisch griffen die Männer nach dem Gasschutz und hatten diesen binnen weniger Sekunden aufgesetzt. Mit jedem Atemzug merkte Thomas die Belastung. Dies kam noch zu dem Ausrüstungsgewicht, welches fast vierzig Kilogramm schwer war, hinzu. Jeder Schritt wurde zur Höllenqual. Unter der Last schienen die Soldaten im nassen, lehmigen Erdreich zu versinken. Plötzlich befiel Winkler ein Gefühl, welches er noch nie verspürt hatte. Als hätte er mit seinem Leben abgeschlossen, setzte er sich an den Wegesrand und zog seine Maske ab.

„Bist du wahnsinnig?", raunte Aurich, der ihn in Windeseile in die Höhe riss. „Weiter. Zieh die Maske auf. Ich will nicht an deinem Tod schuld sein." Ungeachtet der Kommentare seines Freundes streifte Thomas erneut die Maske über und lief weiter. Es war ein furchterregendes, stickiges Gefühl.

Nachdem die Einheit im Schutze des Hinterlandes die rückwärtigen Stellungen erreicht hatte, warteten sie auf weitere Anweisungen ihres Kommandeurs. Doch von ihrem Leutnant gab es keine Spur.

Sprachlos starrten die Deutschen zum dunklen Himmel hinauf, welcher sich stellenweise feurig gelb und rot verfärbte. Gebannt von diesem furchterregenden, aber auch faszinierenden Anblick, übernahmen die Soldaten schließlich die Frontgräben.

„Bleib in Deckung", riet Gottlieb dem Burschen. „Die Späher werden dir Bescheid geben, falls ein Brite sich nähert oder den Kopf zu weit hinausstreckt." Thomas nickte, legte den Karabiner an und wartete auf die Anweisung. Nichts geschah. Die Zeit verging, wie im Flug. Jeder rechnete mit einem umgehenden Angriff. Aber es passierte nichts. Die Gräben der Briten waren nur einen Steinwurf von ihnen entfernt.

Es war die Ruhe vor dem Sturm. Allmählich wurde das Geschützfeuer flacher und ermöglichte den deutschen Infanteristen ein Durchatmen. Als Thomas einen kräftigen Schluck aus seiner Feldflasche nahm, trat Aurich an ihn heran. Auch er nahm seine Feldflasche hervor und lächelte.

„Nimm einen Schluck hiervon. Es wird dich ruhiger machen. Dafür verbürge ich mich." Nachdem Winkler davon gekostet hatte, setzte ein Hustenreiz ein, der seinesgleichen suchte. „Ein edler Tropfen."

„Das sagst du", hauchte Thomas. Zusammen warteten die beiden, dass sich etwas tat. Allerdings blieb alles still.

Bis zum 8. Oktober bereiteten die Briten den Vorstoß auf die deutschen Stellungen bei Passchendaele vor. Nach harter und verlustreicher Schlacht konnten ihre Truppen keinen Bodengewinn vermelden. Der kaiserlichen Armee gelang es sogar einen Geländegewinn zu erzielen. Der Oberbefehlshaber der britischen Armee konnte dies nicht auf sich beruhen lassen. Er wollte die Front bei Passchendaele durchbrechen. Aus der Ferne drang die fruchterregende Geräuschkulisse an die Männer heran, die sich auf ihren Kampf um den belgischen

Ort vorbereiteten. In der kalten Nacht zum 12. Oktober traf auch Sorrensens Truppe ihre letzten Vorbereitungen. Schweigend saßen die Männer da, überprüften abermals die Funktion ihrer Gewehre sowie die Dichte der schützenden Gasmasken. Obwohl noch kein Schnee gefallen war, spürte jeder die zunehmende Kälte dieser tiefschwarzen Nacht. Nachdenklich kümmerten sich auch Ronnie und Gary um ihre Ausrüstung. Gegen drei Uhr trat der Lieutenant in Begleitung von James vor seine Soldaten. Immer wieder wandte er sich um und stierte auf die Leuchtgranaten, welche die Dunkelheit für kurze Zeit erhellten. Hin und wieder waren die lauten, hämmernden Geräusche der Maschinengewehre zu hören.

„Sind Sie bereit?", fragte er die tapferen Soldaten, die nur nickten. „Unterdrücken Sie ihre Ängste. Nach dem Fehlschlag bei Poelkapelle können wir uns keine Rückschläge mehr leisten." Morgan nahm neben seinen Freunden Platz und fragte, wann der Sturmangriff nördlich von Passchendaele starten würde. Schwer atmend sah Sorrensen auf seine alte Taschenuhr und antwortete: „Sechs Uhr dreißig. Wir setzen erst auf die Artillerie, die, so Gott will, den Frontabschnitt sturmreif schießt. Unsere Schlacht beginnt gegen halb acht." Schnell bemerkte der Kommandierende, wie sich Nervosität und Verunsicherung breit machte. „Ich möchte ebenfalls so schnell wie möglich wieder nach Hause zu meiner Familie. Darum lasst uns dem Ganzen hier und heute ein Ende setzen. Weitere Einzelheiten erfahren Sie von Second-Lieutenant Morgan. Viel Glück, Gentlemen." Nachdem James der Einheit den Plan erklärt hatte, wuchs die Anspannung. Einige rannten ins Freie, um sich zu übergeben, andere beteten. Nur Ronnie hockte gefasst in einer Ecke, während er die Sichtgläser seiner Maske säuberte.

„Gary?"

„Ja, Ronnie."

Leise sprach er den Sanitäter an, ohne ihn anzuschauen. Stattdessen galt sein Blick abwesend dem grauen Himmel, der stetig dichter zu werden schien. Nun prasselten die ersten Regentropfen nieder.

„Wir sind bislang nicht einmal dazu gekommen uns näher kennenzulernen." Allen lächelte und zündete sich noch eine Zigarette an.

„Da hast du recht. Was willst du wissen, mein Freund?"

„Bist du verheiratet? Hast du Kinder? All solche Sachen, die man von einem guten Freund wissen sollte." Daraufhin erzählte der Sanitäter von dem kleinen Reihenhaus, welches er mit seiner Frau und zwei jungen Söhnen bewohnte. Er erinnerte sich wehmütig an die Stadtluft und das rege Treiben auf den Straßen. Gary wurde leiser und Tränen liefen über seine Wangen.

„Ich hoffe, dass ich meine Burschen bald wieder in den Arm nehmen kann."

„Entschuldige. Es war nicht meine Absicht dich aus der Fassung zu bringen." Morgan saß neben seinen Kameraden. Auch er bekam bei der liebevollen Art, mit der der Sanitäter von seiner Familie sprach, feuchte Augen.

„Es ist schon in Ordnung", wisperte er. „Ich habe es bislang vermieden über sie zu reden. Damit habe ich mir selbst das Leben leichter gemacht. Ich denke, du vermisst deine Angehörigen ebenso."

Ein zynisches Lächeln stahl sich auf Wilkinsons Lippen. Kopfschüttelnd zündete er sich eine Zigarette an. Er schien nach den richtigen Worten zu suchen, um die Beziehung zu seinem Elternhaus beschreiben zu können. So fuhr Ronnie fort: „Wenn es nur so wäre", zischte er leise und starrte auf die rotglühende Asche. „Mein alter Herr ist selbst Offizier im Ruhestand. Seine Erziehung war nicht immer einfach zu ertragen, Gefühle zu zeigen verpönt. Seinetwegen bin ich zur Armee gegangen und habe die Offizierslaufbahn eingeschlagen, genau wie er es von seinem Sohn verlangte. Nun sitze ich hier, nervös wartend auf den Befehlspfiff und mein trauriges Ende. Wie gerne würde ich meinen Eltern sagen, was ich von diesem Mist halte. Hoffentlich bekomme ich die Gelegenheit.“

„Du übertreibst“, flüsterte James mit ernster Miene. Er befürchtete, dass Ronnie die Männer vor dem Einsatz demoralisieren würde.

„Ach ja? Tu doch nicht so, als hättest du freudig die Offizierslaufbahn eingeschlagen.“ Energisch griff er nach Wilkinsons Arm, riss ihn hoch und sie verschwanden draußen in der eisigen Nacht.

„Willst du dich umbringen?“

„Nein. Das erledigen die Deutschen Infanteristen für mich.“

„Ich werde nicht zulassen, dass du mit deinem Geschwätz die Stimmung der Soldaten weiterhin verpestest. Halt dich zurück und verrichte deine verdammte Arbeit. Haben wir uns verstanden?“

„Jawohl, Mister Second-Lieutenant Morgan“, antwortete Ronnie, salutierte sarkastisch vor seinem Freund und drehte sich um. Aber ehe er wieder den Unterstand betrat, gab er seinem Freund noch eins mit auf den Weg. „Denk immer daran, wer dich zu dem gemacht hat, der du nun bist. Hätte ich zugestimmt, wärst du an meiner Stelle. Vergiss das nie.“ Sie hatten ihre Standpunkte klargemacht. So gingen die Freunde auseinander. Stille herrschte unter den Soldaten, als um halb sieben das donnernde Geräusch der Geschütze ertönte. Die schrillen

Pfiffe sowie die immensen Erschütterungen ließen sie erstarren.

Allmählich brach der Tag an und es wurde heller. Aber dies fiel niemandem auf, da der östliche Himmel bereits seit einer Ewigkeit in Flammen und dichtem Rauch stand. Die Sonne hatte nicht mehr die Kraft ihre wärmenden Strahlen durch die dichte, graue Wolkendecke zu schicken. Wie versteinert stierten die Männer zur oberen Kante des Grabens. Plötzlich fing es an in Strömen zu regnen. Morgans Herz schlug wild in seiner Brust, denn er wusste, dass es unter diesen Wetterumständen unmöglich war schnell voranzukommen. Erneut schaute er auf seine Uhr. Noch blieben vierzehn Minuten, bis sie die Leitern hinaufsteigen und über das Feld stürmen sollten. Das Trommelfeuer hielt weiter an.

„Herr Gott", rief Gary lautstark. „Wie lange soll das noch dauern?" James versuchte mit einer Geste zu beruhigen, während auch bei ihm die Panik anstieg. Ronnie legte die Hand auf Allens Schulter und fragte ihn, ob er alles Notwendige bei sich hatte. Ein unsicheres Nicken folgte. Mehr konnte Wilkinson in diesem Augenblick nicht erwarten.

„Bleib ruhig und dicht an meiner Seite. Wir schaffen das." Minuten erschienen angesichts der Lage wie quälend lange Stunden. Alle schraken auf, als der Lieutenant durch die Reihen lief. Den Helm tief ins Gesicht gezogen bewegte er sich vorwärts.

„Masken aufsetzen, sofort", befahl Sorrensen und verschwand wieder zwischen den Männern, welche blitzschnell dem Befehl gehorchten. Um Punkt Sieben Uhr Dreißig ließ das Feuer auf die gegnerischen Stellungen plötzlich nach und schrille Pfiffe aus den Trillerpfeifen läuteten den Sturm ein.

Schwer atmend setzten die Soldaten ihre Stahlhelme auf, ehe der erste Schwung, bepackt mit einem verheerenden Gewicht an Materialien, die Leitern bestieg und um sein Leben lief. Im zweiten Lauf folgten Sorrensen, Morgan, Wilkinson und Allen. Jeder Schritt, den die Einheit vorwärts machte, schien sie tiefer in den aufgeweichten Boden zu ziehen. Mit aller Kraft wehrten sich die Männer verzweifelt gegen das Steckenbleiben. Aus dem dichten Rauch waren auf einmal Schüsse zu hören.

„Gebt acht auf den Höhenzug. Nicht in Beschuss geraten“, rief der Lieutenant und verschwand letztendlich im grauen Dunst. Während Garys Blick von rechts nach links schweifte, galt Ronnies und James Augenmerk dem angesprochenen Höhenrücken, von welchem nur noch die Spitzen über den beißenden Rauch herausragten. Immer mehr britische Infanteristen rannten über den gesamten Frontabschnitt. Wie wilde Ameisen bewegten sie sich voran. Daraufhin kam der Angriff zu einem abrupten Stillstand. Das Trommelfeuer der Artillerie ließ auf einmal nach. Mit schnellen Sprüngen hechteten die Briten in die zerfetzten Explosionskrater. Nun setzten die Deutschen auf Gegenwehr. James gab sich größte Mühe den schlammigen, rutschigen und zerklüfteten Rand zu erreichen, um die Lage besser einschätzen zu können. Zitternd presste sich Allen derweil an den Hang. Sein Atem beschleunigte sich, so dass Wilkinson eine baldige Ohnmacht befürchtete.

„Atme ruhig, Gary“, schrie er den Sanitäter an und gab ihm dafür ein Beispiel. Nun überschlugen sich die Ereignisse. „Was siehst du, James?“

„Warte. Da kommt Sorrensen.“ Er hatte den Satz noch nicht beendet, da ließ sich der Kommandeur zu ihnen in das vier Meter tiefe Loch gleiten. „Kommen wir weiter?“

Der Lieutenant schüttelte nervös den Kopf und wollte gerade berichten, als es um sie herum einen Höllenlärm gab. Unmengen von Schlamm flog auf sie nieder, gefolgt von drei Leichen ihrer Kameraden. Fassungslos hockte der Sanitäter im lehmigen Dreck. Wie betäubt starrte er auf die leblosen Körper.

„Reiß dich zusammen und kümmre dich um sie", donnerte Ronnies Stimme in Garys Richtung. Doch er sah, dass es keine Rettung mehr gab. Ihre Gasmasken waren zerfetzt und das Blut färbte diese schwarz. Dazu kamen schwerste Verwundungen, die Allen unter den gegebenen Umständen nicht versorgen konnte. Dafür hatte Morgan keine Zeit. Er wandte sich an seinen Vorgesetzten und erkundigte sich, welche Möglichkeiten bestanden.

„Wir sitzen fest", schrie er seinen Second-Lieutenant an. „Die Artillerie kommt nicht so weit voran. Außerdem befinden sich mehrere Reihen dichten Stacheldrahts vor uns. Ohne die Pioniere sind wir aufgeschmissen und die Deutschen setzen sich heftiger zur Wehr als gedacht."

„Herr steh uns bei", flüsterte James.

„Ich habe es doch gesagt. Das Schlachtfeld verwandelt sich in einen riesigen Gottesacker", sprach Wilkinson und wies auf die Gefallenen. „Brauchst du noch mehr Beweise?"

„Wir müssen einfach durchhalten. Solange es möglich ist." Ein erneuter Einschlag brachte den rechten Hang zum Einsturz. Der sintflutartige Regen füllte zusehends den Trichter, so dass die leblosen Körper bereits überflutet dalagen.

Gary wandte sich panisch an Ronnie. Aufgebracht griff er in seine Jackentasche, nahm einige Briefe hervor und brüllte sein Gegenüber an: „Gib die bitte meiner Frau. Das ist die letzte Erinnerung, die sie an mich haben wird." Wortlos nahm sein Kamerad diese entgegen und steckte sie ein.

10. Kapitel

Die Schlacht um den, in Trümmern liegenden, Ort Passchendaele tobte weiter. Mittlerweile herrschte ein grimmiger Wind und die Nächte wurden grausam kalt, was, neben Schlamm, Niederschlag und dem zermürbenden Lärm, das Vorankommen der Briten bremste. In diesen Tagen hatten Ronnie, Gary, James und ihr Lieutenant Mike Sorrensen nur wenige Meter gewonnen. Während den kurzen Pausen des Geschützfeuers, bewegten sie sich, auf dem Bauch kriechend, von einem Granattrichter zum nächsten. So taten es auch ihre Kameraden. Viele der Männer ließen jedoch ihr Leben auf diesem erbarmungslosen Weg. Als die Freunde nah dem Stacheldrahtverschlag waren, sprangen plötzlich vier Pioniere zu ihnen in den zerklüfteten Krater. Ihre Stiefel verschwanden umgehend in der braunen, stinkigen Brühe, die sich am Grund gesammelt hatte und das Überleben ein Stück schwerer machte. Erschöpft nahmen die Soldaten Platz, streiften ihre Gasmasken ab und atmeten erst einmal tief durch. Ihr Brustkorb hob sich schwer angesichts der Ausrüstung, die sie am Mann trugen. Ohne eine Miene zu verziehen oder die gefallenen Soldaten am übelriechenden Kraterboden eines Blickes zu würdigen, reichte ihr Sergeant Sorrensen die Hand.

„Lieutenant. Frank Ameridge, Pionierbataillon. Wir sind hier, um Ihnen das Vorankommen zu ermöglichen." Mit einem Lächeln erwiderte Mike die Geste, ehe er seine Mitstreiter vorstellte.

„Es ist gut euch zu sehen“, erwiderte er leise. „Wir müssen weiter. Aber der Stacheldraht ist zu dicht gespannt. Ich will meine Leute nicht in unnötige Gefahr bringen.“

„Dafür habe ich Verständnis, Sir. Wir atmen etwas durch und dann beseitigen wir den Mist.“ Eine weitere Granate detonierte nicht weit von ihnen entfernt, bevor die Waffen schwiegen und sich eine bedrohliche Stille breit machte. Der verunsicherte Blick der Pioniere galt auf einmal den Leichen, welche starr im Dreck lagen. Zusehends prasselten mehr Tropfen in den Graben nieder. So verstrichen weitere vier Stunden. Noch immer hockten die Männer da und lauschten aufmerksam.

„Darf ich fragen, wann ihr nun das Hindernis beseitigt?“, wisperte James, der die stetig steigende Ruhe der Pioniere kaum ertragen konnte. „Wir müssen weiter.“ Plötzlich zündete sich Sergeant Ameridge eine Zigarette an und antwortete gleichgültig: „Ich lasse mir von Ihnen keinen Druck machen, Second-Lieutenant. Meine Männer gehen, wenn ich es sage.“ Mit dieser Aussage konnte Morgan keineswegs etwas anfangen. Auch Ronnie und Gary saßen im Schlamm und konnten die Gelassenheit des Pioniers nicht fassen. Nur Sorrensen wusste, was der erfahrene Soldat im Schilde führte. Obwohl ihm dies nicht gefiel, nickte er zustimmend. In der Nacht zum 30. Oktober begannen die Kanadier ihren Angriff auf die deutschen Stellungen.

Das Getöse, der Lärm und die Schreie ließen die Briten erstarren. In Seelenruhe nahm der Sergeant noch eine Dose Baked-Beans zu sich, bevor er seine kleine Gruppe anschaute und sprach: „Masken auf. Wir gehen an die Arbeit.“ Ronnie wirkte verwirrt. Er verstand nicht, warum sie erst jetzt die Sperren beseitigten. Sorrensen reichte

Ameridge die Hand, bevor der Pionier und seine Soldaten über den Grabenrand hinauskrochen. Zusehends wurde es heller. Aber die Sonne hatte noch immer nicht die nötige Kraft den grauen Wolkenteppich zu durchdringen. Stattdessen regnete es ohne Unterlass weiter. Angewidert starrte Gary auf die leblosen Körper, die weiterhin im trüben Wasser versanken.

„Ich kann diesen Gestank nicht mehr ertragen", wisperte der Sanitäter, während das Geschützfeuer aus dem nahegelegenen nördlichen Abschnitt stärker wurde.

„Warum gehen sie erst, wenn unsere kanadischen Freunde unter Beschuss geraten?", flüsterte James entrüstet. Doch Mike erklärte das Vorgehen, ohne eine Miene zu verziehen.

„Es ist die beste Möglichkeit. Einer muss den Kopf hinhalten, um das große Ziel zu erreichen. Die Kanadier tun es. Für uns und für den Sieg." Den jungen Soldaten war die Nervosität anzusehen, als sie diese Worte vernahmen. „Hoffentlich gelingt uns bald der Durchbruch, um das Feuer von ihnen abzulenken." Betend, schweigend, zogen James, Gary und Ronnie die Masken über, setzten den Stahlhelm auf und krochen vorsichtig an den Kraterrand. Der Beschuss aus Norden war binnen Sekunden so heftig, dass sie das Beben des Bodens unter ihren Füßen spüren konnten. „Bleibt, wo ihr seid", donnerte Sorrensens dumpfe Stimme an sie heran. Nervös luden die Freunde die Karabiner nach und warteten auf den Befehl des Kommandeurs vorzustoßen. Durch all den zu ihnen wehenden dichten Rauch konnten sie erkennen, wie sich die Pioniere langsam kriechend dem todbringenden Hindernis näherten.

Ein leichtes Aufatmen war zu erkennen, nachdem sie die ersten Stacheldrahtschlingen zertrennt hatten. Flink schoben die Männer diese zur Seite. Sorrensen schien ein Stein vom Herzen zu fallen, nachdem der Weg endlich freigeräumt war. Die Maske verbarg seine Gefühle. Er wollte gerade zum Vordringen rufen, da durchfuhr auch ihren Feldabschnitt eine heftige Explosion. Überall schossen Schrapnelle, gepaart mit gefrorenem Boden durch die Luft. Blitzschnell zogen sie die Köpfe ein, so dass kein Geschoss sie treffen konnte. Zittrig hob Lieutenant Sorrensen die Hand. Sie wollten gerade aus ihrem schlichten Grab herausstürmen. Eine ratternde Salve wurde über den Abschnitt verteilt. Nur die Mündungsfeuer der Maschinengewehre waren deutlich zu erkennen. Die Pioniere stoppten ihre Arbeit und pressten sich dicht in die aufgewühlte, schlammige Erde.

„Gebt ihnen Feuerschutz", schrie der Lieutenant und erwiderte die ersten Schüsse in Richtung der totbringenden Maschinengewehrnester. Angespornt vom Beispiel ihres Kommandeurs nahmen auch die Freunde den Gegner ins Visier. Währenddessen stürmte ein weiterer Schwung britischer Infanteristen auf die deutschen Gräben zu. Dies verschaffte Sergeant Ameridges Männern die Zeit den Durchgang freizumachen. Mit ihren Zangen schnitten sie Stück für Stück eine große Lücke in das Hindernis. Schnell wickelten die Pioniere den scharfen Draht zusammen und beseitigten auch die schweren Holzböcke, die die Sperre stützten. Auf ein Handzeichen gab Sorrensen den Befehl zum weiteren Vorstoß. Nicht nur Gary, Ronnie und James folgten ihm, sondern auch der Rest der Einheit, welcher sich in den umliegenden Trichtern seit Tagen verschanzt hatte. Plötzlich ertönte wieder das feindliche Artilleriefeuer. Gas- und Sprenggranaten legten die linke Flanke in Schutt und Asche. Immer, wenn Allen einen flüchtigen Blick zur Seite wagte, waren die vorrennenden Kameraden auf einmal nicht mehr zu sehen. Tränen liefen in seine Maske, während er sich dicht an Ronald hielt. Geduckt bewegten sie sich flink nach vorne, bis die Reste der spanischen Reiter hinter ihnen lagen. Wie eine Horde Heuschrecken, folgte die Truppe ihrem Anführer und verteilte sich hinter den Sperren auf einem breiten Streifen, so dass es unmöglich war den Vorstoß einzubremsen. Abermals detonierten die britischen Granaten nicht weit von ihnen entfernt. Morgan feuerte einige Schüsse ab, ehe er sich an seinen Vorgesetzten wandte.

„Verflucht. Die Entfernung ist zu kurz, Lieutenant. Wir werden von unserer eigenen Artillerie unter Beschuss genommen."

„Geht in Deckung", brüllte Sorensen und nahm einen Melder zur Seite. „Sagen Sie denen, dass sie die Geschütze weiter vorne postieren müssen. Sonst gehen wir hier alle drauf." Der Bote salutierte und machte einige Meter in den Rückbereich, als es zweimal laut knallte und er getroffen zu Boden fiel. So schickte Sorrensen unter Sperrfeuer drei weitere Männer zurück, um seine Anweisungen zu überbringen. Doch es schaffte lediglich einer von ihnen. Eine halbe Stunde verging, in der kein Stück mehr gewonnen werden konnte. Die Freunde hatten sich in eine leichte Kuhle gerettet, welche wenigstens Schutz vor den Gewehren bot. Während Ronnie still dalag und den gegnerischen Graben ins Visier nahm, stieg in Gary eine fürchterliche Todesangst auf. Seine Atmung war beschleunigt. Zu gerne hätte der Sanitäter den Gasschutz abgestreift, damit ein freies Durchatmen möglich war. Aber selbst dies wirkte unmöglich. „Morgan? Nehmen Sie ihr Periskop und sichten die Lage." Nervös gehorchte der Second-Lieutenant. Er reckte seinen Kopf über den kleinen Wall. Ein lautes Scheppern ertönte und er fiel zurück. James dachte, dass sein letztes Stündchen geschlagen hätte.

„James“, schrie Sani Allen und kümmerte sich umgehend um seinen Kameraden. „Bist du in Ordnung?“ Zitternd nahm Morgan seinen Helm ab. Das Glück war in diesem Augenblick an seiner Seite. Eine breite Delle drückte den Kopfschutz ein. Genau in Höhe seiner Stirn. Wortlos und blitzschnell setzte Allen ihn Morgan wieder auf.

„Herr, ich danke dir. Das wäre mein Ende gewesen“, murmelte der stellvertretende Offizier, während das eigene Donnern der Artillerie wieder zunahm. Schnell bemerkte Ronnie, dass sich an der Entfernung der Einschläge nichts verändert hatte. Also wandte er sich an Mike.

„Keine Veränderung, Sir. Wir sitzen auf dem Präsentierteller unserer eigenen Geschütze.“ Einen Augenblick später sprang ein fremder Melder zu ihnen, nahm Sorrensen an der Uniform und schrie: „Der Versuch die Kanonen weiter vorzuziehen ist gescheitert. Alles versinkt im Matsch.“

„Gibt es neue Anweisungen?“ Der Bote nickte.

„Wir müssen weiter. Dies ist ein eindringlicher Befehl von General Haig. Er duldet keine Widerrede.“

„Seine Männer sehen nicht dem Tod in die hässliche Fratze.“ Morgan war derweil wieder bei Sinnen und drehte sich zu seinem Kommandeur.

„Wir haben keine Wahl und müssen vor. Ich will lieber beim Angriff sterben als auf dem unrühmlichen Rückzug.“ Diese Aussage traf bei allen auf Zustimmung. Er hatte seinen Satz noch nicht beendet, da explodierten vier weitere Granaten nicht weit von ihrem Schutzpunkt entfernt. Die Wucht riss die Soldaten zurück. Sorrensen nahm tief Luft und sah nur noch die Möglichkeit weiter vorzustürmen, um seinen Kameraden eine Überlebenschance zu ermöglichen.

„Angriff", rief der Lieutenant und rannte zuerst los. Ohne die Entscheidung zu hinterfragen, stürmten ihm die anderen nach. Nur Gary ließ sich ein Stück zurückfallen. Plötzlich blieb Ronnie geduckt stehen, packte ihn am Arm und stieß ihn voraus.

„Lass dich nicht hängen, Gary. Wir haben es gleich geschafft. Halte noch eine Weile durch." Panisch schoss Allen auf die dichte Rauchwand, die sich vor ihren Augen auftat.

„Ich werde hier sterben", wisperte er mit erstickter Stimme. „Hast du meine Briefe?"

„Ja, Gary. Doch du wirst sie deiner Familie persönlich aushändigen. Ich gebe sie dir, sobald wir durchgebrochen sind. Bleib stark, mein Freund."

„Achtung", rief James und feuerte erneut auf die deutschen Stellungen, die sich nun in Reichweite befanden. Er drehte sich noch einmal zu seinen Männern, um ihnen Mut zuzusprechen. Ein fataler Fehler. Die Maschinengewehrsalve traf ihn acht Mal in den Rücken. Langsam brach er zusammen. Sein Blut sickerte schnell in den Boden und färbte diesen pechschwarz. Obwohl das Gesicht von der Maske bedeckt war, konnte jeder der Anwesenden an der hektischen Brustkorbbewegung erkennen, dass ihr Second-Lieutenant um sein Leben kämpfte. Aufgeregt sprang ihm der Sanitäter zur Seite und hielt seinen Kopf. Schnell riss ihm Allen den Gasschutz herunter. Er erschrak. Die Augen waren weit geöffnet, Blut lief aus seinem Mund, während er panisch nach Garys Jacke griff.

„Lass… mich nicht…sterben, Gary", röchelte Morgan mit Tränen der Verzweiflung in den Augen.

„Halte durch. Ich kümmere mich um dich", versuchte ihn sein Kamerad zu beruhigen, doch ehe Gary etwas tun konnte, verlor James allmählich das Bewusstsein. „James? Sprich mit mir", schrie ihn der Sanitäter an, während Sorrensen und Ronnie versuchten ihm den Rücken freizuhalten. Endlich folgte das schützende Artilleriefeuer, welches ihnen einen Moment der Ruhe ermöglichte.

Gleichzeitig gab Thomas weitere Schüsse auf die anstürmenden Briten ab. Gefangen in einem dunklen Tunnel, versuchte der junge Hesse all seine Ängste zu verdrängen. Doch diese kamen plötzlich wieder auf, als die nächsten britischen Geschütze die Felder vor ihm umpflügten. Inzwischen stand er schon fünf Stunden auf der Leiter, da griff ihn ein Fremder am Hosenbein. Winkler schaute in das nichtssagende, maskenbedeckte Gesicht eines Kameraden, der ihn aufforderte runterzukommen. Er sei seine ersehnte Ablösung. Flink sprang Thomas die Sprossen hinab und atmete erst einmal tief durch, während der Kamerad die Stellung weiter schützte. Ganze drei Schritte waren ihm vergönnt. Auf einmal schrien die Männer auf den Leitern. Es waren vier Gasgranaten deren todbringender Rauch sich schnell den Gräben näherte.

„Verflucht, lauft", brüllte einer der Männer los, ehe er selbst von den Stufen sprang und den Rest der erschöpften Kameraden vor sich hertrieb. In all dem Tumult fiel Thomas zu Boden. Sein Gesicht versank für einen Augenblick im kalten Schlamm. Hektisch versuchte er die Gläser zu reinigen. Ein fremder Soldat half ihm schnell auf und sprach: „Verschwinde endlich." Diejenigen, die nicht schnell genug flüchten konnten, sprangen aus den Gräben auf das Schlachtfeld, durchquerten die dichten Gaswolken, um eine kleine Chance zu haben, dem Irrsinn lebend zu entkommen. Wie versteinert blieb Thomas stehen. Er vernahm die gellenden Schreie seiner Kameraden, die zeigten, dass die Briten schon viel zu nahe an ihren Stellungen dran waren. Schuss um Schuss fiel und brachte den jungen Dichter an den Rand der Verzweiflung.

„Beweg dich. Wir müssen hier weg", donnerte die dumpfe Stimme des Mannes, der ihm bis zu diesem Zeitpunkt das Leben gerettet hatte. Immer wieder bekam Winkler leichte Stöße in den Rücken, welche ihn antrieben weiter zu rennen. Thomas wirkte wie hypnotisiert. Er versuchte nur noch auf den Füßen zu stehen, als ihn plötzlich eine Hand in einen der Verschläge riss. Es war der Vizefeldwebel, welcher ihnen schon einmal aus der Klemme geholfen hatte. Durch eine lockere Geste zeigte er dem jungen Hessen an, dass er die Maske aufbehalten sollte. Bange Minuten vergingen, in denen das gelbliche Gas an der dicht verschlossenen Pforte vorbeikroch. Nur leicht drang es durch die Ritzen und verpuffte zusehends. „Ich glaube, wir haben es hinter uns", sprach der Unteroffizier voller Zuversicht, aber Thomas war weiterhin von Todesangst getrieben. Gerade wollte er endlich seine Maske abstreifen, während der erfahrene Soldat ihn zurückhielt. „Lass sie besser auf. Du weißt nie, wann der nächste Angriff folgt. Gerade hier am Frontabschnitt müssen wir jeden Augenblick mit dem Schlimmsten rechnen."

So behielt Winkler den Gasschutz übergezogen und wartete auf den Befehl, wieder nach draußen zu gehen,

um dem Feind Widerstand zu leisten. Eine quälend lange
Zeit mussten sie erdulden. Die Infanterieeinheit wartete
auf den lauten Pfiff, der sie wieder in die verfluchte Hölle
schickte. Also griff der Dichter nach seinem inzwischen
abgewetzten, ledernen Büchlein und begann die haar-
sträubenden Ereignisse in Gedichtform zu fassen.

Wie viel kann ich noch ertragen,
bis meine Seel zugrunde geht?
Mich die grauenhaften Bilder plagen,
die ich zu vergessen mir der Sinne steht.

Doch sie kommen immer wieder,
jeden Tag und jede Stund.
Diese grauenhaften Bilder,
die aufreißen Aug und Mund.

Ich kann nur für ein Ende beten,
für den Gegner und auch uns.
Dass wir ohn Krieg könn weiterleben,
in Gottes Gnad, nicht im Höllenschlund.

Qualvoll alle stets vermissend,
die Heimat und die Liebsten mehr.
Ich hege auch schon nen Gedanken,
der mich ängstigt schon so sehr.
Um dem Ganzen zu entfliehn
und den Kopf aus der Schling zu ziehn.

Doch ich werde nicht verzagen,
diesem Leid schnell zu entfliehn.
Ehe der Tod mit schwarzen Schwingen,
mich in die Gruft versucht hinabzuziehn.

Während die Kameraden versuchten durch die Schlitze zu erkennen, ob die Rückkehr zur Stellung sicher war, verbarg Thomas ungesehen sein kleines Werk in der tiefen Jackentasche.

„Ich glaube, dass wir nun wieder zurück können", sprach der Unteroffizier und öffnete vorsichtig die Tür. Erst jetzt bemerkte die Truppe, wie sehr diese schlichte, hölzerne Pforte den tosenden Lärm von ihnen abdrängte. Die schrillen Pfiffe wechseln sekündlich mit dem Grollen der Detonationen. Angsterfüllt standen die jungen Männer hintereinander. Ihre Hände zitterten unter der Last der Gewehre. Jedes Mal, wenn der Vizefeldwebel einen Befehl ausgeben wollte, wurde seine Stimme von der furchterregenden Geräuschkulisse überdeckt. Also packte er den ersten Soldaten und stieß ihn hinaus. So tat er es mit jedem der Burschen, bis alle auf ihrem Posten standen. Obwohl noch kein Schießbefehl ergangen war, feuerten die Männer panisch in den beißenden Rauch, welcher sich wie ein dichter Schleier vor ihren Augen ausbreitete.

Herr, ich gebe meine Seele und mein Leben nun in deine Hände. Wenn ich es wert bin, gewähre mir Schutz, so dass ich den unmenschlichen Wahnsinn überleben und nie mehr eine Waffe anrühren werde.

Diese Gedanken kamen ihm, obwohl auch er automatisch einen Schuss nach dem anderen abgab. Immer wieder feuerte Winkler in die dunkle Wand, die sich bedrohlich vor ihm auftat. Plötzlich erschien kein gegnerischer Schatten mehr, was Thomas einen Augenblick Erleichterung verschaffte. Doch er konnte sich nur kurz über die Ruhe freuen. Da ertönte die laute Stimme des Unteroffiziers.

„Gegenangriff. Raus aus dem Graben. Macht sie fertig." Winkler wurde schnell von seinen gehorsamen Kameraden zur Seite gestoßen, während diese samt verbissener Miene die Leitern hinaufsprangen und mit angespannter Körperhaltung in den dichten Wolken verschwanden. Vereinzelte Schüsse waren zu vernehmen, als der Vizefeldwebel ihn zu den Sprossen stieß. „Machen Sie mich stolz, Winkler. Rauf da und keine Gnade." Schnell beschleunigte sich seine Atmung. Er hatte das Gefühl unter der stickigen Maske ohnmächtig zu werden. Dennoch gehorchte er. Flink rannte der Hesse über den breiten Streifen des Schlachtfelds. Der Dichter vernahm aus dem undurchdringlichen Rauch die Schreie seiner Kameraden und lief immer weiter. Mit jedem Schritt, den seine Stiefel auf diesem Schlachtfeld verewigten, näherte sich Thomas dem lauten Knallen der vereinzelten Schüsse. Auf einmal blieb er stehen. Der stinkende Rauch war wie von Zauberhand verschwunden und er starrte auf die Trichter, aus denen sich das Mündungsfeuer der gegnerischen Karabiner über den gesamten Abschnitt zog. Geblendet von dem Aufblitzen der Schüsse, hechtete Thomas beherzt zur Seite, wo sich ein weiterer, unbesetzter Granatgraben befand. Ein glühend brennender Schmerz durchfuhr seinen Körper, während er die wenigen Meter hinunterstürzte. In unbeschreiblicher Panik streifte er die Maske ab. So war es ihm möglich zu erkennen, was ihn getroffen hatte. Blut sickerte aus dem aufgerissenen Stiefel.

„Verdammter Mist", schrie er lautstark, ohne eine Träne zu vergießen. Eilig galt sein Griff der kleinen Notfalltasche, welche mit einer Ampulle Morphium, einer Binde und Mull bestückt war. Ehe sich der Infanterist versah, stürzte ein weiterer deutscher Soldat zu ihm herab. Verunsichert starrte Thomas den jungen Burschen an, dem der Schrecken des Krieges ins Gesicht geschrieben stand. Wie zur Salzsäule erstarrt, hockte der Siebzehnjährige neben ihm. Nur an seiner tiefen Atmung war der Stress zu erkennen. Schnell zog er die Maske ab.

„Kann ich dir helfen?", fragte der Junge, ohne an sein eigenes Leben zu denken. Doch Thomas schüttelte nur den Kopf. Zitternd versuchte er den Schuh abzustreifen und seine Wunde in Augenschein zu nehmen. Mit jedem Zug an dem zerfetzten Schuhwerk wurde der brennende Schmerz stärker.

„Oh, Gott", zischte er und biss auf die Zähne. „Hier, nimm den Stiefel und zieh ihn ab. Ich schaffe es nicht allein." Ohne Worte tat der Bursche, was Thomas ihm sagte. Überall um die beiden herum, schien die Welt unterzugehen. Es war eine Mischung aus Dröhnen, Pfeifen, Krachen und den lauten Schreien der Soldaten beider Seiten. In dieser bedrohlichen Geräuschkulisse begann Winkler seine Wunde zu versorgen. Doch er hatte wenig Erfolg. Die Binde verrutschte immer wieder und tränkte sich weiterhin mit dem Blut des Hessen sowie dem Schmutz. Allmählich machte sich ein Gefühl der Hilflosigkeit breit, während der Bursche in der Ecke des Trichters kauerte und leise betete. Diese Situation trieb Winkler zusehends in den Wahnsinn. Letztendlich nahm er die Erschütterungen, den auf sie herabstürzenden Dreck und den Gestank nicht mehr wahr. Nachdem sie nun fast fünf Stunden zusammen in diesem Erdloch zugebracht hatten, wollte Thomas mehr über seinen Leidensgenossen erfahren. Aber der Bursche schwieg, was den Infanteristen dem Irrsinn immer näherbrachte.

„Sch…ande", brüllte Winkler, der den inzwischen verkrusteten Verband von seinem Fuß abzog und die

Wunde erneut anfing in leichtem Fluss zu bluten. „Gib mir dein Verbandszeug." Der Bursche schüttelte den Kopf.

„Ich brauche mein Verbandszeug selbst. Wer weiß, was noch passiert." Der Hesse hatte jedoch nicht vor, hier in einem schmutzigen Erdloch in Belgien, erbärmlich zu verrecken. Seine Augen begannen zu funkeln. Mit einigen kurzen Bewegungen legte er seinen Karabiner an und schoss seinem Leidensgenossen aus kurzer Distanz zwischen die Augen. Ohne Mitleid nahm sich Thomas die Verbandstasche und wollte gerade die Fußwunde erneut verbinden, als er plötzlich weiterdachte. Grübelnd saß er im Schlamm, stierte auf das Blut, welches langsam aus der Wunde lief und im Dreck versickerte.

Es ist zu spät. Nun gilt es, einen klaren Kopf zu bewahren. Reiß dich zusammen, Thomas. Was soll ich tun? Wenn jemand davon Wind bekommt, bin ich sowieso tot. Ich muss es wie eine Kriegsverletzung aussehen lassen. Verzeih mir, mein Freund. Aber du warst zur falschen Zeit am falschen Ort. Wenn ich es nicht getan hätte, dann sicher ein Brite oder Franzose.

Er kroch an den Jungen heran, schloss dessen Augen und griff nach seiner Notfalltasche. Aber innerhalb von wenigen Sekunden wirkte Winkler verunsichert. Nachdenklich stierte er auf seine Wunde und tief atmend zu seinem Kameraden, für dessen Tod er verantwortlich war.

Das lässt mir doch niemand durchgehen. Es ist immerhin ein glatter Durchschuss. Dafür wird man nicht vom Dienst befreit. Ich will hier nicht zugrunde gehen. Lieber verliere ich einen Arm oder ein Bein.

Während der dröhnende Artillerielärm weiter zunahm, versuchte er krampfhaft die Nerven zu behalten

und dachte nach, wie er am besten der drohenden Todes-
strafe entgehen konnte.

*Es ist egal. Sterben werde ich sowieso. Wenn nicht
durch die Hand des Teufels in diesem Krieg, dann vor
dem Militärgericht. Ich kann nur meine Seele verkaufen
und versuchen, es wie einen gegnerischen Treffer aussehen zu lassen. Doch wie stelle ich das an?*

Grübelnd hockte Thomas da. Obwohl um ihn herum
die Erde im tosenden Lärm und Feuer unterzugehen
schien, dachte Winkler weiter nach. Es verging eine
Stunde, bis ihm die rettende Idee kam. Abermals kroch
er zu seinem leblosen Kameraden hinüber. Er versuchte
ihm das Gewehr in die Hand zu geben, einen Schuss zu
lösen, um so den Freifahrtschein in die Heimat zu erhalten. Die Explosionen um ihn herum wurden immer heftiger, so dass Thomas keinen klaren Gedanken mehr fassen
konnte. Es dauerte noch eine Weile, bis der Infanterist
seine endgültige Entscheidung getroffen hatte. So nahm
er das Gewehr des Toten und versuchte es in dessen steife
Hände zu legen. Aber diese waren unter der Leichen-
starre dermaßen verkrampft, dass ein Vortäuschen eines
fremden Schusses kaum möglich schien. Der Himmel
zog sich zu und es begann erneut in Strömen zu regnen,
während der Geschützlärm unerträglich wurde.

*Herr, gib mir noch ein wenig Zeit. Lass mich nicht in
dieser schlammigen, stinkenden Brühe ertrinken. Verzeih
mir meine Tat, damit ich Abbitte leisten und in deinem
Namen meinen Geist dem Frieden widmen kann.*

So verstrichen weitere drei Stunden, in denen das
Donnern sowie der erbärmliche Lärm der Verwundeten
ihm immer stärker zusetzten.

Nach einem Schluck Wasser und einer Zigarette
wurde er allmählich ruhiger. Doch mit dem Schicksal

hatte sich Thomas noch nicht abgefunden. Also prüfte er erneut, ob sich die Starre seines toten Kameraden gelöst hatte. Erleichtert schaute er drein, als er die Finger des Fremden krümmen konnte. Eilig legte ihm Winkler den Karabiner in die Hand, kniete sich neben den Leichnam und hielt den Lauf mit gewissem Abstand an seinen Unterschenkel. Furcht durchfuhr seinen Körper. Er biss auf die Zähne und drückte ab. Auf den lauten Knall folgte ein zermürbender, brennender Schmerz, der dem jungen Poeten die Luft raubte.

„Es tut mir leid um dein junges Leben", flüsterte er dem Toten zu, bevor er sich bekreuzigte. „Ich hatte keine andere Wahl. Ich will nur weg von all dem Wahnsinn." Entschlossen streifte Thomas den Gasschutz über, setzte den Helm auf und kroch unter stärker werdender Pein den zerklüfteten Trichter hinauf, bis er den Rand erreicht hatte. Überall um ihn herum lagen die gefallenen Soldaten beider Seiten.

Ich muss weiter. Weiter zurück. In den schützenden, verfluchten Graben.

Immer wieder hallten Schüsse durch die Luft. Die Salven der Maschinengewehre ließen ihn immer schneller zurückkriechen. Plötzlich gab es keine Chance mehr die lebensrettende Stellung zu erreichen. Erst in dieser Lage wurde ihm bewusst, welch fatalen Fehler er begangen hatte. Trotz der anherrschenden Kälte fühlte sich das Hosenbein warm an. Hoffnungslosigkeit machte sich breit, als er sah, wie das Beinkleid schon über das Knie hinweg feucht wurde.

„Sanitäter", schrie er aufgeregt und versuchte den tosenden Lärm zu übertönen. „Ich brauche Hilfe. Sanitäter." Die Hilferufe wurden jedoch nicht von den Ersthelfern gehört, sondern von einigen britischen Infanteristen, die sich bereits in Schlagdistanz befanden. Ein Schuss nach der anderen zischte über Thomas Helm hinweg, während dieser versuchte die deutschen Gräben zu erreichen. Immer wieder hallten seine Rufe nach einem Sanitäter und mischten sich mit den furchterregenden Schlachtgeräuschen. Endlich nahmen sich die deutschen Truppen des Gegenangriffs an. Nacheinander huschten die Männer an ihm vorbei. Solange, bis einer von den Maskierten stehen blieb. Der Fremde ging in die Hocke, griff ihn unter den Schultern und schleifte ihn im Schutze des Vorstoßes hinter die eigenen Linien. Endlich kam ein Sani zu ihnen geeilt. Er nahm sich schließlich dem verwundeten Dichter an.

Ich habe es geschafft. Ich will nicht mehr zurück in diese Hölle. Bitte lass mich mein friedliches Leben wieder aufnehmen und gegen diesen Wahnsinn aufstehen.

Mittlerweile mussten die Briten sich dem Angriff der kaiserlichen Armee erwehren. Sorrensen, der weiterhin vereinzelte, präzise Schüsse auf den Gegner abgab, wandte sich zu Morgan, ehe er sein Magazin wechselte. Mitleidsvoll sah er in die Augen des Sanitäters, welche sich hinter den dicken Gläsern seiner Gasmaske verbargen. Schnell nahm er Ronnie am Jackenärmel und zog kräftig daran. Dies riss Wilkinson aus seinem dichten Tunnel heraus.

„Helfen Sie Allen“, schrie der Kommandeur, während er weiter auf die vordringenden Deutschen feuerte. „Bringt euch in Sicherheit.“

Ronald befand sich in einem Gewissenskonflikt. Einerseits wollte er, dass sein Freund überlebt, andererseits konnte er seinen Lieutenant nicht im Stich lassen. Also fragte er noch einmal nach.

„Sind Sie sich sicher?". Aber Sorrensen winkte nur in Richtung der schützenden Gräben, welche sich schon einige hundert Meter hinter ihnen befanden.

„Ja", rief der Offizier. „Verschwindet hier."

„Was geschieht mit Ihnen?", fragte Allen nervös und versuchte James Blutungen zu stoppen.

„Ich komme schon zurecht. Die Männer brauchen weiter ihren Anführer. Also los. Wir sehen uns auf der anderen Seite wieder." Mit einem schlechten Gefühl gegenüber seines Kommandeurs schleiften sie James leblosen Körper über den Kraterrand. Ronnie griff unter den linken Arm seines Freundes. Ruckartig hob er ihn hoch und nahm ihn auf seine Schultern.

„Gib mir Feuerschutz", brüllte er Gary an, der sofort den Rückzug sicherte. Zusammen schafften sie es fast bis in die sicheren Stellungen, als eine wuchtige Detonation Ronnie von den Beinen riss. Schwer atmend lag der Infanterist unter dem Körper seines führenden Offiziers. Geistesgegenwärtig gab Allen noch einige Schüsse ab, ehe er sich den beiden zuwandte. Hektisch nahm er James Puls. Doch nichts war mehr zu ertasten. Er sah den starren Blick seines Freundes, nahm ihn von Ronalds Schultern und schrie: „Lauf."

„Was ist mit James?"

„Er ist tot." Wie betäubt reckte sich Ronnie in die Höhe, da sackte auch er nach vorne. Zwei Treffer in den Rücken besiegelten sein Schicksal. Er setzte Maske und Helm ab und starrte Gary nur fragend an. Ohne weiter nachzudenken, half der Sanitäter Ronnie auf, bevor er ihn in die schützende Stellung stützte. Während Gary begann die Wunden so gut es ging zu versorgen, erschienen zwei weitere Sanitäter, die Allens Arbeit vollendeten. „Halt durch, Ronnie. Sie kümmern sich um dich." Wilkinsons

Atem wurde schwerer. Mit weit aufgerissenen Augen nahm er Garys Hand und lächelte. Zitternd gab er ihm die Briefe zurück.

„Danke, Gary. Ich wäre da draußen verreckt. Nun habe ich wenigstens eine kleine Chance."

„Alles wird gut, mein Freund." Ruckartig hievten ihn die anderen, maskierten Ersthelfer in die Höhe und schleiften ihn in den Sicherheitsbereich. Erst jetzt wurde Allen bewusst, was in den letzten Minuten geschehen war. Nun war er allein. Diese Zukunftsaussicht machte ihm zu schaffen. Während es um ihn herum donnerte, krachte und sämtliche Materialien, mit denen sie die Anlagen errichtet hatten, über seinen Helm hinwegflogen, galten seine Gedanken nur den Kameraden, die noch immer versuchten, den Feind weiter zurückzutreiben. Er vergrub das Gesicht in den blutverschmierten, schmutzbedeckten Händen und fing an bitterlich zu weinen, als ihm ein weiterer britischer Soldat die Hand auf die Schulter legte. Allein diese Berührung reichte, um Gary Trost zu spenden.

„Ich muss wieder los", flüsterte der Sani. Der verhüllte Mann nahm ihn hoch und sprach: „Gehen Sie in den Lazarettbereich. Dort wird man Ihnen etwas zu essen geben und Sie finden einen Augenblick Ruhe." Behutsam, wissend um seine Verdienste, wies er Sani Allen den Weg, ehe auch der Fremde über die Sprossen hinweg auf das grausame Schlachtfeld sprang. So drängte sich Gary durch den schmalen Gang, bis der dröhnenden Lärm allmählich leiser wurde. Des Öfteren wurde er heftig zur Seite, gegen die Holzwand, gestoßen. Selbst die Schreie verstummten zusehends. Ein Gefühl der Erleichterung machte sich bei ihm breit, nachdem er das rettende Zelt mit dem roten Kreuz erreicht hatte. Am ganzen Körper zitternd vor Aufregung und angestachelt vom Adrenalin stand er am Eingang. Er wagte sich nicht zu rühren, da kam einer der Feldchirurgen auf ihn zu. Der junge Mediziner erkannte sofort, was mit ihm nicht stimmte. Schweigend setzte er Gary auf eine Pritsche und schaute ihm in die Augen.

„Soldat? Hören Sie mich?", fragte der Arzt und drückte Allens Arme und Beine, um die Reaktionsfähigkeit zu erkennen. Gary gab keine Antwort. Zu sehr hingen ihm die letzten beiden Stunden nach.

„Was ist mit Soldat Ronald Wilkinson? Er müsste hier sein." Behutsam wies der junge Chirurg auf die weißen Laken, welche den Operationsbereich von dem Pritschenraum abtrennten.

„Wir versorgen momentan seine Verletzungen. Mehr kann ich Ihnen zurzeit nicht sagen."

„Wird er überleben?"

„Seine Chancen stehen gut. Sie haben ihn schnell hierhergebracht. Das wird ihm wahrscheinlich das Leben retten." Tränen liefen über seine Wangen, bevor er leise fortfuhr.

„Ich habe meinen Second-Lieutenant da draußen gelassen. Ich wollte jeden von ihnen, tot oder lebendig, vom Feld bringen. Ich habe versagt." Der Mediziner wurde plötzlich ernst.

„Sie haben Ihre Pflicht getan, Sir. Angesichts der Blutrünstigkeit dieser Schlacht, haben Sie sich nichts vorzuwerfen. Es sind die Umstände, die unser Handeln bestimmen." In diesem Augenblick erleichterte die Ansprache des mitfühlenden Mediziners Sani Allens Gewissen und er fügte hinzu. „Bleiben Sie ruhig für ein paar Stunden hier. Ich kann dies anordnen." Nur einen kurzen Moment dauerte es, da hatte Gary seine Entscheidung getroffen.

Entschlossen stand er auf, nahm sein Gewehr sowie die Maske und den Helm.

„Haben sie vielen Dank, Sir." Gary salutierte vor dem Feldarzt. „Ich muss da raus. Es gibt noch zu viel für mich zu tun."

„Ich wünsche Ihnen viel Glück. Wenn wir noch mehr von Ihrer Art hätten, wäre der Krieg bereits beendet." Daraufhin machte sich der Feldsanitäter auf, den größten Preis seines Lebens zu bezahlen.

11. Kapitel

Langsam schwanden aufgrund des Blutverlusts Thomas Sinne. Immer wieder verlor er kurzzeitig das Bewusstsein, während die Sanitäter ihn in Sicherheit brachten.

„Junge", schrie ihn einer von ihnen permanent an. „Bleib bei uns." Als sie endlich das Lazarettzelt erreichten, wurde Winkler ohnmächtig. Sein Gesicht wirkte fahl. Nachdem der behandelnde Feldchirurg den jungen Dichter in Augenschein genommen hatte, gab er die entscheidende Anweisung.

„Schafft ihn sofort in den Operationsbereich." Thomas spürte nur noch, wie das Hosenbein aufgeschnitten wurde und die Wärme des Blutes plötzlich eisiger Kälte wich. Die Chirurgen spritzten ihm ein Narkosemittel und nach wenigen Sekunden bekam Thomas nichts mehr mit. Schnell begannen sie die Kugel zu entfernen. Nach einer halben Stunde hatten die Mediziner ihr Ziel erreicht. Laut scheppernd sauste das blutverschmierte, deformierte Geschoss in eine Blechschüssel, ehe die Wunde desinfiziert und vernäht wurde.

„Wird es der Junge überleben?", fragte der Assistenzarzt, woraufhin der Feldchirurg mit den Schultern zuckte.

„Das weiß nur der Herr allein", sprach er leise. Sein Blick galt jedoch dem Geschoss, welches er erfolgreich entfernen konnte, ohne Nerven oder weitere Blutgefäße zu schädigen. Vorsichtig nahm der Arzt die Kugel ins Licht und wandte sich an die umstehenden Kollegen.

„Sagte der Sanitäter nicht, dass er von einem Briten angeschossen wurde?"

„Ja, diesen Bericht erhielten wir bei der Einlieferung." Grübelnd schüttelte der Operateur den Kopf.

„Das ist aber ein deutsches Geschoss. Was bedeutet, es gibt nur zwei Möglichkeiten. Entweder wurde er von einem seiner Kameraden angeschossen oder er hat sich die Verwundung selbst zugeführt."

„Falls es so ist, hat er schlechte Karten", flüsterte einer der Männer.

„Darum wird sich jemand anderes kümmern. Wir geben den Fall weiter", entschied der Chirurg, bevor er sich dem nächsten schwerverletzten Patienten widmete. „Wir verlegen Soldat Winkler nach Bonn. Dort soll man sich weiter um die Wundheilung kümmern. Wir haben hier nicht die Möglichkeiten. Aber machen Sie einen Vermerk in der Akte, bezüglich des Projektils." Noch am selben Tag wurde Thomas zum Sanitätszug gebracht, mit dem er sich einer nun ungewissen Zukunft näherte.

Ronnie ereilte das gleiche Schicksal. Auch er befand sich im Schutze des Feldlazaretts. Doch bei ihm hatten die Ärzte größere Mühe sein Leben zu retten. Der britische Chirurg stand mit seiner Helferschaft im schwachen Schein der Lampe. Erst befreiten sie den jungen Offiziersanwärter von der Uniformjacke, drehten ihn zur Seite und betäubten ihn. Vier Stunden kämpften sie um sein Leben, bis Doktor Liam Furgeson die Kugel vorsichtig aus Ronnies Rückenmark entfernte. Scheppernd fiel diese blutverschmiert in eine Metallschale.

„Was können wir noch für ihn tun?", fragte einer der Helfer. Der fünfundvierzigjährige Arzt schaute besorgt drein und wischte sich mit dem Handrücken den Schweiß von der Stirn. Bedrückt wandte er sich ab, ehe er die letzte Anweisung gab.

„Wir können nichts mehr tun. Nähen Sie die Wunde zu und verlegen Sie den Soldaten so schnell wie möglich nach Paris. Das wird das Ende seiner militärischen Laufbahn sein. Geben Sie der Begleitperson die Mitteilung, dass der Zustand des Patienten sehr ernst ist." Ein Sonderzug brachte Wilkinson zusammen mit all den anderen Schwerverletzten und Gasopfern in eine französische Klinik, nahe der Hauptstadt. Bange Stunden vergingen, in denen nicht klar war, ob Ronnie seine Verletzungen überstehen würde. Drei lange Tage später wurde Ronnie von der warmen Novembersonne geweckt, die ihre aufmunternden Strahlen durch die großen Fensterscheiben warf. Nur langsam öffnete er die Augen und starrte an die weiße Decke eines hohen Raumes.

Wo zum Teufel bin ich hier? Ich fühle mich zerschlagen. Alles schmerzt.

Erst nachdem Ronald einen Blick nach links und rechts geworfen hatte, wurde ihm schlagartig bewusst, wo er sich hier befand. Die weißen Laken, mit denen die einzelnen Betten voneinander getrennt wurden, waren ein eindeutiges Zeichen.

Was ist passiert? Ich erinnere mich nur daran, dass ich James auf den Schultern trug und wir uns zurückziehen sollten. Ein Knall... Dann wird alles schwarz. Verflucht nochmal. Was ist geschehen? Und wo sind Gary und James?

In diesem Augenblick drang erneut das leichte Wimmern und Stöhnen der Leidensgenossen an ihn heran.

Das muss ein Hospital sein. Doch was habe ich hier zu suchen? Hat es uns erwischt? Ich will wissen, ob es meinen Freunden gut geht.

Flach lag der junge Infanterist da, presste seine Handflächen gegen die Ohren, so dass er nichts mehr von dem Leid der anderen mitbekam. Nur dumpf drang das Winseln an ihn heran, als plötzlich jemand das weiße Laken zur Seite schob. Geschockt stierte er in die braunen Augen eines Arztes, der in Begleitung zweier Schwestern nähertrat. Vorsichtig legte Ronnie die Hände auf die Decke, während eine der Pflegerinnen ihn in die Höhe nahm und das Kissen aufschüttelte, so dass der Offiziersanwärter höher saß. Ohne ein Wort zu verlieren, überflog der Mediziner die Krankenakte, übergab sie an eine der Begleiterinnen und untersuchte Wilkinson. Nachdem er die Brust abgehorcht, die Pupillenreaktion überprüft sowie die neurologischen Tests an seinem Oberkörper durchgeführt hatte, nahm er auf der Bettkante Platz. Professor George Maillot war in seinem Beruf erfahren. Der Einundfünfzigjährige war groß gewachsen, hagerer Statur und trug einen angegrauten Oberlippenbart. Nervös schob der Arzt seine Brille auf die Nasenspitze und legte die hohe Stirn in Falten.

„Wie fühlen Sie sich, Mister Wilkinson?“

„Angeschlagen, Herr Doktor. Aber ich bin bereit an die Front zurückzugehen, um dem Königreich, meinen Freunden und Europa zu dienen.“ Angesichts dieser patriotischen Überzeugung fiel es Maillot umso schwerer, dem Burschen die Nachrichten zu überbringen, die sein gesamtes Leben verändern sollten.

„Das wird sich wohl nicht bewerkstelligen lassen.“ Nervös nahm er die Patientenmappe aus den Händen der Schwester. Der Arzt begann schnell die Seiten zu überfliegen, während sich bei Ronnie ein ungutes Gefühl breitmachte. Monsieur Maillot strich ihm vorsichtig mit der Hand über die Beine. Es traf den jungen Briten wie ein Donnerschlag, denn er spürte nichts. „Es tut mir leid, Soldat Wilkinson. Aber die Kugel hat ihre Lendenwirbel zertrümmert. Sie wurde zwar entfernt, doch aufgrund der Schwere der Verletzung konnten wir nichts für Sie tun."

„Was heißt das?", fragte Ronnie mit erstickter Stimme.

„Sie werden nie mehr laufen können", antwortete der Franzose bedauernd und wies auf den Rollstuhl, der bereits neben seinem kalten Stahlbett stand. Leise Tränen liefen dem Infanteristen über die Wangen. „Wir werden Sie nach der Genesungsphase nach Großbritannien zurückschicken. Der Krieg ist vorüber, jedenfalls für Sie." Auf einen Schlag galten seine Gedanken nicht mehr den Kameraden, sondern nur noch dem eigenen Schicksal.

„Lassen Sie mich bitte allein", wisperte Wilkinson. „Ich muss nachdenken."

„Natürlich", sprach Maillot und verließ mit den Krankenschwestern das Bett, um den nächsten Verwundeten eine weitere Hiobsbotschaft zu überbringen. Für den jungen Mann brach nach diesem Gespräch seine Welt zusammen. Er konnte den Blick nicht mehr von dem Rollstuhl abwenden, der von nun an sein einziges Fortbewegungsmittel sein sollte.

„Ich kann es nicht glauben", flüsterte Ronald. „Was ist denn das für ein Leben? Eine Katastrophe. Niemand wird mehr den stolzen Soldaten in mir sehen. Nur noch den Krüppel, den Veteran. Ich wäre besser auf dem Schlachtfeld gestorben, als dieses Schicksal ertragen zu müssen." Plötzlich öffnete sich das weiße Laken zu seiner Rechten. Erschrocken starrte er auf den Leidensgenossen, der sich vorsichtig näherte. Bandagen verdeckten seine Augen. Der Atem war schwer. So tastete sich der Fremde vor, bis er an Ronnies Bett stand. Mit seinen

rauen, dürren Händen fuhr der Nachbar über Wilkinsons
Gesicht. Statt ihm Mitleid zu schenken, begann der Soldat zu lächeln.

„Warum weinst du?", fragte er leise, tastete nach dem
Rollstuhl, setzte sich hin und wartete auf eine plausible
Antwort.

„Ich bin querschnittsgelähmt." Der Fremde konnte
sich nur nach seinem Gehör richten. So reichte er Wilkinson die Hand.

„Mein Name ist Franklin Morrison. Pionier."

„Ronald Wilkinson. Infanterie. Aber alle nennen mich
Ronnie."

„Das Glück ist an deiner Seite, mein Freund." Ronald
verstand kein Wort, schwieg und starrte seinen Leidensgenossen fragend an. „Du solltest dich freuen."

„Ich verstehe dich nicht, Franklin." Erneut lächelte der
Pionier, beugte sich vor und flüsterte mit schwerer, be-
legter Stimme: „Ich habe einen Gasangriff überlebt. Es
hat mir die Augen verätzt, den Geruchsinn geraubt und
den Geschmack genommen. Außerdem sind meine Lungen geschädigt, so dass ich nur schwer Luft bekomme.
Jeder Tag ist eine reine Qual." Mit jedem Satz, den der
Pionier sprach, wurde Ronald stiller. Er lauschte nur
noch. „Ich kann nur fühlen, wie meine Kinder aufwach-
sen, den Duft meiner Frau nicht mehr wahrnehmen oder
ihr leckeres Essen schmecken. Ich werde den Anblick der
walisischen Natur vermissen, den Geruch von frischen
Feldern nach einem Regen… Auch ein feines Ale wird
nicht mehr das sein, was es einmal war. Du kannst all die
Dinge wahrnehmen, die mir von nun an verwehrt sind.
Also traure nicht, sondern genieß dein Leben." Erst jetzt
wurde sich Ronnie bewusst, welches Geschenk ihm zu-
teilwurde. Schweigend griff er nach Franklins Arm, zog

ihn behutsam an sich heran und nahm den fremden Soldaten in den Arm.

„Vielen Dank. Du hast mir die Augen für ein neues Leben geöffnet. Es wird noch einige Zeit dauern, bis ich mich wirklich damit abgefunden habe. Doch deine Worte waren ein Fingerzeig.“

„Schön, wenn ich dir helfen konnte.“ Ronnie fand durch dieses Gespräch neuen Mut.

Thomas hingegen litt zusehends mehr unter wahnsinnigen Schmerzen. Nachdem die Kugel entfernt und die Wunde vernäht war, wurde er ins Bonner Lazarett verlegt, wo ihn frische Laken, ein eigenes Bett und dennoch keine Ruhe erwarteten. Während Schreie und ein lautes Wimmern den Saal erfüllten, wandte sich der Dichter von einer Seite zur anderen. Das dumpfe Pochen in seinem Bein schien mit jedem Herzschlag stärker zu werden. Schließlich hielt er es nicht mehr aus und rief nach einer Schwester. Garstig fuhr er sie an.

„Ich werde wahnsinnig vor Schmerzen. Können Sie mir etwas geben? Etwas, was dieses Pochen lindert.“

„Lassen Sie mich sehen, was ich tun kann“, antwortete sie und verschwand. Minuten vergingen, bis die Angestellte des Krankenhauses, in Begleitung ihres Chefarztes, zurückkehrte. Ohne Zeit zu verlieren, nahm der Arzt die Decke von Thomas Bein. Er schrak mit ernster Miene zurück. Das Bein war feuerrot, glühte und Eiterherde besetzten den Unterschenkel.

„Was ist los?“, schrie Winkler den Mediziner panisch an, als er diesen grausamen Anblick wahrnahm. Der stattliche Mann verlor keine Sekunde und sprach zu der begleitenden Schwester: „Sagen Sie Bescheid, dass wir eine sofortige Notoperation durchführen müssen.“ Daraufhin lief sie schnellen Schrittes aus dem Saal, während sich der Arzt beruhigend seinem Patienten zuwandte. „Alles wird gut, Soldat Winkler. Sie dürfen nur nicht die Nerven verlieren. Wir werden alles tun, um Ihr Bein zu retten." Der Arzt wandte sich der Schwester zu und flüsterte leise: „Schwere Entzündung. Sofortige Behandlung von Nöten. Bein angeschwollen, heiß, in Verbindung mit pochendem Schmerzbild. Rötung zieht sich bereits bis zum Knie." Es dauerte nur wenige Minuten, da kehrten die Schwestern zurück und brachten den Dichter in Richtung des Operationssaales. Thomas Herz schlug so wild in seiner Brust, dass er es kaum noch ertragen konnte. Scheppernd schlossen sich die Türen hinter ihnen und so begann das bange Warten, ob der erneute Eingriff diesmal zum Erfolg führen würde.

Zwei Tage später fühlte sich Ronnie in der Lage zum ersten Mal sein zukünftiges Fortbewegungsmittel zu besteigen. Unter der Hilfe der Schwester nahm der Veteran Platz und atmete tief durch. Seine Hände strichen vorsichtig über die Armlehnen.

„Soll ich Sie ein Stück schieben?", fragte die Schwester wohlwollend, doch Ronnie schüttelte den Kopf.

„Danke, aber ich komme zurecht. Immerhin wird es von nun an ein Teil von mir sein. Also gewöhne ich mich besser an die neuen Bedingungen." Ein Lächeln stahl sich auf die Lippen der Angestellten, als sie dies hörte.

„Ich habe großen Respekt vor Ihnen und Ihrer Einstellung, Mister Wilkinson. Lassen Sie sich Zeit. Es geht nicht so schnell, wie Sie es sich denken." Morrison hörte davon und bot Ronnie seine Hilfe an, welche er mit einer gewissen Skepsis annahm. Behutsam tastete sich Franklin an die Griffe heran.

„Du musst mir nur sagen, in welche Richtung es geht.“

„Links und dann geradeaus.“ Ronnie genoss es, als das Wimmern der Verwundeten allmählich verstummte.

„Weiter geradeaus?“, flüsterte Franklin, der versuchte den Rollstuhl, ohne anzuecken, durch den Gang zu bewegen.

„Immer weiter. Ich sage dir schon Bescheid.“ Lachend und erleichtert, das Schicksal nicht allein tragen zu müssen, schob der Pionier Ronnie auf den großen Flur, welcher vom Fensterlicht durchflutet wurde. Hier fanden die beiden die nötige Zeit sich zu unterhalten, ohne dass die lauten Stimmen sie störten.

„Wann wurdest du eingezogen?“ Franklin tastete nach einem Stuhl, auf dem er Platz nehmen konnte. Ein kurzer, tiefer Atemzug folgte, der ihm fast das Bewusstsein raubte. „Franklin? Ist alles in Ordnung?“

„Alles ist gut“, wisperte der Pionier, dem die Erschöpfung nach diesem kurzen Weg, anzusehen war. Er setzte sich und hielt seinen Kopf.

„Ist dir nicht gut?“, erkundigte sich Ronnie nach dem Gesundheitszustand seines neuen Freundes.

„Mach dir um mich keine Sorgen“, flüsterte er nach Luft ringend. „Das Gas fordert nun seinen Tribut.“ Er schwieg und rieb sich die Verbände, welche seine Augen bedeckten.

„Ich war von Anfang an dabei. Als wir zum ersten Mal Belgien sahen, waren wir geblendet von der Schönheit dieses Landes. Am stärksten hat sich mir der Anblick der riesigen Mohnblumenfelder eingeprägt, die im leichten Wind zu tanzen schienen. Es wirkte so friedlich.“ Franklin stockte. Zitternd griff er nach Ronnies Hand. „Das Bild wird mich nie mehr verlassen. Eine der schönsten Erinnerungen.“ Allmählich wurden die Augenverbände des Pioniers feucht. Tränen bahnten sich den Weg seine schmalen Wangen hinunter. Gerne hätte Ronald tröstende Worte gefunden. Doch er schwieg und litt innerlich mit seinem Leidensgenossen. Ebenso versuchte sich der Infanterist die Landschaft zu sehen, von der sein Freund sprach. Aber sein Vorstellungsvermögen reichte nicht aus. Zu zerfurcht waren die Felder, von denen Franklin sprach, als Ronnies Einheit dort eingetroffen war.

Als Thomas am folgenden Tag allmählich zu sich kam, prasselte ein heftiger Regen gegen die großen Fensterscheiben. Jedoch fühlte sich der Dichter keinesfalls besser, denn tags zuvor. Noch immer plagten ihn große Schmerzen. Er wollte wenigstens den Arm heben, um sich am Bein zu kratzen, welches außerdem noch juckte.

Ich bin einfach zu schwach. Die Narkose war allem Anschein nach zu stark. Dann warte ich auf die Visite. Vielleicht ist eine nette Schwester dabei, die mir hilft.

Mit dieser naiven Einstellung wartete Winkler, bis sich endlich der Vorhang lichtete und der behandelnde Chirurg, in Begleitung einer Krankenschwester und seiner Kollegen, den abgesperrten Bereich betrat.

„Wie geht es Ihnen, Soldat Winkler?", fragte der Arzt, ließ sich die Akte reichen und wurde unverzüglich über den Verlauf informiert. Die Miene des Mediziners wurde schlagartig ernst. Er trat näher und sprach: „Drücken Sie feste meine Hand." Thomas gehorchte, aber seine Muskulatur wirkte, wie gelähmt. Nicht einmal einen leichten Druck konnte er ausüben. Während dessen füllten sich die Nachbarbetten mit neuen, verwundeten Soldaten, deren Schreie Thomas durch Mark und Bein gingen. Der behandelnde Mediziner nickte seinen Kollegen zu, stand auf und klopfte einem jungen Doktor auf die Schulter.

„Sie schaffen das schon, Borres." Michael Borres war ein sechsundzwanzigjähriger Chirurg, der sich in diesen schweren Zeiten seine Sporen verdienen musste. Es stand dem jungen Militärarzt ins Gesicht geschrieben, dass ihm sein erstes ernsthaftes Patientengespräch zu schaffen machte. Nervös nahm der unerfahrene Mediziner neben Thomas auf der Bettkante Platz und schaute ihn mitleidsvoll mit seinen blauen Augen an.

„Herr Winkler, mein Name ist Doktor Michael Borres. Ich war Assistent bei Ihrer Operation." Überrascht reichte ihm Thomas die Hand und ahnte bereits, dass es keine guten Nachrichten waren, die er zu überbringen hatte. „Ich bin kein Mann der großen Worte. So hart es sein mag. Wir konnten Ihr Bein nicht retten." Eine Mischung aus Trauer und Glück durchfuhr Thomas. Selbst der Phantomschmerz war auf einmal verschwunden. Er nahm die Decke und warf sie in einem kräftigen Schwung zurück. Dort, wo sich einst sein Unterschenkel befand, war nun ein grell weißer Verband, welcher den Stumpf umfasste.

„Das heißt, ich werde nicht mehr an die Front zurückkehren?", fragte er leise.

„Nein, Herr Winkler. Das Kaiserreich dankt Ihnen für Ihren Einsatz. Aber unter diesen Umständen werden Sie keinen Dienst mehr leisten können." Innerlich jubelte der Poet, denn das hieß, dass der Krieg für ihn vorbei war. „Ich hoffe, Sie kommen damit zurecht."

„Danke, Herr Doktor. Irgendwie habe ich schon mit so etwas gerechnet. Ich werde mein Leben neu ordnen müssen." Doch ehe die Ärzteschaft verschwand, drehte sich Borres noch einmal um und flüsterte: „Hier ist Besuch für Sie." Ein gut rasierter Mann mit maßgefertigtem, schwarzem Anzug trat an sein Bett heran. Schweigend zog er den ebenso schwarzen Hut ab. Sein Haar war kurzgeschnitten, an den Schläfen angegraut und seine Schuhe glänzten, obwohl kaum ein Strahl Licht den Saal erhellte.

„Ich hoffe, Sie haben bislang alles gut überstanden", sprach der feine Herr mit einem diabolischen Lächeln und nahm auf dem Stuhl neben dem Bett Platz. „Mein Name ist Herbert Drescher, Sondergesandter der Obersten Heeresleitung." Schweigend, nicht wissend, was dieser Mann hier suchte, schüttelte ihm Thomas die Hand.

„Oberste Heeresleitung? Darf ich fragen, warum Sie gerade mich aufsuchen?"

„Ich weiß, es ist momentan nicht leicht für Sie, Herr Winkler und Ihr Schicksal tut mir sehr leid. Aber ich habe den Auftrag ungeklärte Vorfälle zu untersuchen. So auch den Ihren." Plötzlich schien Winklers Herz in der Brust zu explodieren. Schweißperlen bedeckten seine Stirn und seine Lippen begannen zu beben. „Ist Ihnen nicht gut? Brauchen Sie einen Schluck Wasser?", fragte Drescher, füllte ein Glas und reichte es seinem Gegenüber.

„Danke. Was ist denn an meinem Fall so besonders, dass die OHL einen Bediensteten schickt?"

„Das will ich Ihnen gerne beantworten", sprach der Beauftragte, öffnete ein ledergebundenes Schreibbuch, nahm seinen Füller und fuhr fort. „Es geht um Ihre Verletzung. Erinnern Sie sich noch an Einzelheiten. Der behandelnde Feldarzt hatte bemerkt, dass es sich um eine deutsche und nicht wie behauptet, um eine britische Kugel handelte. Wie können Sie mir das erklären?" In diesem Moment war Thomas klar, dass jedes seiner Worte auf die Goldwaage wandern und ihm ein Verfahren vor dem Kriegsgericht den sicheren Tod liefern würde. Also zuckte er erst einmal mit den Schultern, legte sich auf den Rücken und starrte an die karge Raumdecke.

„Ich kann mich nur noch an wenig erinnern“, wisperte der Soldat. „Nachdem der Sturmbefehl ertönte, stieg ich die Stufen hinauf und rannte los. Überall war solch dichter Rauch, man konnte die Hand nicht vor Augen sehen. Geschweige denn durch die beschlagenen Gläser der Gasmaske. Auf einmal fiel mir ein Krater auf, aus dem britische Infanteristen feuerten.“

„Wie viele waren es?“

„Keine Ahnung“, erwiderte der Veteran. „Vier oder gar fünf. Sie nahmen mich sofort unter Beschuss. Ich wollte mich gerade in einen nahegelegenen Trichter retten, als mich schon eine weitere Kugel traf. Das Resultat sehen Sie.“ Herbert machte sich akribisch Notizen, ehe er nachhakte.

„Sie wissen also nicht, woher der Schuss kam?“

„Nein, Herr Drescher. Der dichte Rauch… Außerdem hatte ich keinen Überblick wegen der eingeschränkten Sicht durch die Gasmaske.“ Der Ermittler beugte sich vor und flüsterte: „Verkaufen Sie mich nicht für dumm, Soldat. Ich habe schon meinem Land gedient, als Sie noch in den Windeln lagen. Ich erkenne einen Lügner und Sie sind einer.“ Thomas hatte das Gefühl aus dieser Angelegenheit nicht mit heiler Haut herauszukommen. Aber nun gab es nur noch den Weg nach vorn. Wie in der Schlacht.

„Es ist die Wahrheit. Das werde ich vor jedem Gericht und unserem Herrgott bezeugen.“ Ein Lächeln stahl sich auf Dreschers Lippen, während er entsetzt den Kopf schüttelte und zischte: „Seien Sie froh, dass sie nicht vom Blitz getroffen werden. Immerhin zieht sich der Himmel langsam zu.“ Nach diesem Seitenhieb herrschte kurzes Schweigen, bevor Herbert fortfuhr, um die Wahrheit ans Licht zu bringen. „Der Einschusswinkel stimmt nicht. Sie müssten bereits auf dem Boden gelegen haben.“

„Ich sage Ihnen die Wahrheit. Ich habe nicht gesehen, woher der Schuss kam. Das ist alles, was ich dazu zu sagen habe." Drescher schloss sein Buch, verabschiedete sich und wollte gerade Winklers abgetrennten Raum verlassen, als dieser ihm noch eins mit auf den Weg gab. „Haben sie vor Ypern im Dreck gelegen? Länger als zwei Jahre Ihre Familie nicht gesehen? Freunde beim Sterben begleitet?"

„Nein. Das ist schon ewig her."

„Dann seinen Sie froh. An Ihnen ist der Kelch vorüber gegangen. Mir nun solche Dinge zu unterstellen, ist eine Frechheit. Ich habe alles gegeben."

„Auf Wiedersehen, Herr Winkler." Nachdem der Ermittler das Laken geschlossen hatte und seine Schritte allmählich verstummten, drehte sich Thomas zur Seite. Erst jetzt ließ die Anspannung nach. Endlich hatte er Zeit seinen Gefühlen freien Lauf zu lassen. Tränen liefen über seine Wangen auf das Kopfkissen.

Herr, ich bin es leid, täglich um mein armseliges Leben zu flehen. Wenn deine Strafe für meine Tat, die ist, dass diese Schlechter mich vor Gericht bringen und dann hinrichten, ist es nun mal so. Ich kann lediglich versichern, ein guter Mensch zu sein und meine Taten zutiefst bereue. Gib mir die Möglichkeit es zu beweisen, so dass ich eines Tages an deinem großen Tisch sitze und nicht ein Schwefelbad in der Hölle nehme.

Der Infanterist drehte sich um, schloss die Augen und versuchte Ruhe zu finden. Doch davon war er weit entfernt. Die lauten Schreie, schienen ihn in den Wahnsinn zu treiben. Unter diesen Umständen war es unmöglich einen klaren Gedanken zu fassen. Schließlich kam der Entlassungstag von Ronnie Wilkinson und seinem Freund Franklin Morrison. Es war der 20. Dezember 1917. Als sie sich auf den Weg machten, wehte ein grimmiger Wind durch den Vorort von Paris. Schnee lag in der Luft und es war entsetzlich kalt. Nachdem Ronnie vor die Eingangspforte gerollt war und Frank durch seine Stimme Orientierung gab, wurde ihm schlagartig bewusst, welche Einschränkungen er durch seine Behinderung von nun hatte.

„Folge meiner Stimme“, rief er Franklin zu, der sich vorsichtig vorantastete.

„Das hat so keinen Sinn“, sprach der Blinde und hielt sich am Griff von Wilkinsons Rollstuhl fest. Zusammen meisterten sie den Weg bis zum Bahnhof, wo sich die Freunde unter all die anderen Versehrten mischten. Drei Soldat niedrigen Ranges gaben acht, dass das Besteigen der Wagons friedlich von statten ging. Als sich Ronnie den Stufen ins Abteil näherte, hielt ihn einer der Soldaten auf.

„Warten Sie einen Moment. Die, die zu Fuß gehen können, haben Priorität.“ Dieser sinnlose Kommentar löste in Wilkinson eine immense Wut aus, der er auch sofort Luft machte.

„Was bilden Sie sich ein? Ich hätte auch lieber den Bahnverkehr geregelt, statt in den Gräben vor Ypern permanent dem Sensenmann in die leere Fratze zu schauen.“ Schnell griff er ihn am Kragen und zog ihn auf seine Höhe hinab. „Sie werden mich in diesen Zug bringen, Soldat. Meine Angehörigen warten auf mich. Ansonsten wird unser Zusammentreffen kein gutes Ende für Sie nehmen, haben Sie mich verstanden?“

Der junge Brite schaute sich verlegen um und merkte schnell, wie er sich die abwertenden Blicke der Wartenden zuzog. Jeder wirkte sprachlos, wie dieser mit den Veteranen umging.

„Wie soll ich Sie denn da rein schaffen?", fragte der Bursche verunsichert, bevor er die harsche Antwort seines Gegenübers erntete.

„Das ist mir völlig egal. Wenn ich auch auf Händen und Knien da rein kriechen muss." Mittlerweile waren, aufgeschreckt durch die lauten Rufe, zwei weitere Veteranen am Bahnsteig angekommen, die schnell den Rollstuhl in die Höhe hoben und Ronnie so die sichere Fahrt ermöglichten. „Können Sie auch meinem Kameraden helfen? Er ist blind." Die beiden salutierten, ehe sie geschwind auch Franklin ins Abteil führten. Als sich der Zug schnaubend in Bewegung setzte und Ronnie sich aus seinem Gefährt auf den Platz gehievt hatte, entspannte sich Wilkinson für einen Augenblick. Er sah aus dem Fenster. Zunehmend huschten Bäume, Sträucher und die kargen Felder an ihm vorbei.

„Wie trostlos alles in den Wintermonaten ist", wisperte er leise, während Franklin ihn mit seinen milchig, trüben Augen ansah.

„Sag mir, was du siehst." Ronnie schilderte ihm alles genau und mit jeder weiteren Beschreibung wurde der Pionier stiller. Tränen liefen über seine Wangen.

„Hör auf, Ronnie. Ich werde die Schönheit des Augenblicks nie mehr wiedersehen."

„Welche Schönheit? Wohin ich sehe, ist alles kahl, rau und furchterregend."

„Selbst dieses Bild ist ein Schönes", antwortete sein Freund. „Du kannst dir nicht vorstellen, wie es ist, wenn allmählich deine Erinnerungen verblassen und du die Pracht der Natur nicht mehr vor deinem inneren Auge sehen kannst. Es verblasst. Immer weiter, bis mich eines Tages nur noch Dunkelheit umfasst. Wäre ich nur auf den Schlachtfeldern gestorben. Dann könnte ich meinen

Liebsten dieses Leid ersparen." Schweigend saßen sie sich von nun an gegenüber. Stunden vergingen, da kam der Hafen von Calais in Sichtweite.

Mittlerweile unternahm auch Thomas in Begleitung einer Schwester und mit Krücken die ersten, ungewohnten Gehversuche. Jeden Tag machten die beiden weitere Schritte einer neuen Zukunft entgegen. Dennoch wirkte der junge Dichter abwesend. Ihm schien eine riesige Last auf den Schultern zu liegen, was auch Schwester Sandra zusehends bewusster wurde.

„Nehmen Sie immer ein wenig Schwung, wenn sie sich abstützen. Dann steigt Ihre Sicherheit." Jedes Wort der jungen Frau nahm er mit einem Lächeln auf und gab sich größte Mühe, wieder ein neues Leben zu leben.

„Sie haben leicht reden, Schwester", antwortete Winkler leise. „Ich spüre Muskeln, von denen ich nicht einmal wusste, dass ich sie habe." Seit langem war dies wieder ein Gespräch, welches ihn sämtliche Probleme vergessen ließ.

„Sie schaffen das schon, Herr Winkler", flüsterte die Krankenschwester zuversichtlich. „Wir sind schon so weit gekommen, jetzt machen wir auch die letzten Schritte zusammen." Thomas blieb plötzlich stehen. Sein Blick wanderte über die Dächer der Stadt, die aufgrund des fallenden Schnees, wie gezuckert schienen.

„Wenn es nicht so kalt wäre, würde ich am liebsten draußen weiter üben."

„Halten sie durch", sprach Sandra, „Schon morgen erhalten Sie ihre angepasste Prothese. Irgendwann werden Sie auch wieder ohne Krücken laufen können. Davon bin ich fest überzeugt." Diese Aussage gab dem Veteran neuen Mut.

„Danke. Das bedeutet mir sehr viel."

Erneut verstrichen Tage in denen Thomas das Anlegen der Beinprothese erklärt wurde. Außerdem erhielt er die Anweisung, die Amputationsstelle täglich mit einer Salbe einzufetten, so dass es geschmeidig bleibt, sich nicht aufscheuert oder gar durch den Druck entzündet. Dies alles beherzigte der junge Hesse. Doch seine Dämonen blieben ihm, trotz der ständigen Ablenkung erhalten. Besonders des Nachts, wenn das Wimmern der anderen nicht nachlassen wollte, sah er immer wieder den überraschten Gesichtsausdruck des Jungen, den er in dem Trichter richtete. Damit verbunden waren die Gedanken an den Ermittler, der ihm nun stets auf den Fersen sein konnte.

Endlich kam die Stunde seiner Entlassung. Gekleidet in seine Uniform, legte Thomas unter erneuter Aufsicht seine Beinprothese an, als der Chirurg ein letztes Mal zur Visite bei ihm vorbeischaute. Ein Lächeln stahl sich auf seine Lippen, denn er hätte nie im Leben gedacht, dass sich sein Patient so schnell an die gegebenen Umstände anpassen würde.

„Ich sehe, Sie sind im Aufbruch begriffen, Soldat Winkler."

„Ja, Herr Doktor. Allmählich will ich nach Hause, meine Familie in den Arm nehmen."

„Das kann ich gut verstehen", sprach der Mediziner zuversichtlich und ließ sich noch einmal die Patientenakte reichen. „Ihre Werte sind gut, der Stumpf in exzellentem Zustand. Einer Entlassung steht meiner Ansicht nach nichts im Wege." Obwohl er sich schon ohne Krücke auf seinem neuen Bein halten konnte, nahm Winkler seine Gehhilfe, stand auf und reichte dem erfahrenen Arzt die Hand.

„Sie haben mir ein neues Leben geschenkt. Dafür werde ich Ihnen auf ewig zu Dank verpflichtet sein." Gerührt von diesen Worten erwiderte der Chirurg die Geste und verabschiedete sich von dem Mann, der in seinen jungen Jahren schon so viel durchmachen musste. Schwungvoll schulterte er seinen Kleidersack und verließ erleichtert das Hospital in Richtung des Bahnhofs. Aber mit jedem Schritt in der eisigen Kälte dieses Wintermorgens wurde ihm bewusster, dass nichts mehr wie früher war. Sein eigenes Gebrechen machte ihm zu schaffen, die Sorge um sein Vergehen auf dem Schlachtfeld vor Ypern und auch die Stimmung unter den Mitmenschen, die er auf seinem Weg antraf. Ihre Gesichter wirkten kriegsmüde, hager und ausgelaugt. Auch viele Veteranen kreuzten seinen Weg, die verzweifelt, um etwas zu essen oder auch ein paar Pfennige bettelten. Zu gerne hätte er ihnen etwas zugesteckt, doch er hatte ja selbst kaum genügend Geld in der Tasche für den beschwerlichen Heimweg. Bei jedem Schritt, den er auf dem knirschenden, frisch gefallenen Schnee tat, fühlte sich der Veteran unter Beobachtung. Nach jedem Meter, den er zurückgelegt hatte, drehte sich Thomas nervös um. Doch niemand war zu sehen. Schließlich erreichte der Poet das wärmende Bahnhofsgebäude. Erneut kamen die Erinnerungen an die Schlachten und die gefallenen Freunde hoch. Abwesend näherte er sich dem Kartenschalter. Hinter der dicken Scheibe saß ein alter Mann, der akribisch seine Unterlagen sortierte und keine Notiz von dem Fahrgast zu nehmen schien. Beiläufig fragte er: „Wohin soll es gehen, junger Mann?"

„Nach Kassel."

„Der nächste Zug in diese Richtung fährt in einer Stunde. Fahrkarte?"

„Ja. Ich nehme eine." Wortlos brachten sie das Geschäftliche hinter sich. Thomas wollte sich gerade in den Warteberich begeben, als der alte Mann ihm nachrief.

„Ich wünsche Ihnen alles Gute." So wartete der deutsche Veteran, bis endlich der Zug einfuhr. Zusehends sammelten sich die Soldaten am Bahnsteig. Nacheinander betraten sie schweigend die Abteile. Wo einst Jubel und Gesang die Fahrt zu einem Fest machte, herrschte nun Totenstille. Als sich die Lok in Bewegung setzte, erinnerte sich Thomas an die erste Fahrt nach Belgien und eine Gänsehaut bedeckte seinen Körper. Nachdenklich blickte er aus dem schmutzigen Fenster auf die öde, triste Winterlandschaft. Der düstere, grauverhangene Himmel, die schneebedeckten Felder und die blattlosen Gerippe der Bäume sorgten für Unbehagen. Immer wieder schweifte sein Blick umher, gepackt von der Furcht, dass ihm Drescher weiterhin auf den Fersen war. Tief atmend nahm er sein Büchlein hervor und schrieb sein vorerst letztes Gedicht.

Dies ist nun des Krieges Ende.
Für viele Männer und auch mich.
Ich wünscht, dass ein Sinn sich fände,
doch dieser erschließet sich mir nicht.

Obwohl ich es nicht verdiene,
hoffe ich auf deine Gnad.
Dass du annimmst meine Sühne,
für den Tod des Kamerad.

Zu dieser Zeit verkauft ich dem Teufel meine Seel.
Auf den eignen Vorteil war bedacht.
Der Schuss, der meinen Bruder traf,

Bereue ich stets Tag und Nacht.

Nur ein Schuss, mehr bedurft es nicht,
damit sein Licht endgültig erlischt.
Ich hasse mich für dieses Handeln
und wird mit der Schuld auf Ewig wandeln.
Bis du mich nimmst an deine Seit,
ich bin bereit, falls es ist, noch eine Möglichkeit.

Lass mich nun in Frieden leben.
Nie mehr will ich eine Waffe heben
und erschießen weder Freund noch Feind.
Lass mich an deinem Tische sitzen, so dass ich mit
allen bin vereint.

Ich bereue meine Taten,
ohne verpönten Eigennutz.
Lass mich lieben und andern raten,
dass Liebe ist der größte Schutz.

Schütze all die tapferen Männer,
jeden, der um sein Leben ringt.
Ich weiß nicht, was mich erwartet,
was mir meine Zukunft bringt.

Unterdessen legte das Passagierschiff aus dem Hafen von Calais in Richtung Dover ab. Das Schiff verließ die Kaimauern und plötzlich, als Frankreich am Horizont verschwand, stießen wieder britische Fregatten zum Schutz dazu. Ronnie, der in seinem Rollstuhl saß und den Anblick der stählernen Kolosse beobachtete, wirkte sprachlos. Franklin tastete sich an ihn heran. Er spürte, dass Wilkinson etwas auf der Seele brannte.

„Was siehst du?", fragte er leise. „Ich höre nur den Wellengang."

„Wir haben versagt", erwiderte sein Veteranenfreund, der genau wusste, was der bedrohliche Anblick zu bedeuten hatte. „Alles war umsonst. All das Blutvergießen… für Nichts."

„Sprich nicht immer in Rätseln, Ronnie."

„Sie schicken uns Geleitschutz. Das heißt die belgischen Häfen sind noch immer intakt. Unser Ziel war es, die deutschen Ubootstellungen zu zerschlagen. Dies ist anscheinend missglückt."

„Der Krieg wird weitergehen. Allerdings ohne uns, mein Freund. Ich bete für all diejenigen, die für den Frieden weiterkämpfen." Tatsächlich hatten die alliierten Streitkräfte nur wenig Boden gutgemacht. Die horrenden Massen an Männern, die bei dieser Flandernschlacht ihr Leben ließen, vermisst oder verletzt waren, stiegen ins Unermessliche.

12. Kapitel

Als das Schiff den Hafen von Dover erreichte, war es bereits nach zwölf. Dunkelheit umhüllte den gesamten Ort. Die dichten, rabenschwarzen Wolken verhinderten, dass der Mond sein Licht zu Boden warf. Auch kein Stern war in dieser Nacht zu sehen. Nur die grellen Lampen, welche den Navigatoren zur Orientierung dienten, brachten ein wenig Helligkeit. Nachdem der Frachter am Kai vertäut und die breiten Planken ausgelegt waren, entstiegen die ersten Männer. Einige warfen sich auf die Knie, küssten den Boden der Hafenstadt und wirkten überglücklich den heimatlichen Grund zu erreichen. Ronnie beobachtete diesen Akt mit gemischten Gefühlen. Er freute sich für all diejenigen, die dem Schnitter knapp entkommen waren. Andererseits hegte er große Furcht seinem alten Herrn, in diesem körperlichen Zustand, unter die Augen zu treten. Langsam lichteten sich die Massen, welche dennoch geordnet, in Reih und Glied, den sicheren Boden betraten.

„Ich denke, wir sind dran", wisperte Ronnie wehmütig und kämpfte mit seinen Emotionen, die ihn zu übermannen schienen. „Halt dich an meinem Rollstuhl fest."

Zusammen betraten die Freunde wieder ihr Heimatland. Wohin Ronnie auch sah, standen jubelnde Menschenmassen. Unter ihnen viele Familien, die die Soldaten willkommen hießen. Überglücklich nahmen die Frauen, mit Tränen der Freude, ihre Männer in den Arm. Doch diese erwiderten die Liebe nicht. Zu sehr hatten die letzten Jahre sie verändert. Schweigend bewegten sie sich an den Massen vorbei. Als die Veteranen endlich den Bahnhof erreichten und der Tumult allmählich leiser wurde, sprach Franklin gerührt: „Es ist schön, wie unsere Kameraden empfangen werden." Ronnie wollte ihm dieses Gefühl nicht nehmen. Also antwortete er mit einem schlichten Ja. Nach einer Weile standen die beiden schließlich an dem Bahnsteig, von dem aus es in ihre Heimatorte gehen sollte.

„Hier trennen sich nun unsere Wege", flüsterte Ronald. Lächelnd reichte Franklin seinem Leidensgenossen die Hand.

„Ich hoffe, dass du dich irgendwann mit dem Schicksal abfinden kannst, mein Freund."

„Dasselbe wünsche ich dir. Grüß deine Familie." Zwei Züge fuhren ein, die die Männer zu ihren Angehörigen bringen sollten. Während sich der Pionier vorsichtig dem Wagon näherte, kam ein Fremder, der Ronnie seine Hilfe anbot. Aus den Augenwinkeln sah er, wie sein Freund in dem Abteil verschwand. Zwei weitere Soldaten nahmen sich dem Querschnittsgelähmten an und hievten den Rollstuhl in den Personenzug.

Mittlerweile war Thomas in seinem Heimatort angekommen. Es war grimmig kalt, ein starker Wind machte das Vorankommen schwer. Langsam schritt er, gestützt auf seine Krücke über den frisch gefallenen Schnee, der unter seinem Stiefel knackte. Sämtliche Straßenzüge wirkten, wie ausgestorben, obwohl es erst früher Nachmittag war. Dort, wo einst Leben und reges Treiben herrschte, schien tiefe Trauer den Ort zu umfassen. Ein mulmiges Gefühl machte sich bei dem Dichter breit, als er vor dem schmalen Reihenhaus stand, in dem seine Familie das Untergeschoss bewohnte. Leise klopfte er an die Tür. Plötzlich machte sich im Inneren ein furchterregendes Schweigen breit. Das laute Klacken des Schlüssels ertönte und seine Mutter öffnete. Wie versteinert sah sie ihrem ältesten Sohn in die Augen.

„Thomas?", wisperte sie leise und überrascht. „Mein Junge." Sie begann vor Freude zu weinen, als sie den Veteran in den Arm nahm.

„Ich bin zu Hause, Mutter."

„Wer ist da?", schallte die tiefe Stimme seines Vaters aus der Küche heraus.

„Es ist Thomas", rief Edith Winkler gerührt, ehe sie ihren Sohn hineinbegleitete. Franz sprang von seinem Stuhl auf und stand wie angewurzelt da, während sein Sohn mit einem Lächeln auf ihn schmalen Lippen zu hinkte. Wortlos umarmte auch er seinen Sohn. Thomas spürte, dass sein alter Herr in diesem emotionalen Augenblick mit den Tränen kämpfte.

„Um Gottes Willen?", flüsterte der alte Winkler leise, schob einen Stuhl zurück und half Thomas sich hinzusetzen. „Was ist mit deinem Bein?" Mit zittriger Hand streifte er die Uniformhose in die Höhe.

„Das ist mein schmerzliches Andenken an Ypern." Geschockt von dem Anblick der stählernen Prothese, wandte sich Franz an seine Frau.

„Edith, bring dem Jungen eine Flasche Bier." Nachdem sie nun alle am Tisch saßen, wollten seine Eltern gerade in Erfahrung bringen, wie es ihrem Sohn in Belgien ergangen war, da schloss Thomas die Augen und roch den ihm so vertrauten Geruch des Eintopfs seines Mutter.

„Wie sehr habe ich das vermisst", wisperte er leise und rang um Fassung.

„Willst du einen Teller?", fragte Edith und sprang sofort auf, da hielt der junge Mann sie fest.

„Lass mich erst ankommen, Mutter. Ich habe noch viel Zeit dein köstliches Essen zu genießen."

„Sag, was ist euch bei Ypern widerfahren?", fragte der Vater und senkte traurig den Kopf. „Wir haben nur gehört, dass Alexander, Oskar und auch Reiner gefallen sind." Thomas nahm einen kräftigen Schluck und berichtete von all dem Grauen, welchem sie in dieser Hölle ausgesetzt waren. Am Ende saß das Ehepaar fassungslos da.

„Wir hätten euch nicht gehen lassen dürfen", wisperte Edith. „Der Verlust war so unnötig."

„Woher solltet ihr das wissen? Immerhin war es auch unser eigener Wille. Deshalb haben wir unseren Familien auch nie geschrieben. Ihr solltet euch keine Sorgen machen."

„Und was haben wir dadurch gewonnen? Außer Schmerz und tiefer Trauer ist nichts geblieben. Die Grenzen sind immer noch dieselben, wie vor dem entsetzlichen Abschlachten." Franz kochte vor Wut, denn er sah in all dem nichts Rechtschaffendes. Nur den Verlust der Jugend, die so hart für die Verfehlungen der Obrigkeit bezahlen musste.

„Lass uns in die Zukunft schauen", sprach der Dichter und nahm seinen alten Herrn an der Hand. „Nun hätte ich gerne einen Teller Eintopf." Nach dem Essen saßen sie noch eine Weile am Tisch, bis sich Thomas zur Nachtruhe begab. Immerhin hatte er einen aufreibenden Tag hinter sich. Er wollte gerade auf sein kleines Zimmer gehen, da hielt ihn sein Vater erneut auf.

„Wirst du bei den Familien deiner Freunde vorbeischauen? Ich denke, dass es ein feiner Zug wäre", sprach sein Vater.

„Das glaube ich nicht“, erwiderte Thomas kopfschüttelnd. „Mir wird eher Hass begegnen und die Wut, warum es nicht mich erwischt hat. Diesen Schneid habe ich
nicht, Papa.“

„Schlaf gut, mein Sohn.“

Während der klirrend kalten Nacht lag der Poet noch
lange wach. Nachdenklich starrte er an die Decke und erinnerte sich an das Feldlazarett.

In den Nachmittagsstunden kam auch Ronnie an seinem Elternhaus an. Im Gegensatz zu Deutschland, regnete es in Strömen. Der kühle Wind ließ die dünnen Tropfen wie Nadeln auf der Haut wirken.

*Noch drei Meter, dann erreiche ich die Grundstücksgrenze. Wie sehr habe ich diesen Anblick vermisst. Auch
wenn das Wetter es nicht gut mit mir meint, genieße ich
es, endlich nach Hause zu kommen.*

Der Rollstuhl ließ sich nur schwer über den feuchten,
feinen Schotterweg bewegen, der breit über das Grundstück, bis hin zum Haupthaus führte. Noch immer wirkte
der Garten sehr gepflegt, was neben den Butlertätigkeiten, auch zu Mister George Mintembrys Tätigkeiten gehörte. Erschöpft kam Ronald vor der Pforte des dreistöckigen Anwesens an. Doch bevor er an der Tür klopfen
konnte, stand ihm eine weitere Hürde bevor. Zwei Stufen, die ihm in dieser Situation schwerer erschienen als
der Sturm auf die deutschen Stellungen. Immer wieder
versuchte er den Rollstuhl vorne anzuheben, aber es gelang nicht. Mittlerweile wurde der Regen stärker, so dass
Ronnie völlig durchnässt dasaß und aufgrund der niedrigen Temperaturen zu frieren begann.

*Verflucht. Das muss gehen. Ich komme da schon hoch
und werde nicht um Hilfe rufen.*

Vom Lärm, der draußen herrschte, aufgeschreckt, starrte George aus dem kleinen Fenster, welches von der Teeküche zum Hof führte. Er bemerkte zuerst, wie sehr sich der Veteran abmühte. Da er mit jemand anderem rechnete, öffnete der Butler ruckartig die Haustür und fuhr Ronald in harschem Ton an.

„Was kann ich für Sie tun, Mister?" erst in diesem Augenblick erkannte er Ronnie und war schockiert, den agilen, kräftigen jungen Mann in einem solchen Gefährt wiederzusehen.

„Sie könnten mir hereinhelfen, George", sprach Wilkinson mit einer zynischen Stimme. Ihm war schon früher die Art des höheren Standes zuwider. Daraus macht er auch in diesem Moment keinen Hehl. Die Freude über das Wiedersehen unterdrückend, sprang der Diener die Stufen hinab und wuchtete, trotz seines fortgeschrittenen Alters den Rollstuhl samt Ronnie zum Eingang hinauf.

„Sie sind ja völlig durchnässt", sprach George entsetzt und verschwand eilig in einem kleinen Waschraum. Zuvorkommend gab er dem Infanteristen ein Handtuch. „Hier, Master Ronald. Trocknen Sie sich ab, sonst holt Sie noch der Tod." Auch für diesen Kommentar hatte Ronnie nur ein Lächeln übrig.

„Danke, George. Aber wenn ich den Krieg überlebt habe, werde ich auch diesen Schauer überstehen." Mintembry verneigte sich kurz und fuhr fort. „Ich bin froh Sie wiederzusehen. Warten Sie kurz, ich werde Ihr Erscheinen umgehend ankündigen." Er verneigte sich, schritt schnell den Flur entlang und öffnete nach kurzem Klopfen zwei große, weiße Holztüren, welche zum Aufenthaltsraum führten. In dem lichtdurchfluteten Saal, der mit feinen, samtbezogenen Möbeln ausgestattet und durch einen offenen Kamin beheizt war, saßen Ronnies

Eltern. Während Misses Rachel Wilkinson ihren Butler überrascht ansah, las der, im Ruhestand befindliche Admiral Richard Wilkinson, unbeeindruckt weiter seine Tageszeitung.

„Master Ronald ist zurück." Schweigen herrschte in dem nobel ausgestatteten Raum, als Ronnie mit drei kräftigen Schwüngen hereinrollte. Zitternd stellte seine Mutter die Teetasse auf den Beistelltisch, sprang auf und stürzte zu ihrem geliebten Sohn.

„Ich fasse es nicht", wisperte Rachel, umarmte und küsste ihren Sohn. Die Wiedersehensfreude hielt allerdings nur kurze Zeit an. Als der Infanterist zu seinem Vater hinüberschaute, kam von dem Admiral keinerlei Gefühlsregung. Er nahm nicht einmal die Zeitung runter, um seinen Sohn freudig zu empfangen.

„Du bist also wieder da", raunte Richard. Seine Gattin war außer sich und sprach ihn vorwurfsvoll an.

„Richard? Unser Junge ist zurück und du tust, als sei dies das Normalste der Welt." Desinteressiert faltete er die Tageszeitung zusammen, legte sie zur Seite und musterte Ronnie mit ernstem Blick.

„Ich habe es mir gedacht", fuhr der Admiral abwertend fort. „Er kommt im Rollstuhl nach Hause. Was sollen wir nun tun? Denkst du, ich lasse jetzt alles umbauen, damit du dich barrierefrei bewegen kannst?" Ronalds erster Schock über diese Reaktion legte sich schnell. Denn damit hatte er bereits gerechnet.

„Es freut mich auch dich wiederzusehen, Dad", erwiderte der Bursche mit einem zynischen Lächeln, während sein Vater aufstand, zu einem kleinen Schränkchen ging und sich erst einmal einen Brandy einschenkte.

„Wie ich sehe, hast du es nicht einmal zum Second-Lieutenant geschafft."

„Ja. Tut mir leid dich zu enttäuschen." Richard nahm einen Schluck und wandte sich dem großen Fenster zu, welches eine freie Sicht auf die große Gartenanlage ermöglichte.

„Ich denke, dass James und William es besser gemacht haben." Schweigen herrschte.

„Sie sind beide tot." Daraufhin verlor Richard kein Wort mehr. Nur Rachel wollte das Eis brechen. Sie ertrug es nicht, wie sehr sich die beiden Männer voneinander entfernt hatten.

„Mach dir keine Sorgen, mein Junge." Behutsam strich sie über Ronnies Wange und wandte sich an George, der immer noch stramm in der Tür stand. „George?"

„Jawohl, Misses?"

„Würden Sie meinem Sohn das Gästezimmer vorbereiten? Mit dem Rollstuhl ist es unmöglich, dass er sein altes Zimmer bezieht."

„Gewiss." Der Butler wollte sich gerade abwenden, um Rachels Wunsch nachzukommen, als sie ihn erneut aufhielt. „Würden Sie danach noch den Tisch eindecken. Immerhin haben wir Ronalds Rückkehr zu feiern." Mintembry verneigte sich kurz und verschwand. Rachel nahm neben ihrem Sohn, auf einem der mit rotem Samt gepolsterten Stühle Platz, legte die Hand auf seine und lächelte.

„Du warst mehr als zwei lange Jahre weg. Wie ist es dir in dieser Zeit ergangen?" Während Mister Wilkinson weiterhin aus dem Fenster starrte, berichtete sein Sohn von den Ereignissen auf den Schlachtfeldern vor Ypern. Von den Schönen, wie dem Weihnachtsfest, an dem beide verfeindete Seiten „Stille Nacht" sangen, bis zu den tragischen, wie dem Tod seiner Freunde oder den stetigen

Gasangriffen, die die Männer mürbe machten. Als er davon sprach, spiegelte sich Richards bedrückte Miene in der Fensterscheibe. Leise flüsterte der Admiral: „Verflucht seien die Deutschen. Sie haben die Büchse der Pandora geöffnet und dem Krieg seine Ehre genommen."

„Sie haben sie geöffnet, doch wir sind auf diesen Zug aufgesprungen und haben mit den gleichen Mitteln gekämpft. Außerdem hat der Krieg nichts ehrenvolles mehr. Es ist ein Abschlachten junger Männer geworden, die noch so viel hätten erleben sollen." Diese Worte brachten den Vater zum Schweigen und dazu seine Position allmählich zu überdenken.

Wenige Stunden vergingen, bis die Familie wiedervereint am Esstisch saß. Ehe George in seinen verdienten Feierabend ging, servierte er Braten, Bohnen und Kartoffeln. Die Stille machte Ronnie mürbe. Zu gerne hätte er erfahren, was in seiner Heimat über die Jahre hinweg geschehen war. Doch alles, was den hohen Raum erfüllte, schien das Scheppern des Bestecks auf den teuren Porzellantellern zu sein. Rachel versuchte die beiden geliebten Männer wieder zusammenzubringen.

„Was hast du nun vor, Ronald?", erkundigte sich seine Mutter nach den Plänen. Der Veteran zuckte mit den Schultern und schnitt nachdenklich sein Fleisch.

„Ich weiß es nicht. Auf jeden Fall will ich nicht mein Leben als Krüppel verbringen. Nun brauche ich erst einmal Zeit mit dem Geschehenen zurecht zu kommen. Der Rest wird sich ergeben." Entrüstet donnerte Richard das Besteck auf den Tisch. Mit grimmiger Miene stierte er seinen einzigen Sohn an.

„Du solltest weiterhin der Armee dienen", zischte er. „Unterrichte an der Akademie. Zeig den Burschen, was passiert, wenn sie nicht achtgeben." Plötzlich schlug auch seine Mutter auf den Tisch und fuhr ihren Gatten in harschem Ton an: „Es reicht, Richard. Ich erkenne dich nicht wieder." Gleichgültig wischte sich Ronnie derweil den Mund ab, rollte ein Stück zurück und sprach: „Soll ich mich deiner Ansicht nach als Lehrer an der Militärakademie melden. Vielleicht interessiert sich dort jemand dafür, was ich von der Front berichte."

„Das habe ich nicht gemeint", versuchte sich sein Vater zu rechtfertigen. Doch Ronald fiel ihm zum ersten Mal in seinem Leben ins Wort.

„Du hast nicht die leiseste Ahnung, was da drüben vor sich geht. Auch wenn du täglich die Zeitung liest, kannst du dich nicht in einen jungen Mann hineinversetzen, der in einem Granattrichter kauert, mit aufgesetzter Gasmaske und der Befürchtung in der Fremde elendig zu verrecken. Also gib mir keine Ratschläge. Ich weiß schon, was ich tue." Er küsste seine Mutter auf die Wange und begab sich mit einem Gefühl der Genugtuung auf sein Erdgeschosszimmer. Als er die Tür hinter sich schloss, atmete der Querschnittsgelähmte erst einmal tief durch. Sein Blick schweifte durch den kargen Raum, der nur über ein Bett, einen kleinen Schrank und eine Waschschüssel verfügte. Ein zufriedenes Lächeln stahl sich auf seine Lippen.

Davon habe ich seit langem geträumt.

Er nahm das gewaschene Nachthemd und genoss den frischen Geruch.

Man kann mit so wenig zufrieden sein.

Ronnie hielt die Luft an und lauschte.

Nichts. Kein Donnern, keine Explosionen, kein Rattern der Maschinengewehre und auch keine Schreie der Verwundeten. Stille, einfach nur Stille. Wie sehr habe ich mich nach diesem Augenblick gesehnt. Nie im Leben hätte ich gedacht, dass mich dieses Glück noch einmal erfüllen würde.

Langsam streifte er sich sein Nachtgewand über, stützte sich ab und machte einen schwungvollen Satz in das frisch bezogene Bett. Gerade wollte Ronald die Augen schließen und endlich wieder zur verdienten Ruhe kommen, da vernahm er das laute Streitgespräch seiner Eltern. Durch die geschlossene Tür konnte der Veteran kein Wort verstehen, bis sein Vater donnernd losbrüllte.

„Dieser Bursche ist eine Schande. Er sollte in eine erfolgreiche Linie eintreten. Immerhin war sein Großvater schon bei der Royal Navy. Jetzt sitzt er im Rollstuhl und wird uns auf Ewig auf der Tasche liegen. Das habe ich mir nicht vorgestellt.“

„Er hat sein Bestes für unser Königreich gegeben. Nun müssen wir ihn unterstützen“, schrie Rachel ebenso laut.

„Ronnie hat nichts von mir. Ich frage mich, ob er wirklich mein Sohn ist.“ Plötzlich herrschte Stille. Ronnie konnte noch die schallende Ohrfeige hören, die seine Mutter ihm gab. Der Veteran schüttelte nur den Kopf.

Ihr seid mich schneller los, als euch lieb ist. Schon morgen werde ich mich um eine eigene Wohnung kümmern. Eine, die ich ohne Hilfe betreten kann. Dann sehe ich weiter. Irgendeinen Sinn wird mein Leben noch für mich bereithalten... Von einem Wahnsinn in den nächsten. Nimmt es denn gar kein Ende?

Nachdem Ruhe eingekehrt war, konnte der ehemalige Infanterist auch ein Auge zumachen.

So vergingen weitere Wochen, in denen die schlechten Nachrichten kein Ende nahmen. In Flandern gab es trotz der hohen Verluste, weder von deutscher noch von alliierter Seite einen Fortschritt. Die Fronten blieben hart. Immer, wenn Ronnie die Zeitung überflog, blieb er bei den Vermissten- und Gefallenenzahlen und hoffte, dass wenigstens Gary unbeschadet zu seiner Familie zurückkehren würde.

Ebenso erging es Thomas, den das Grauen, angesichts der Meldungen, bis in den Schlaf verfolgte. Da er, im Verglich zu Ronnie, die Eltern seiner gefallenen Kameraden kannte, sprang er über seinen Schatten und suchte sie in den folgenden Tagen auf, um ihnen sein Beileid auszusprechen. Obwohl er damit rechnete Vorwürfe gemacht zu bekommen, verliefen die Gespräche ruhig. Alle drei Familien bedauerten Winklers Verletzung. Ihm fiel ein Stein vom Herzen, dass er nicht zum Teufel gejagt wurde. Diese Besuche verschafften ihm mehr Seelenfrieden.

Es wurde Sommer. Während Ronnie versuchte mit der Vergangenheit abzuschließen, quälten Thomas weiterhin die Gedanken an die schlimmste Zeit seines Lebens. Immer wieder wachte er schweißgebadet auf und hatte das Gefühl, noch immer die stickige Gasmaske zu tragen. Jeden Tag, an dem er aus dem Fester schaute, kamen weitere Veteranen oder Fronturlauber zurück. Ihr Gang war gebückt, als würden sie das ganze Gewicht der Welt auf den Schultern tragen. Ihre Mienen zeugten von Müdig- und Gleichlosigkeit. Niemand vermochte es die seelischen Wunden zu heilen, die sie, unter anderem in Ypern, erneut erlitten hatten.

Am 11. November 1918 herrschte auf einmal reges Treiben auf den Straßen aller Orten. Zwischen Jubel und Entrüstung standen sich die Menschen gegenüber. Schnell zog sich Thomas an und drängte sich durch die dichten Massen, bis er plötzlich vor einem Burschen stand, der die Tageszeitungen laut rufend in Händen hielt.

„Der Krieg ist vorbei. Der Waffenstillstand ist vereinbart. Die Pein hat ein Ende." Wie versteinert stand Thomas auf seine Krücke gestützt da. Er konnte nicht glauben, dass der Alptraum vorüber war. Doch da stand es, schwarz auf weiß. Erleichtert, mit einem Lächeln, hinkte der Dichter zurück. Selbst die Kälte dieses Mittags machte ihm nichts aus. Tränen liefen über seine Wangen, als er mit einer der Tageszeitungen an diesem Montagmorgen ins Haus kam. Überglücklich legte er sie seiner Mutter vor.

„Es ist vorbei", wisperte ihr Junge, der zwischen Tränen und Freude gefangen schien. „Nun beginnt eine neue Zeit." Edith las hastig den Bericht und konnte selbst nicht fassen, was dort niedergeschrieben war. Wortlos nahm sie ihren Sohn in den Arm.

Inzwischen waren drei Jahre seit dem großen Sterben ins Land gegangen. Allmählich kehrte Frieden sowie Normalität ein. Am 17. Juni 1921 saß Ronnie nachdenklich in seinem Rollstuhl und starrte aus dem Fenster. Kurz nach seiner Rückkehr vom Schlachtfeld hatte er sich mit seinem Vater überworfen, was seiner Mutter in der Seele weh tat. Aufgepeitscht durch Richards abwertenden Worte, machte sich Ronald auf, um sein eigenes Leben zu leben. Auch wenn dies bedeutete, dass er keinerlei Unterstützung von seinen Eltern erhielt. Plötzlich wurde der Veteran aus seiner Gedankenwelt herausgerissen, als es an der Tür klopfte.

Da die Wohnung nur aus einem großen Zimmer bestand, war es ihm ein Leichtes die Pforte zu öffnen. Mit einem Lächeln schaute ihn seine Vermieterin an. Paula Redding war achtundsechzig Jahre alt und verwitwet. Da ihr verstorbener Gatte ebenfalls bei der Armee gedient hatte, war es für die rüstige, grauhaarige Dame eine Selbstverständlichkeit britische Soldaten und insbesondere die Veteranen zu unterstützen. In ihrer Hand trug Paula einen Korb voller Lebensmittel, die die großherzige Frau jede Woche für Wilkinson besorgte.

„Darf ich eintreten, Ronnie?", fragte sie zuvorkommend, worauf ihr Mieter mit einer einladenden Geste sowie einem zufriedenen Lächeln reagierte.

„Treten Sie ein." Die Witwe folgte der Einladung und nahm am kleinen Küchentisch Platz, während Ronald die Tür schloss.

„Darf ich Ihnen eine Tasse Tee anbieten?"

„Gerne." Sie wollte gerade aufstehen, um ihm zur Hand zu gehen, da blieb Ronnie auf einmal stehen.

„Ich komme damit nach dieser langen Zeit allein zurecht. Seien Sie mein Gast und lassen sich verwöhnen."

„Du bist ein starker, junger Mann", flüsterte die Dame voller Stolz. „Wie du mit deinem Schicksal umgehst, ist herausragend. Ein gutes Beispiel für diejenigen, die den Kopf in den Sand stecken."

„So bin ich halt nicht, Misses Redding." Nachdem Ronald den Tee serviert hatte, schaute sich Paula kopfschüttelnd um. Es wirkte, als wäre der Veteran gerade erst eingezogen. Das Zimmer war so spartanisch eingerichtet, dass es eine Eiseskälte ausstrahlte.

„Wann willst du dich endlich häuslich einrichten? Das kann dir doch so nicht gefallen. Kein Bild, nur ein Bett, Tisch, zwei Stühle, Holzherd und ein Schrank." Ronnie nahm einen Schluck, bevor er den Kopf senkte und leise antwortete: „Mehr brauche ich nicht. Im Krieg mussten wir auch mit den Nötigsten zurechtkommen. Außerdem verdrängt ein hübsches Bild nicht die grauenhaften Erlebnisse, die mich jede Nacht aufs Neue heimsuchen."

Behutsam nahm die Witwe seine Hand und sprach, wie eine Mutter zu dem jungen Mann: „Wenn es dich noch immer quält, solltest du an den Ort des Geschehens zurückgehen. Vielleicht macht dir das den Abschluss mit dem Lebenskapitel leichter."

„Wohlmöglich. Ich werde darüber nachdenken. Danke Misses Redding." So unterhielten sich die beiden noch eine Weile, bis sich die rüstige Dame verabschiedete. Doch nicht, ohne ihm noch einen guten Rat mit auf den Weg zu geben.

„Stell dich deinen Dämonen, mein Junge. Zieh einen Strich unter das Erlebte." Drei weitere Tage und Nächte dachte Ronnie über ihre Worte nach. In dieser Zeit fand er keine Ruhe. Wenn er die Augen schloss, kamen die Erinnerungen an den jungen Deutschen hoch, dem er mit dem Schlagring den Schädel eingeschlagen hatte. Aber auch der Tod seiner Freunde William und James fanden stets den Weg in seine Träume.

Je mehr ich versuche nicht an diese Schicksalsschläge zu denken, umso wacher halten sie mich. Ich muss eine Entscheidung treffen und vielleicht ist Misses Reddings Rat der Richtige. Die Reise nach Ypern kann ich nicht allein unternehmen.

Grübelnd nahm er noch einen Schluck Kaffee zu sich, schaute stur aus dem Fenster und plötzlich dachte er an Gary.

Ja, Gary. Ich habe ihn seit diesen teuflischen Stunden nicht mehr wiedergesehen. Hoffentlich begleitet er mich. Ob er diese Reise mit mir unternehmen wird, steht noch in den Sternen... Falls Gary die Hölle überstanden hat. Nach einer Weile nahm er Stift und Papier hervor. Am 1. Juli überkam Ronald ein schlechtes Gefühl. Noch immer wartete er auf eine Antwort seines alten Weggefährten.

Doch auch an diesem Tag hatte der Postbote keinen Brief für ihn in der Umhängetasche. Hastig packte er einige Kleidungsstücke sowie seine Hygieneartikel ein, streifte sich seine alte Uniformjacke über, welche sein ganzer, noch gebliebener Stolz war, und verließ sein neues Domizil. Auf der Straße traf er unverhofft auf Rachel, der der Veteran sofort seinen Entschluss unterbreitete.

„Ich wünsche dir viel Glück und hoffe, dass deine Erinnerungen verschwinden."

„Dafür werde ich alles tun, Misses Redding. Mein Zug fährt gleich." Mitfühlend küsste ihn die alte Dame auf die Wange und blieb noch so lange stehen, bis Ronnie verschwunden war.

Thomas Winkler verdingte sich als Gelegenheitsarbeiter. Er nahm jede Arbeit wahr, die ihm mit seiner Behinderung angeboten wurde. Aber selbst das Gefühl etwas zu leisten, verschaffte ihm kein Wohlbefinden. Des Nachts überkamen ihn immer wieder die Kriegsereignisse. Hauptsächlich dachte er an den Tag, an dem er auf den britischen Infanteristen traf, der mit ihm den Granattrichter teilte. Auch ihn verfolgten die Jahre bei Ypern bis in seine Träume, so dass er oft mit einem hämmernden Herzschlag schweißgebadet, in die Höhe schnellte. Schon lange verspürte der deutsche Veteran den Drang an den Ort des Geschehens zurückzukehren, um mit all den grässlichen Bildern abschließen zu können. So versuchte sich der Dichter nach getaner Arbeit abzulenken, indem er die englische Sprache erlernte. Ein kleines Buch mit Ausdrücken und Redewendungen half ihm dabei. Seine Wissbegier stieß bei seinen Eltern jedoch auf Unverständnis. Edith und ihr Mann waren der Meinung, dass dies unnütze Zeitverschwendung war und ihr Sohn in den verbleibenden Stunden das Leben ein bisschen genießen sollte. Doch Thomas ließ sich von seinem Vorhaben nicht abbringen. An diesem Abend fasste der Veteran einen Entschluss, von dem er sich nicht mehr abbringen ließ. Vorsichtig hinkte er aus seinem Zimmer in die Küche, nahm Platz und genoss den Geruch der frischen Gemüsesuppe.

„Hier, mein Junge", sprach seine Mutter, während sie ihm einen großen Teller samt einem Stück Brot vorstellte. Wortlos aßen sie auf, bis Franz fragte, was mit ihm los sei. Nachdenklich lehnte sich Thomas zurück, verschränkte die Arme und starrte an die Decke.

„Ich muss zurück. Dorthin, wo alles begann." Geschockt sahen seine Eltern den jungen Veteran an. Weder Edith noch Franz wussten, wie sie auf diese Aussage reagieren sollten. Neben das englische Wörterbuch legte er plötzlich seine Gedichtsammlung, in der er die einschneidenden Abschnitt des Krieges verarbeitet hatte. „In diesem Buch habe ich alle meine Gefühle zu Papier gebracht. Aber die entscheidenden Reime fehlen. Nur sie werden mir den Frieden bringen. Deshalb muss ich wieder nach Ypern, um einen Schlussstrich zu ziehen." Während sein alter Herr ungläubig dreinschaute, stimmte Edith zu. Sachte strich sie über Thomas Hand und flüsterte: „Wenn du es für richtig findest und es dir hilft, stehen wir dir nicht im Weg."

„Ich muss es tun. Um meiner Kameraden Willen und damit ich endlich wieder zur Ruhe komme." Somit hatte der einstige Infanterist einen Plan, den er unter allen Umständen verfolgen wollte.

Zur gleichen Zeit saß Ronnie in einem Abteil. Nachdenklich warf er einen Blick zum Fenster hinaus, wo das

saftige Grün der Bäume, Wiesen und Felder blitzschnell
an ihm vorbei huschten. Überall um ihn herum herrschten
rege Gespräche. Die Mitfahrenden waren am Lachen und
selbst Ronald begann angesichts der Unbeschwertheit zu
lächeln.

*Es ist schön wieder gut gelaunte Menschen zu sehen.
Sie lassen all das Leid hinter sich. Sie leben.*

Doch schlagartig verfiel der Querschnittsgelähmte
Mann wieder in die Trauer.

*Hoffentlich treffe ich Gary an. Ich bete, dass es ihm
und seiner jungen Familie gut geht. Aber warum hat er
nicht geantwortet? Wer weiß, was mich dort erwartet?
Ich muss zuversichtlich sein.*

Wenig später rollte der Zug am Hauptbahnhof ein.
Ohne zu fragen, halfen ihm vier starke Burschen beim
Verlassen des Wagons. Im Gegensatz zu vielen anderen,
hatten sie Respekt vor der Uniform und den Abzeichen,
die etwas Besonderes aus ihm machten. Ruckartig hielt
er einen der jungen Männer am Arm fest.

„Entschuldigung. Können Sie mir sagen, wo ich die
Highlane finde?" Sein Gegenüber wies auf den Ausgang
und sprach: „Das ist nicht weit von hier. Einfach die
Straße hinauf bis zu einem Pub namens „The Door". Von
da aus rechts und wieder rechts. Dann sind Sie schon in
der Highlane, Sir."

„Haben Sie vielen Dank."

„Wir schulden Ihnen Dank. Für Ihren Einsatz und den
Mut." Der Bursche salutierte vor ihm, verneigte sich und
folgte seinen Kameraden in die andere Richtung des
Bahnsteigs. Langsam schob Ronnie seinen Rollstuhl aus
dem Gebäude hinaus. Nur ein leichter Wind sorgte für
Abkühlung an diesem heißen Sommertag. Die Tasche auf
dem Schoß, hievte er den fahrbaren Untersatz über den

unebenen Bürgersteig. Niemand schien Notiz von ihm zu nehmen. Der Anblick der Versehrten schien in den Alltag übergegangen zu sein. Nach einer gefühlten Ewigkeit stand Wilkinson vor dem, aus roten Backsteinen gebauten Reihenhaus. Selbst die Hausnummer stimmte. Aber erneut gab es ein unüberwindbares Hindernis. Vier breite Stufen führten zur Eingangstür hinauf. Nach kurzem Überlegen schrie Ronnie nach Gary Allen. Es dauerte eine Weile, als sich die Tür öffnete und der ehemalige Infanterist zur Salzsäule erstarrte. Nicht weit von ihm entfernt stand ein abgemagerter Mann, dessen Gesicht von einem dichten, ungepflegten Vollbart bedeckt war. In der Hand hielt er eine Flasche Whiskey, die er bereits zur Mittagsstunde dreiviertel geleert umherschwenkte.

„Was ist denn los", lallte er in harschem Ton.

„Gary? Sanitäter Gary Allen?", fragte Ronnie erschrocken von diesem erbärmlichen Anblick.

„Wer will das wissen?"

„Ronnie. Ronald Wilkinson. Infanterieeinheit bei Ypern." Allen kniff die Augen zusammen, starrte ihn an und schwieg. Langsam schritt er unsicher die Stufen hinab. Zitternd stellte der Sanitäter die Flasche ab, ehe er seine dürren Hände auf Ronnies Schultern legte. Tränen liefen über die schmalen Wangen und verschwanden im dichten Vollbart.

„Du lebst… Gott sei Dank. Du lebst", wisperte Gary. „Ich dachte, ich hätte dich verloren."

„Wie du siehst geht es mir gut. Abgesehen von dieser Kleinigkeit, die ich seither mit mir rumschleppe." Es dauerte einen Moment, bis Allen sich gesammelt hatte.

„Warte. Ich helfe dir rein." Ruckartig nahm Ronnies alter Freund die vorderen Gestänge, hob ihn leicht hoch und schleifte den Rollstuhl geschwind die Stufen hinauf.

„Du hast noch immer die Kraft eines Löwen“, sprach Wilkinson beeindruckt. Doch Gary griff nach seiner Flasche, bevor er die Pforte hinter sich schloss.

„Das ist mehr Schein als Sein“, murmelte Gary und nahm noch eine kräftigen Schluck. Der Infanterist erschrak, nachdem er sich in den vier Wänden seines Kameraden umgeschaut hatte. Die enge Wohnung wirkte wie ein Schlachtfeld. Alle Schränke waren ausgeräumt. Unrat und leere Flaschen türmten sich. Selbst das dreckige Geschirr stapelte sich in der Ecke, neben dem Spülbecken.

„Wo ist deine Familie?“

„Gegangen“, antwortete sein Freund, ehe er noch einen kräftigen Schluck nahm, einen Stuhl freiräumte und an den Tisch setzte. „Ich brauche dir ja keinen Stuhl anzubieten.“ Auf Ronnies fragenden Blick hin, fuhr der gestandene Sanitäter fort. „Sie hat die Kinder mitgenommen. Die letzte Ypernschlacht war eine Hölle, aus der ich nicht mehr rausfand. Ich habe nur noch funktioniert. Ohne Emotion. Darauf bin ich nicht stolz. Man sollte sich einen Funken Mitleid bewahren. Aber aufgrund der Gasmasken, sahen die Männer alle gleich aus. Zusehends mehr Alkohol wurde zu meinem besten Freund. Meine Familie konnte es schließlich nicht mehr ertragen und wollte keinesfalls, dass die Kinder mich so sahen. Mein Leben ist seit Ypern vorbei. Ich bin nur noch ein Schatten meiner selbst. Erzähl mir von deinem Glück“, zischte er zynisch.

„Die letzte Kugel traf mich ins Rückenmark. Und ja, das Glück war an meiner Seite“, antwortete Ronald und versuchte seinem Kameraden neuen Mut zu machen. „Nur wenige Zentimeter höher, ich könnte mich gar nicht mehr bewegen.“

„Lass uns darauf trinken.“

Gary nahm noch ein Glas, schenkte ihm ein und schaute Wilkinson skeptisch an. „Du hast eine Tasche bei dir. Was hast du vor? Willst du bei mir einziehen? Das wäre sicherlich ein großer Spaß. Der Krüppel und der Geisteskranke.“

„Nein“, flüsterte sein Waffenbruder ernst. „Ich muss zurück. Zurück nach Ypern. Dem Wahnsinn ein Ende bereiten, der auch mich nicht mehr ruhig schlafen lässt.“

„Bist du bescheuert?“, fragte der Sani entsetzt von dieser Idee. „Glaubst du ernsthaft, dass ein Besuch dieses Vorhofs zu Satans Reich dir ein neues Leben schenkt? Gib mir etwas von deinen Medikamenten. Vielleicht wirken sie genauso bei mir.“

„Ich bin mir über die Tragweite bewusst. Aber es könnte funktionieren. Wenn nicht, werde ich dir hier in der runtergekommenen Bude Gesellschaft leisten.“

„Wann willst du los?“

„Schon morgen. Ich will, dass du mich begleitest.“ Plötzlich wirkte Gray völlig nüchtern.

„Du meinst es also ernst.“

„Ja. Das ist mein Ernst. Was ist nun? Begleitest du mich?“ Zögerlich antwortete sein Gegenüber: „Vielleicht ist es von Nutzen diesen Ort noch einmal aufzusuchen. Wann machen wir uns auf den Weg?“

„Um Sieben. Dann fährt der nächste Zug nach Dover.“

„Ich bin dabei.“

„Gott sei Dank. Du musst mir helfen. Ich kann allein nicht die Hose anziehen.“

Zwei Tage später war es so weit, als die Mauern der belgischen Stadt in Sichtweite kamen. Es herrschte eine brütende Hitze. Die Sonne brannte vom wolkenlosen Himmel. Gary und Ronnie hatten sich in einem Gasthof einquartiert und bereiteten sich auf das vor, was sie eigentlich vergessen wollten.

Gegen elf Uhr morgens erreichten die beiden eine der verlustreichsten Gegenden dieses Krieges. Schweißgebadet schob Gary seinen Kamerad den leichten Hügel hinauf, von dem aus eine gute Sicht auf die Ebenen möglich war. Immer schwerer wurde es, denn die Straße bog auf einmal in einen steinigen, ausgewaschenen Feldweg ab.

„Ich kann nicht mehr", hauchte Gary erschöpft. Seine Hände zitterten, da er seit nun fast zwei Tagen keinen Schluck mehr zu sich genommen hatte.

„Wir haben es gleich geschafft, Gary. Nur noch ein kleines Stück." Mit letzter Kraft schob Allen seinen Freund auf die Anhöhe und den Veteranen verschlug es die Sprache. Ihre Augen waren weit geöffnet, als sie vor dem einstigen Schlachtfeld standen. „Nun weiß ich, wovon Franklin sprach", wisperte Ronnie überwältigt von der Schönheit, die sich auf diesem blutgetränkten Boden bot. Auch Gary fand keine Worte für das, was sich vor ihnen auftat. Bis zum Horizont erstreckte sich ein breiter Streifen Mohnblumen, welche die verwaisten Gräben voneinander trennten. Ein leichter Wind kam auf, der die Blüten hin und herwiegte.

„Es sieht aus, als würden sie tanzen", flüsterte Allen leise. Keiner von ihnen bemerkte, wie sich ein weiterer Veteran von hinten näherte. Er blieb rechts neben dem Rollstuhl stehen und sprach: „Welch ein atemberaubendes Bild. Unfassbar, was hier geschehen ist." Verwundert schaute Ronnie auf. Es war Thomas. Die beiden sahen sich unsicher an, bis Ronald ihn vorsichtig ansprach.

„Ich kenne dich." Winkler sah ihn versteinert an.

„Ja", antwortete er und wies auf das rote Feld. „Wir teilten uns einen Trichter, Wasser und Zigaretten. Dort hinten." Der ehemalige Sanitäter wirkte geschockt, als Ronnie Thomas die Hand entgegenstreckte. Dieser erwiderte die vorsichtige, freundschaftliche Geste und so stellten sie sich einander vor. „Ich hätte nicht gedacht, dass wir uns wiedersehen."

„Nie im Leben. Aber das Schicksal hat es dennoch gut mit uns gemeint", sprach Wilkinson mit einem Lächeln. „Wir alle hatten eine Aufgabe, die uns im Laufe der Zeit immer schwerer fiel. Ich büße nun für jeden Tag, den ich hier draußen zugebracht habe und denke, dass es dir ebenso geht." Schweigend nahm Thomas auf einem Holzstumpf, neben dem Rollstuhl, Platz. Nun konnte auch Ronald erkennen, dass sein deutscher Leidensgenosse nicht ohne Erinnerungen an dieses grausamen Krieg nach Hause zurückgekehrt war.

„Wie wird es in deinem Leben weitergehen?", fragte Winkler, während sie alle dem leichten Schwanken der roten Blüten zusahen.

„Ich habe keine Ahnung", sprach der Brite und gab diese Frage umgehend zurück. Sie unterhielten sich noch eine Weile, bis die Sonne allmählich unterging. Plötzlich zog der Dichter sein kleines Büchlein aus der Tasche.

„In diesem Buch habe ich alles Erlebte in Gedichten niedergeschrieben. Doch die letzten Seiten sind noch frei. Würdest du mit mir zusammen diese füllen? Auf dass unsere Worte uns ein wenig Frieden bringen."

„Es wäre mir eine Ehre." Zusammen schrieben sie das Ende ihrer beider Geschichte.

Als Feinde standen wir uns gegenüber,
erlebten gemeinsam das Verderben.
Als Freunde kehren wir zurück
Und genießen unser Lebensglück.

Für uns beginnt ein neues Leben,
dessen sind wir uns bewusst.
Nach Frieden wollen wir beide streben,
der schmerzend Fehler unser Nutz.

Heut stehen wir vor dem Meer der Blumen,
wo einst war öd, zerfurchtes Land.
Von den Uniformen, die wir trugen,
Erinnerung der einzig Pfand.

Die Sonne geht allmählich unter,
ein kühler Wind bewegt den schönen Schein.
Dieses Bild, es stimmt uns munter,
die gefallenen Freunde nie vergessen sein.

Diese Blumen sind ein Zeichen,
für den giftigen, anonymen Tod.
Nun verlassen wir zusammen,
dieses feurige Rot.

Schließlich stand Thomas auf, reckte sich und legte das ledergebundene Büchlein auf den Baumstupf. Die untergehende Sonne war nur noch in einem dünnen Streifen über dem Horizont zu erkennen. Mit einem zufriedenen Lächeln reichte der Poet seinem britischen Weggefährten die Hand und flüsterte: „Mach es gut, Ronnie Wilkinson.“

Der Brite wirkte überrascht, denn er dachte, sich noch eine Weile mit seinem neuen Freund austauschen zu können. Thomas hinkte in das Blumenfeld. „Du hast deine Gedichte vergessen“, rief Gary ihm nach. Doch Winkler warf keinen Blick zurück. Er hob die Hand zum letzten

Gruß und verschwand in dem inzwischen nachtschwar-
zen Mohnfeld.

Weitere Romane

DIE ORDENSSCHWESTER
ISBN: 978-3-744-80094-5

FLEUY
BRIEFE VON DER WESTFRONT
ISBN: 978-3-744-85651-5

VERDRÄNGTE ZEITEN
ISBN: 978-3-748-16849-2

FALKLAND
DAS SCHICKSAL DER SMS LEIPZIG
ISBN: 978-3-750-40957-6

3 WELLEN
DIE SPANISCHE GRIPPE
ISBN: 978-3-751-97026-6

VAUQUOIS
DIE MINENSCHLACHT VON VERDUN
ISBN: 978-3-754-33397-6

KRIEG DER ADLER
DIE PROPHEZEIUNG DER GÖTTER
ISBN: 978-3-756-25615-0

KRIEG DER ADLER
DER UNTERGANG DES AZTEKENREICHES
ISBN: 978-3-756-25617-4

WESTERN TERRITORY
DER RUF DES GOLDES
ISBN: 978-3-757-80757-3

DAS SCHWARZE GOLD
DIE GESCHICHTE EINES BERGMANNS
ISBN: 978-3-758-31540-4

Mehr zu Inhalten, Covern und über den Autor auf:
www.danielneufang.wordpress.com
oder
Facebook